篡改的命
CUANGAI DE MING

东西

著

人民文学出版社

图书在版编目（CIP）数据

篡改的命/东西著. —北京：人民文学出版社，2022（2023.3重印）
ISBN 978-7-02-017397-6

Ⅰ.①篡… Ⅱ.①东… Ⅲ.①长篇小说—中国—当代 Ⅳ.①I247.5

中国版本图书馆 CIP 数据核字（2022）第 152835 号

责任编辑	刘 稚　向心愿
装帧设计	陶 雷
责任校对	王筱盈
责任印制	苏文强

出版发行	人民文学出版社
社　　址	北京市朝内大街 166 号
邮政编码	100705
印　　刷	北京盛通印刷股份有限公司
经　　销	全国新华书店等
字　　数	185 千字
开　　本	850 毫米×1168 毫米　1/32
印　　张	9.875　插页 1
印　　数	5001 — 8000
版　　次	2022 年 9 月北京第 1 版
印　　次	2023 年 3 月第 2 次印刷
书　　号	978-7-02-017397-6
定　　价	69.00 元

如有印装质量问题，请与本社图书销售中心调换。电话：010-65233595

目 录

引　子　　　　　　　　　1
第一章　死　磕　　　　　2
第二章　弱　爆　　　　　49
第三章　屌　丝　　　　　96
第四章　抓　狂　　　　　147
第五章　篡　改　　　　　199
第六章　拼　爹　　　　　250
第七章　投　胎　　　　　301

引　子

汪长尺提前十分钟到达指定地点,这辈子他从来没迟到过,因此他不想在最后一次背上"迟到"的名声。他穿着干净整洁的衣服,理了头发,刮了胡须,本想买双崭新的皮鞋穿上,但想想五百块钱够他爹在农村装一扇玻璃窗,便咽了一口唾液,捏了捏手指,放弃。现在他穿着一双洗得发白的解放鞋,站在西江大桥正中的边栏旁。这个位置离水面的距离最高,估计摔下去时也会最响。人活一辈子,或默默地消失,或响响地离开,二者必选其一。天空出奇的蓝,云朵空前的洁白,上苍似乎故意给他一个好天气,抑或是送他最后一点念想。水面铺满阳光,由于风的原因,波光的强弱不停地改变,一会这儿刺眼,一会那儿刺眼。汽车的轰鸣没过去那么讨厌,似乎还有一点悦耳,就连车屁股喷出的尾气,也仿佛散发出清香。看着两岸依次排过去的楼房,他想那个人一定隐藏在某扇窗口之后,举着望远镜,正在监督我对我的执行……

第一章 死磕

1

汪长尺把消息捂臭了才告诉汪槐。汪槐正在自饮,听到这个消息就像吃了一枚馊鸡蛋,恨不得马上呕吐。但消息就是消息,它是没法用来呕吐的。因此,汪槐只能憋着,几乎要憋成内伤,才放一口气,说你不是上线了吗,上线了为什么没被录取?汪长尺低下头:"他们说我的志愿填歪了。"

"你怎么填的志愿?"

"前面北大清华,后面服从调配。"

"叭"的一声,汪槐摔烂了手里的酒杯,说你好大的胆,四九年到现在,全县没一个考上清华北大。

"只要填了服从,像我这样的分数,再烂的学校也应该捡到一所。"

"不是每个人一低头就能看见钱,明明是一个烂学校的命,还做什么名校的春梦?"

"我想幽他们一默。"

"除了把自己的机会幽没了,还能幽谁的默?你一个三无人员,无权无势无存款,每步都像走钢索,竟敢拿命运来开玩笑。"

三无人员的头低了又低,就像颗粒饱满的稻穗那样低下去。整个晚上,他都没敢抬头,仿佛要用这种姿势证明自己和田野里的稻穗一样正在成熟。他看见汪槐的双腿摇摇晃晃,刘双菊的双腿战战兢兢,酒杯的碎片白光闪闪,黄狗在餐桌下窜来窜去。风肆意地扫进来,吹散闷热的空气。他感到后脖子一阵阵凉,好像贴了一块伤湿止痛膏。汪槐和刘双菊都不跟他说话,大家心里都明白,沉默是一种酷刑。他的脑海闪过自杀的念头,连地点和方式他都想到了,但这只是一个念头,很快就被橡皮擦抹掉。

夜越来越深,他听到洗澡声,关门声,却没听到床板声。那个平时"咿呀咿呀"的床板,今晚一声不吭,仿佛在为他节哀或者像停止一切娱乐活动。直到汪槐的鼾声传来,汪长尺才蹲下去捡酒杯的碎片。捡着捡着,他的右食指被划伤,血冒出来,却无痛感。

第二天早晨,汪槐的酒醒了。他要汪长尺跟他一起去找招生的理论。汪长尺躲在房间里不敢出来。汪槐把门一脚踹开。这是他的脚最后一次精彩表演。汪长尺的肩膀一耸一耸,像个娘们似的抽泣,手里的毛巾都被泪水洗了。汪槐说哭能解决问题吗?汪长尺当然知道哭不能解决问题,但哭至少能让他减压。他试图停止,但越是想停越抽泣得厉害,就把毛巾捂到脸上,以为这样可以防洪,却不想"呜"的一声,决堤了,抽泣变成痛哭。汪槐站在门口看着,就像看着一出悲剧正上演。汪长尺"呜"了一阵,觉得怪丢脸的,慢慢减速,哭声渐渐变小,最后在自己的强迫下刹住。但平静后还心有余悸,身体会冷不丁地一抽,又一抽。

"可以走了吗?"汪槐问。

"我的手指被割破了。"

"又不用手指走路。"

"我一夜没睡。"

"你妈生你的时候,我两天两夜都没合眼。"

汪长尺抹了一把眼眶:"自己没填好志愿,怪谁呢?"

"怪他们,真是欺人太甚。"

汪长尺申请先洗一把脸。汪槐到前门等待。汪长尺慢慢地洗,双手用力地从额头搓到下巴,又从下巴搓到额头,反反复复,就像女人做脸部按摩,恨不得一生只做这一件事。但是,很快就传来汪槐响亮的咳嗽,仿佛闹钟,提醒他忍耐是有限度的。汪长尺想与其跟他去丢人现眼,还不如逃跑。他朝后门走去,没想到汪槐就站在门外。一秒钟之前,他已经从前门转移到了后门。汪长尺想把迈出门槛的右脚收回,却怎么也收不回来,它被汪槐的目光死死地按住,像得了偏瘫。汪槐说是不是还要上趟厕所?汪长尺摇头。

他们朝公路的方向走去。汪槐在前,汪长尺在后。汪槐的身上背着软包,每走一步包里就传出"叮叮咚咚"的响。那是水声。他的包里装着军用水壶。满壶不响半壶响叮当。从他的包里还飘出玉米棒的清香。汪长尺走了一阵后全身冒汗。汪槐问热了?汪长尺说不热,出的全是冷汗。汪长尺想他又没回头,怎么知道我热?汪槐说渴吗?汪长尺说不渴。汪槐说饿不?汪长尺说不饿。其实汪长尺不吃不喝不睡已经八小时,他现在说的每一句都是假的,好像要故意跟汪槐对着干。

两人沉默。长长的路上响着"噗哒噗哒"的脚步声。汪长尺看见澄碧的头顶划过一群鸟,它们像芝麻撒进树林,鱼苗扔进大海。汪槐越走越快,走出二十多米才发现汪长尺没跟上。他停住,掏出水壶来喝了一口。汪长尺远远就闻见一股酒气。原来壶里装的不是水。等汪长尺走近,汪槐递过水壶,问要不要来一口?汪长尺摇头。这时,汪长尺才注意汪槐又脏又乱的头发。他领子上的汗渍就像铁锈那么黑,他身上的软包打着巴掌那么大的补丁。汪长尺想难道我就跟着这么一个头发蓬松衣衫不整连普通话也说不标准的酒鬼去跟招生办的人讲道理?

看着汪槐渺小的背影,汪长尺越走越消极,越走越感到前途渺茫。路过茶林时,他忽然钻了进去,一阵狂奔,仿佛要跑出地球。树枝刷在他的脸上,像一记记耳光。他实在跑不动了,就扑到一棵树上喘气。喘着喘着,天空中飘来汪槐的骂:"汪长尺,你没骨头,不是我的种。你是一枚软蛋。有理你不敢去讲,活该被人欺负……"

骂声在头顶盘旋,风一吹,声音就颤一下,听上去苍凉悲壮。汪长尺抱着树干,越抱越紧,像抱着母亲,最后抱得手臂生痛。他竟然抱着那棵树睡着了,醒来时手脚全麻。它们好像离开他的身体变成了木头。他坐在地上,慢慢地找知觉,直到找回自己的手,又找回自己的脚,才站起来往回走。

走到家门口,刘双菊问怎么回来啦?汪长尺说没带身份证。刘双菊朝路口望了一眼,说你就放心让他一个人去?他那脾气弄不好会跟人打架。汪长尺说自找的。刘双菊说你什么良心?他是为你去的。汪长尺说丢人。刘双菊愣在原地,半天没回过神。

第二天,汪长尺以为汪槐会回来。但是,天黑了路上没他的身影;夜深了,也无他的脚步。汪长尺竖起耳朵,直到天亮都没听到他想听到的。刘双菊急得跳进跳出,每天都催汪长尺去声援汪槐。汪长尺假装没听见。到了第五天,刘双菊说你再不去把他叫回来,稻谷都烂在田里了。汪长尺坐在门前的椅子上,看着遥远的山脉。刘双菊推了他一把,他像不倒的存钱罐,歪过去又弹回来。不管刘双菊从哪个角度推,使多大的劲,他的屁股像刷了万能胶,始终不离开椅子。刘双菊说也许你爹已经被人抓起来了,你怎么连屁股都不舍得抬抬,难道你是块石头吗?你可以不声援他,但你必须去接他,哪怕是一具尸体。刘双菊一边说一边抹眼睛。她的眼眶已经红了,马上就要哭了。汪长尺无动于衷。刘双菊背起书包,说你不去我去。

汪长尺终于动了。想想那么一大堆家务,他就害怕一个人留下。他双手扣住椅子站起来,好像椅子是他的器官。他扣住椅子走了几步,觉得别扭,就把椅子从屁股下移到肩上。他扛着椅子走去。刘双菊说为什么带椅子,是不是想换个地方发呆?汪长尺说不懂就别装懂。刘双菊把书包挂在他的脖子上。他扛着椅子挂着书包大步流星。

山路弯曲。树林越来越苍茫。他小得就像一只蚂蚁,路细得就像一丝白发。

2

从汽车站出来,汪长尺直奔教育局。他看见汪槐盘腿坐在操场上,手里举着一块纸牌。纸牌上写着:"上线不被录取,谁来还我公道?"除了汪槐的影子,操场上干干净净,明晃晃的阳光晒得他的脖子都勾了,整个人就像戳在旱地的半截禾苗,蔫头耷脑,又像树蔸一动不动。汪长尺放下椅子去扶他。他很重,比汪长尺想象的还要重几倍。第一次,汪长尺没把他扶起来。第二次,汪长尺加了一点力气,也没把他扶起来。汪长尺前几天才挨麻过,他知道汪槐那么重是因为汪槐的腿脚麻了,自己帮不上自己的忙。于是,他就帮汪槐揉腿脚。揉了半小时,汪槐的手在地上一撑,爬起来坐到椅子上。他说偌大一个县城,连张多余的板凳都没有。汪长尺把书包递给他。他从里面掏出一个玻璃瓶,拧开盖子,"咕咚咕咚"地喝掉三分之一。那是他自酿的米酒,一喝就来精神。汪长尺说稻谷黄了,妈叫你回去收割。

"谷子算什么?命运才是第一。"他用右拇指抹了一下沾满米酒的嘴角。

"就是把水泥地板坐穿,你也改变不了他们。"

"改变不了我为什么要在这里?我闲得没事干吗?告诉你,问题已引起领导重视,他们正在查。你跟我再坐几天,也许能坐出一个特批。"

"我宁可回家做农民,也不在这里丢脸。"

"你都上线了,凭什么做农民?你应该像他们那样坐在楼里办公。"

这是一幢四层高的办公楼,外走廊,每层有十二间办公室,门窗刷的都是绿色,因为有些年头了,绿色已不是当初的绿,而是斑驳的结壳的褪色的勾兑了日月和风雨的。墙根、走廊外侧以及顶层的一些角落或长着青苔或留下雨渍。楼前有一排修剪得整整齐齐的冬青树。汪槐对它指指点点,说局长在第三层第五间,两个副局长在第三、第四间,招生办在四楼第一间。汪长尺看见有人从窗口探出头来,又飞快地缩回去。他说我到院子外面等你,你什么时候想通了,我们就什么时候回去。汪槐喊了一嗓子:"这事我没法想通,除非他们给你一个指标。"

许多窗口都探出头来,他们久久凝望,似乎是希望再看到一点不同凡响的动静。汪槐说知道他们为什么紧张吗?因为他们做了亏心事。每次我一吼,招生办的窗口总是最先伸出人头。你爹我什么时候这么威风过?只有在掌握真理的时候、伸张正义的时候。

那些人头还在,有的端着茶杯一边喝茶一边看,有的敲响了杯子,有的举起相机。汪长尺小声地:"我给你磕头行不?"

汪槐大声地:"不行,要磕头也是他们给我们磕。"

"我补习,明年再考行不?"汪长尺近乎哀求。

"今年他们都不给你上,明年照样把你当韭菜割掉。"汪槐的声音还是那么响亮。

楼上传来一阵哄笑,有人吹口哨,有人打响指。汪长尺感到腹背受敌。他想跑,又怕楼上的人笑他不团结。他只得硬着头皮迎接那些讽刺的鄙视的幸灾乐祸的目光。也许要半小时的沉默或者一动不动,他们才会失去围观的兴趣。汪长尺静静地立着,生怕一个喷嚏就会打破平衡。现在,操场上有了两条斜斜的影子,一条站,一条坐。阳光从西边晒过来,晒得他的头皮发麻。那些观察者先后缩了回去。汪长尺想趁他们不注意的时候开溜,忽然铃声就响了。那是下班的铃声。他们先后关了门窗,从楼道有说有笑地出来。眼看他们就要走到面前,但忽然一拐,全都绕行,好像遇到了礁石或瘟疫。汪槐站到椅子上,把纸牌高高地举起。汪长尺不忍直视,下巴紧紧贴着胸口,好像自己是一头乳猪,已被周围的目光烤焦。直到两旁稠密的脚步声消失,他才抬起头,转身跑去。汪槐跳下椅子,说等等我。

他们来到一座水泥桥底。汪槐爬上桥墩,从桥孔拖出一卷席子抛下。汪长尺接住。席子散开,一个塑料袋滚落。

汪槐沿桥墩滑到地面,捡起塑料袋打开,掏出一个馒头递过来。汪长尺摇头。汪槐把馒头塞进嘴巴,一口含住。他的面颊顿时大了。从他咀嚼的时间和腮帮子运动的力度判断,那是一个硬馒头,它待在塑料袋里应该有一段时间了。汪长尺的鼻子微酸,好像是同情汪槐又像是同情自己。他说你一直住在桥洞里吗?汪槐没法立即回答,他还在嚼那个馒头。汪长尺感觉嚼食声很响很持久,耳朵都被这个声音填满。汪槐嚼完,喝了一口米酒,说住在这里不花钱,还凉快。

"和乞丐差不多。"

"当然,你来了,我就得搬家。"

"搬去哪里?"

"包你满意。"

汪槐在宾馆开了一个标间。他用双手压了压床铺,说这么软这么白,今晚早点睡吧。洗漱完毕,熄灯,各自睡在床上。汪长尺一闭上眼睛,脑海就像一台强力发动机,带着他无限困倦的身体四处飘游。身体和思绪似乎荡漾在失重的空间,怎么也落不了地。飘来荡去,他感觉大脑隐隐涨疼。五天前,他能抱住一棵树站着入睡,但今晚他每个地方都困却死活睡不着。半夜,他忍无可忍,爬起来打开灯,发现汪槐不见了。仔细一看,原来他躺在床那边的地板上。由于灯光太刺眼,他用手挡住眼睛,说睡了几十年的硬板床,遇到软的反而不适应。

"回家吧,何苦在这里受罪。"汪长尺一边说一边穿衣服,很快他就把衣服裤子鞋子全部穿好,坐在自己带来的椅子上。汪槐问现在几点？他说两点。

"两点,离天亮还差一大截,就是回家现在也没车。"

汪长尺拉开窗帘。远方漆黑如墨。他把椅子调过来,面朝东方一动不动,好像这么看着天就会亮得快点。汪槐爬起来,走进卫生间撒了一泡漫长的尿,然后回到床边坐下,说更何况,我不同意你现在撤退,好比打仗,有时胜败就看最后五分钟,我们到了吹冲锋号的关键时刻,千万别自己先软。汪长尺不相信什么冲锋号,眼睛直勾勾地看着窗外,希望天空尽快变白,然后赶早班车回家。汪槐似乎看透了他的心思,说如果你上不了大学,一辈子就要待在农村,有必要急着回吗？二十多年前,我参加水泥厂招工,分数上线却没被录取,十年后我才知道自己被副乡长的侄子顶替。你要是不抗议,他们就敢这么欺负你。更何况,一班的牙大山比你低二十分都被录取了,二班的张艳艳分数都没挂出来,也被录取了,凭什么不录你？

"哗"的一声,汪长尺拉上窗帘,因为用力过猛,一个挂钩"叮"地掉到地板上,余音绕梁。汪槐说如果你烦你就先回,反正我得继续。从小看大,我知道你是干部的命,不可能考不上大学……汪长尺说哪来那么多屁话。他呼地站起来,扛上椅子要走。汪槐说最早的班车是七点,现在车站都还没开门。

"我先出去透透气不行吗？"

"告诉你妈,拿不到补录,我就不回。"

11

汪长尺打开门走出去,椅子在门框上磕了一下。汪槐把门关上,倒在地板上又睡,很快鼾声就响了。

3

第二天早晨,汪槐挎上酒壶,扛起房间里的一把椅子,在楼下买了数个馒头,来到教育局。没想到,汪长尺已笔直地坐在操场上。汪槐一阵欣喜,把椅子摆在他的旁边,拍拍他的肩膀,坐下,举起那块纸牌。现在父子俩总算肩并肩了。他们早出晚归,连周末也不休息,一连坐了五天,新学期开始了。

喇叭声不时从附近的校园飘来,像针尖扎着汪长尺的神经。当广播体操的口令一响,汪长尺就直立,跟着"一二三四,二二三四,三二三四……"做完一套体操。课间,当眼保健操的口令传来,他又跟着做完一套眼保健操。宽阔的操场上,只有他一个人在摆手踢腿按压睛明穴。汪槐看见他孤单,有时也跟着他做。但是,汪槐的动作既生硬又不标准,像耍猴戏,常常惹来楼上的笑声。汪长尺现在倒不怕嘲笑了。他觉得只要还站在操场上做操,自己就还是一名学生。

一天下午,头顶的光线忽然变弱,慢慢地连一丝阳光也无。天空骤暗,零星的雨点打着他们的后脖子。水泥地板腾起阵阵热浪,尘土油漆石灰等等气味扑面而来。渐渐地,雨点越来越大越来越密,周围的人奔跑起来,连躲在树下乘凉的狗也跑开了。但是,他们仍坐在椅子上一动不动。雨从他们的头顶浇灌而下,那些复杂的气味不见了,嘴角流淌着洗过头发又洗过脸的微咸的雨水。汪槐举着的纸牌上字迹已模糊,最后连纸牌也软了、颓了。雨水像墙壁把他们罩住。他们看不清几米之外的办公楼和冬青树。地面的积水淹没他们的凉鞋。除了脑袋里的想法是干的,其他的全部透湿。衣服裤子紧贴着皮肤,撕都撕不开。没一根头发是翘的,手指都泡白泡软了。

雨声"哗哗"。

半小时后,大雨变中雨。又半小时,中雨变小雨。眼前的景物回到眼前。雨停了,但他们衣裤上的积水还在"滴答",他们的身体还冷得发抖。汪槐哆嗦的手指拧了好几次才把酒壶盖拧开。他喝了几大口,身体渐渐趋稳。但汪长尺还抖得厉害,连上下牙都在打架。汪槐递过酒壶。汪长尺犹豫一下,接过来,先抿一小口,再喝一大口。胃里顿时像烧了一炉火,身体暖了许多。汪槐小声地:"我们是不是很可怜?"

"他们连看我们的兴趣都没了。"汪长尺说。

"我承认,抗议失败。"

"回家吧。"

"那这十几天不是白坐了?"

"你会在乎门槛下的两只蚂蚁吗?"

"必须再搏一次。"

"算了,搏不过他们的。"

"你就这点出息。"汪槐拍了一下汪长尺的脑袋,站起来走进楼道,所过之处留下一条水线。他上到二楼时回了一次头。汪长尺还坐在操场上。他朝三楼走去。汪长尺以为他会走进局长办公室,没想到,他竟然爬到了走廊的栏杆上。

"爹……"汪长尺大叫一声冲到楼下。

局长走出来,副局长们也走出来了。招生办的从四楼跑到三楼。一群干部站在汪槐面前。局长说只要你下来,我让你孩子免费补习一年。汪槐不同意,问能不能用一条命换一个大学指标?局长分别跟副局长们眼神交流了一下,说行,你先下来吧。汪槐发现他们相互眨眼睛,怀疑是骗局,要求现在就拿录取通知书。局长说我们只能跟学校协调,看还有没有剩余的指标。汪槐说那你现在就去协调。局长支了支下巴。招生办的转身跑向四楼,由于跑得急,他的腿打了一个闪。他腿闪的时候,汪槐的腿也闪一下。局长说股长去协调了,你下来等吧。汪槐摇头。局长掏出一支烟递给他。他还是摇头。大家都不敢说话,时间仿佛按了暂停。四楼股长的通话字字清晰。局长手里的香烟都捏碎了。

十几分钟后,股长从四楼跑下来。他说非常遗憾,问了几所熟悉的大学,都没指标。汪槐说我听见了,昨天还有一个。股长说现在是今天。汪槐说那昨天为什么不帮我协调?是不是因为我还没想到跳楼?股长语塞。局长说刚才我也听了,那个指标是因为开学时某学生没来报到而产生的。一个偶然指标,全省都抢,我们是一个偏远小县,手伸不了那么长的。汪槐说你们根本就没打算抢,竟把两个坐在楼下的人当腊肉,我们都腊了十几天了,你们没长眼睛吗?股长说要怪就怪你儿子,他的档案在北大清华转了一圈,再回到我们手里时,所有学校都录满了,没那么大的屁股,就别做那么大的板凳。

汪槐的胸口堵了一下。他想说二十分啊,整整超过录取线二十分。但他还没说出来眼睛忽地一黑,身体朝栏杆外面倒去。大家一阵惊叫。瞬间,汪槐想把身体正过来,他似乎也做到了,双手搭在栏杆上。但水泥栏杆太宽太滑,上面还有青苔,他的双手没抓牢,整个人直直地掉了下去。惊叫声中,汪长尺双手把他接住,但只一秒钟汪槐就脱手而出,两人重重地跌落树丛。"嘭"的一声巨响,水珠飞溅,世界顿时安静。

汪长尺从树丛里坐起来,发现周围全是人,但没有一张脸是熟悉的和蔼可亲的,都是好奇冷漠的表情。汪长尺挪到汪槐身边,摸了摸他的鼻孔,似乎还有热气进出,于是就放开嗓子喊:"爹,爹……"一声喊得比一声高,一声喊得比一声撕心裂肺。连连喊了十几声,汪槐好像听到了,忽然睁了一下眼,又立刻闭上。汪槐这一睁眼,吓得许多围观者后退,好像他活着比死去还要吓人。汪长尺试探性地站起来,他没想到自己还能站起来。他看了看自己,裤子和衣服多处被树枝戳破,凡戳破处均有血迹洇出。一看见血,他才感到全身火辣辣的。他弯下腰,双手搂住汪槐的膀子,想把他扶起来。但是他一用力汪槐就惨叫,一用力就惨叫。于是,他就不敢用力了,只好搂住他不动。搂了一会,他说谁能帮我打个电话叫辆救护车吗?没有人应答,围观者闪掉三分之一。他搜汪槐的口袋,从上衣一直往下搜,终于在裤兜里掏出一个塑料袋,打开,里面有一沓钱。他挑了一张零钱递过来,说谁能帮我叫辆救护车吗?人群中走出一个小男孩,他接过钱转身跑去。汪长尺说爹,有人帮我们叫救护车了,你一定要挺住啊。汪槐咬紧牙关,微微点头,额头上挂满汗珠。汪长尺忍了许久还是忍不住,泪水刷地流出来,掉落到汪槐的脸上。

救护车终于来了。两个穿白大褂的把担架摆在汪槐的身边,其中一个问你敢叫救护车,你有运费吗?汪长尺把钱递过来,白大褂挑了一张百元的塞进口袋。然后,他们分别抓起汪槐的两头,像丢死狗一样把他丢在担架上。他惨叫着,整个脸部都扭成了麻花。他们把担架抬上救护车,汪长尺跟着钻了进去。

4

因为没钱交给医院,汪槐的担架被撂到走廊上。汪长尺忽然想起一个同学。他说爹你忍一忍,我去借钱。汪槐点了点头。

汪长尺来到小河街,找到同样落榜的黄葵同学。黄葵一听说要借五千块,扭头看着他爹。他爹是摆摊卖日用百货的,问黄葵这个同学平时对你怎样?黄葵说经常给我抄作业。黄葵爹问五千块你还得起吗?汪长尺说能还,家里有两头牛、两头猪。黄葵爹说那你写个借条吧。汪长尺写了一张借条。黄葵爹说还得去趟银行。

三人来到银行门前。黄葵爹突然停住,掏出一支烟来抽。他抽得很有力,即使是大白天,也看得见烟头的火光一闪一闪。他抽得也很专注,火烧到手指了他才把烟头扔掉,用脚狠狠一踩,地板上留下一个逗号。他说我不该抽这支烟。汪长尺预感不妙。果然,黄葵爹从口袋里掏出两张老人头递过来,说汪同学,这两百块送你,钱我就不借了。虽有心理准备,但汪长尺还是惊呆了。黄葵说两百块救不了他爹的命。黄葵爹说我刚想起存折里没钱,你妈拿去买店铺了。汪长尺鞠了一躬,转身走去。他一边走一边撕借条。黄葵爹把那两百元塞到黄葵的衣袋里,说农村人挺可怜的,你去帮他爹买点吃的吧。黄葵转身追上汪长尺,说我审问我爹了,存折里确实没钱,请你理解。汪长尺说拉不出屎别怪地硬,要怪就怪自己。他抛出手里的纸屑,碎片纷纷扬扬,像纸钱撒在路上。

黄葵买了一箱瓶装水、一袋馒头和一袋卷筒纸放到汪槐的担架边。汪槐不时地咬咬牙,拧紧眉头,似乎在用最大的毅力压制自己的疼痛。他的嘴唇发白发干。汪长尺拧开瓶装水,小心地喂他。他的嘴唇嚅动了几下。忽然,他眼睛一闭头一歪。汪长尺以为他死了,用手试了试他的鼻息,还有。他打了一桶热水,把毛巾浸湿拧干,然后为汪槐擦脸。

毛巾慢慢地往下擦,从脸擦到脖子擦到胸膛。当毛巾擦到腰部时,汪槐忍不住发出一串惨叫。汪长尺手里的毛巾绕开腰部,继续往下擦。坐在一旁的黄葵问没有钱,你怎么打算?汪长尺说抢银行呗。忽然,汪槐的右手微微抬起,吃力地抓住汪长尺的两根手指。汪长尺说爹,你什么意思?汪槐把手捏得更紧。汪长尺说你是不是怕我抢劫?放心,我不会真抢,刚才讲的是气话。汪槐的手一松,滑落到地板上。

汪长尺为汪槐换了一套干净的衣裳,又买了一顶圆形蚊帐把他罩住。他说爹,你能忍两天吗?汪槐微微点头。汪长尺拜托黄葵照看汪槐,自己坐上了回乡的晚班车。

汪长尺回到家已是半夜十二点钟。全村的灯都熄了。他没有马上敲门,而是站在门口想台词。黄狗围着他转来转去,嘴里发出欢快的"呜呜"。黄狗的声音把刘双菊唤醒,她打开灯,拉开门,看见汪长尺站在门外,张口就问是不是出事了?今天下大雨的时候,我胸口突然像被刀戳了几下。汪长尺本想骗她,但没有演技,泪水涌了出来。刘双菊说你爹那个牛脾气,我就知道要出事。说着,她好像胃痛那样弯下腰,身体顺着门框下滑,一直滑坐到门槛上。她叹着长气,右手不停地拍打胸口。汪长尺走过来,坐在她身边。她问命还在吗?汪长尺说还在。她"呜"地哭了,像是欣喜又似悲伤,声音由低向高,由短到长,盘旋而去,引起一片狗叫。

第二天,他们把一公一母两头牛卖给二叔。二叔来到牛栏边打开牛栏,先牵公牛。公牛的四蹄顶住地面,身子后倾,始终不愿出来。二叔不耐烦了,用力地拉牛绳,像是在跟公牛搞拔河比赛。但无论二叔怎么使劲,公牛就是不动,最后它的鼻孔都被绳子拉出血来。汪长尺钻进牛栏,用肩膀扛住公牛的屁股往外推。一个拉一个推,公牛还是不动。二叔丢进一截木棒,说长尺,用这个抽它。汪长尺拿起木棒轻轻地抽了一下。二叔说太轻了,下手狠点。汪长尺举起木棒又抽,还是没用力。二叔说你读书都读成什么样子了?连抽牛都像抓痒。汪长尺闭上眼睛,举起木棒狠抽,棒子落到公牛臀部,发出闷响,可公牛仍然没动。刘双菊说二牯子,你走吧,我们没能力养你了。你爹受伤,需要钱治病,你就行行好帮帮忙到二叔家去。好在二叔不是外人,他也姓汪,你到了他家还是汪家的牛。公牛像是听懂了人话,四蹄一松,走出牛栏,它的眼里含满泪水。刘双菊说还有三姑娘,你跟二牯子一起走吧。三姑娘的眼里也有泪,它犹豫了一下,钻出牛栏,跟着二牯子走。汪长尺说二叔,你千万别把它们卖给杀牛的,等我赚了钱就把它们买回来。二叔说知道了。刘双菊只有汪长尺一个孩子,她一直把公牛当老二,把母牛当老三。

　　卖完牛,他们又把两头猪卖给邻村的光胜。光胜带着两个猪笼,请了四个人来帮忙。两头猪一路嚎叫,被光胜他们抬过山坳。中午,刘双菊望着碗里的饭发呆。汪长尺说那么远,你不吃几口怎么走得到公路边?刘双菊把饭倒进狗碗,问黄狗呢?汪长尺唤了几声阿黄,没见它的身影。刘双菊说它看见我们又卖牛又卖猪,一定是害怕我们把它也卖了。汪长尺说它们比人还重感情。

5

傍晚,汪长尺和刘双菊赶到县医院。汪槐还躺在走廊上。他的眼睛睁着,两颗眼珠子大得就像人造葡萄。当汪长尺一出现他就开始闭眼睛,但闭得并不顺畅,眼皮在眼球上缓慢移动,它们之间缺少眼泪的润滑,已经干涩了,甚至眼球上都布满了灰尘。黄葵说自从汪长尺离开,他就一直睁着眼睛等。因为上不了厕所,他每天只吃几口馒头,只象征性地喝一点水。

交了钱,汪槐被抬进住院部。经过检查,除了树枝戳破的无数小伤之外,他还有一处大伤,那就是第五块腰椎断裂。医生说弄不好会瘫痪。汪长尺说从那么高的地方摔下来,能保住命就是奇迹。医生说之所以不死,原因是他滑落时双手在护栏上抓了一下,汪长尺又接了一下,冬青树还挡了一下。至于汪长尺双手接了一下为什么没受伤?医生说那是因为汪槐只在汪长尺的手上停留片刻,也就是说重力在汪长尺的手上没有超过两秒钟。如果超过两秒,那汪长尺的手必断无疑。

一个星期之后,汪槐说话了,第一句就是"送我回家"。汪长尺说你的病还没治好。汪槐说我这病没法治。汪长尺说没法治也得治。汪槐突然爆发,说你是不是很有钱?一个穷鬼在医院里摆什么阔？再不回去就得倾家荡产，倾家荡产你就没钱补习，你不补习这辈子就没指望。汪槐说得汗珠子都冒出了额头，但汪长尺和刘双菊假装没听见。他们像两台勤奋的机器，每天准时给汪槐擦身子，腿部按摩，喂饭喂水，接屎接尿。时间又过了三天，汪槐闭紧嘴巴，再也不吃不喝。稀饭顺着他的嘴角流到脖子上，连水也渗不透他的牙齿。刘双菊叹了一口气，说这么花钱我也心疼，但现在回去你的腰还没长结实，万一路上闪着，就会二次受伤。汪槐闭着眼睛不接话，但他的出气一声比一声粗。刘双菊说而且，医生也不同意你这么早出院。汪槐的嘴一松，说你怎么会相信他们？

汪长尺和刘双菊到院子里商量，谁都拿不定主意。两人垂头丧气地坐在石头上，任凭阳光暴晒。树上的虫子"吱吱"地叫唤。行人好奇地扭过头来，但马上又不好奇地扭过头去。刘双菊说你身上还有多少钱？汪长尺分别摸了上衣口袋和两个裤子口袋，掏出一把零钱，放到刘双菊扯开的衣襟里。他怕没掏干净，把口袋都翻出来，三个口袋像饿瘪的胃吊在他身上。刘双菊掏出身上的钱，一并丢进衣襟。汪长尺把钱一张一张地捋平，递给她。她数了两遍，说拢共才一千零五十三块六毛，最多还能撑五天。

"撑一天算一天呗。"

"五天，你爹的身体也不会明显好转。"

"那你的意思是回家吗？"

"我也不知道。你是男人，你拿主意吧。"

汪长尺把头埋进手掌,满脑子都是虫子的叫唤,叫唤像沸腾的水,像千万只小锤此起彼伏。感觉头皮麻了,他才抬起头。刘双菊递过那沓参差不齐的钞票。他没接,也不敢接。刘双菊强行把钞票塞进他的手掌。钞票湿漉漉的,上面沾满汗水,它们好像被刘双菊捏哭了。

从住院部那边传来喊声,仔细一听是在叫二号床的家属。他们起身跑去。走廊上围了一圈病号。汪长尺拨开人群,看见汪槐在地板上爬行。他僵硬的下半身被上半身拖着,拖出了两道长长的腿印。汪长尺问你去哪里?汪槐说回家。汪长尺说你能爬二十多公里吗?汪槐说至少我能爬到车站。围观的人鼓掌。汪槐爬一步他们跟一步,像看动物表演。刘双菊把担架横在前面。汪槐抬头看着,看着看着,刘双菊的眼眶红了,泪光闪闪。汪槐低下头,爬到担架上。

办完出院手续,汪长尺跟刘双菊抬着汪槐朝汽车站走去。挂在担架上的塑料桶、饭盒、军用水壶、食品袋和软包等相互摩擦,发出"喊里喳啦"的声响。汪槐看着蓝天,真是晴空万里、一碧如洗啊。半小时,他们到达车站,买了三张车票。担架被收窄,放在班车的走道上,汪槐只能侧睡。班车在山路上颠簸了一个多小时,才到达去谷里村的路口。

他们把汪槐抬下车,小心地伸展担架。汪槐吐了一口长气,庆幸终于可以仰躺。这时,他们才发现一条狗蹲在路口。那是阿黄,它已经瘦了一圈,身上沾满草屑和尘土。它静静地看着他们,好像他们已经陌生。或许这么多天来,它曾经为每一个从班车上下来的人跳跃过,但一次次跳跃后它失望了,变冷静了。汪长尺叫了一声:"黄……"它试探性地走过来,在每个人的裤脚边嗅了嗅,然后扑到担架上舔汪槐的脸。汪槐紧紧地搂住它。它挣脱出来,在刘双菊和汪长尺的脚边蹭了一圈,又去担架上蹭汪槐。三个都是亲人,它不知道待在谁的身边,转着圈来来回回地蹭。

　　汪长尺和刘双菊抬起担架。黄狗跑到前面带路。他们穿行在树林里,下午的阳光时隐时现。过了水库,过了龙家湾和台上,他们终于看见茶林,看见自家的房子。汪槐说别看我残废了,但我还有两个肾。如果长尺听话,愿意去补习,大不了我就把一个肾卖掉。长尺,你听见吗?汪长尺说听着呢。汪槐说你是富贵命,小时候爹找人算过,当官你可以做到处级,发财你可以有一百万。如果你不听我的话,不去补习不去高考,那你就只能又是一个汪槐,跌死了都没人同情。黄狗吐着舌头,汪长尺和刘双菊喘着粗气,汪槐不停地说话。开始他们还听见他的内容,但是走累了内容就消失了,只听见一团声音像组合拳,在担架上空打。忽然,黄狗身子一歪趴在地上。汪长尺轻轻地踹它。它挣扎着走几步,屁股一歪又趴下。刘双菊说我懂得它的脾气,这么多天来它肯定没吃没喝。他们把担架放下来。汪长尺喂它喝了几口水,又喂它吃了一个馒头。它好像来了一点精神,但还是走不动。汪长尺把它抱到担架上。汪槐搂紧它。担架被重新抬起。汪长尺说难怪它见到我们时不兴奋,原来是饿得没力气了。

6

回到家,汪长尺就跑向自家的稻田。稻田在村下面的山腰上。人家的稻谷都割了,只有他家的田里还风吹稻浪。远远看去,那是一片黄,阳光仿佛在上面镀了一层金。但走近后,他才发现稻秆倒的倒斜的斜。经过几雨几晒,那些颗粒饱满的稻穗已经霉烂,部分颗粒掉落在田里长出了新芽。一家人的口粮因没及时收割,眼看就要变成肥料。汪长尺蹲下去,捡那些掉落的谷子,直到天黑他才直起腰来。

由于稻穗大部分霉烂,全面收割已无意义。汪长尺和刘双菊只好用手去捋那些没有霉烂的谷子。他们边捋边捡,把手里的丢进别在腰间的小篓子,小篓子满了再倒进大背篓。天还是那么热,太阳还是那么烈,特别是蹲下来捡谷子的时候,整个人被稻秆包围,一丝风都没有。他们的脸、脖子和手臂被叶片划出一道道红杠,汗水一浸火辣辣地疼。四周的树丛里,虫子们不厌其烦地聒叫,弄得人心一紧一紧。

躺在家里的汪槐再也躺不住了,他用二十块钱请刘白条和王东把他抬到半山。那里有一块平整的巨石,周围有一小片青树。汪槐趴在巨石上,居高临下地看着自家的稻田。他看见汪长尺和刘双菊像两只蚂蚱,在金黄的稻浪里爬行。他们蹲下去,站起来,不时地抹一把汗水,每个动作都拉扯他的胸膛,甚至干扰他的心跳。他呆呆地看着。刘白条说时间到了。汪槐说平时你睡到日上三竿都不起床，今天就这么准时？王东说超时加钱。汪槐恋恋不舍地收回目光。刘白条和王东把他抬回家。

　　汪长尺请木匠给汪槐做了一辆木制轮椅。轮椅做好了，汪长尺试驾，觉得还行，就在座位上铺了一件旧衣裳，然后再把汪槐抱到轮椅里。平躺的汪槐终于可以坐起来了。汪长尺把轮椅推到堂屋，递给汪槐一截竹竿。汪槐用竹竿在地面一撑，轮椅从左边驶到右边。汪槐调过头，用竹竿又一撑，轮椅从右边驶到左边。汪槐想虽然可以行驶，但碰到门槛怎么办？刚一想，他就看见所有的门槛都已锯出了一道缺口。他撑着轮椅出了大门，看着村庄里高高矮矮的房屋，目光最后定格在二叔家的屋檐上。汪长尺以为他想跟二叔说话，于是空闲时，他就拓展路面。他要把从自家屋角到二叔家的路面拓宽，让轮椅可以在上面自由通行。

　　路面修好后，汪槐没急着去见二叔。一天傍晚，趁汪长尺和刘双菊埋头做家务，他悄悄地驶出大门，驶到二叔家的牛栏边。二牯子和三姑娘一看见他就伸过头来舔他的手指。他举手想抚摸它们，但它们太高了。二牯子和三姑娘仿佛明白他的意思，双双齐齐跪下。他抚摸着它们的脑门，摸得手掌都热了。汪长尺赶来，正好看见这一幕。他远远地站着。汪槐说长尺，推我回去吧。汪长尺走过来，推着轮椅往回走。汪槐说知道我这几天在想什么吗？

　　"想不通。"

　　"我想变成一块圆鼓咙咚的石头，从这坡上滚下去。"

"会痛的。何必呢？老天已经把你折磨够了,也许就要给你好处了。"

"心有不甘,我不想让你重复我的生活。"

"你不也重复爷爷的生活吗？"

"重复是有限度的,你必须去补习。"

"哪有钱呀？"

"局长说了,可以免费让你补习一年。"

"那谁抱你上厕所？谁扶耙掌犁？"

"不用你管。只要你考上大学,我立马就能站起来。"

轮椅"喊喳喊喳"地滚动。汪长尺一言不发。汪槐说从你落地那天起,我就指望你来改变。眼看就成了,你别闪腿。

"我没那么大的本事。"

"你四岁能认字,五岁会打算盘,都说你是天才。"

"我一走,妈就会累垮。"

"只要孩子有出息,父母累点痛点那都是奖励。"

"可我不是你想象中的天才。"

"你在找借口。你对不起我这个摔断的腰杆。"说完,汪槐用竹竿撑住地面,阻止轮椅前行。这里的路外正好是一个深坎,目测约有五米多深。汪槐指着坎下,说既然你不愿意去补习,我活着也没什么盼头了。汪长尺用力推轮椅。汪槐用竹竿死死地刹住。竹竿弯成了弧形。汪长尺越用力推,竹竿就弯得越厉害,眼看就要折断。汪槐忽然松手,轮椅往前冲。竹竿在地面一拨,轮椅转向,冲下坎去。汪长尺扑过来,一把抓住轮椅。轮椅悬在土坎上。汪槐用竹竿打汪长尺的手,竿竿命中,每竿都痛到钻心。手快挺不住了,马上就要松开了,汪长尺哀求爹,别打了,我答应你。

汪长尺收拾行李。刘双菊反复强调别像上次那样忘带身份证。收拾完毕,汪长尺把身上的一千块钱上缴。刘双菊抽出五张,说这是你读书的伙食费。汪长尺只抽了一张。刘双菊说一百块,除了车费只够一个月的伙食。汪长尺说我自己想办法吧。刘双菊说不能偷不能抢,你能有什么办法?说着,把钱塞过来。汪长尺推开。

半夜,汪长尺被一阵"窸窸窣窣"的声音惊醒。隔着蚊帐,他看见刘双菊往他的背包里塞钱。他立即闭上眼睛,假装熟睡。第二天,他背着背包出发。汪槐和刘双菊在门口送行。刘双菊嘱咐一定要留意背包,别让小偷靠近。汪槐向汪长尺竖起大拇指。汪长尺高高兴兴地走了。汪槐、刘双菊和黄狗一直看着他的背影,直到他从坳口消失。

第三天早上,刘双菊要下地收玉米。收玉米就得换双胶鞋。她把右脚伸进鞋子,脚趾碰到一团硬硬的东西。掏出来看,是一块包着的塑料布,打开,里面是四百块钱。刘双菊一声惊叫,说老头子,长尺没把钱带走。汪槐叹了一声,说这孩子,要是不读书那就太可惜了。刘双菊说他不是去读了吗?汪槐说没有钱他怎么读得安心?

7

到了县城,汪长尺去见教育局局长。局长像看外星人那样看着。他说我是汪槐的儿子。局长问汪槐是谁?汪长尺的心顿时凉了,他说他差点摔死在你面前,你连他的名字都不知道?局长"哦"了一声,仿佛记起来了,问有什么事?他说想到县中免费补习。局长说补习班已爆满,现在就是刀片都插不进,你还想免费,真是太娱乐了。他说免费补习是你当初答应的。局长不记得自己说过这话。汪长尺对天发誓说他说过。局长说即使说过,那也是为了救你爹的命,不能当真。全县就办了两个高中补习班,家长们都死盯着,我不能公然腐败。

汪长尺急得双腿发软,全身冒汗。他出了办公室,来到楼下,忽然想起自己还有一张椅子。于是目光搜索,发现那张椅子待在保卫科里。他跟保卫科的同志说明情况,扛起椅子走了。他一直走到县中,找到原来的班主任。班主任听说过他爹跳楼的事,紧紧握住他的手,然后拍拍他的肩。他说我想补习。班主任带他去找校长。校长也听说过他爹跳楼的事,紧紧握住他的手,然后拍拍他的肩,把他带到补习班。两个教室里全都坐满了人,只有补习二班教室后排靠门的地方还有一个缺口。他把自己扛来的椅子摆在那,坐下来听课。

同学们都叫他"椅子先生"。因为他只有椅子,没有课桌,即使有课桌也摆不下。他的书包里永远装着一块纸板,每当做作业的时候,他就掏出来放在膝盖上充当桌面。"桌面"前低后高,由于视觉误差,他作业本和试卷上的字总是前大后小。一写字就得勾头,两周下来,他的后脖子都拉长了。

某天下午,教室里"哗啦"一响,所有同学都扭头寻找声源,发现椅子先生不见了,再看,他蜷缩于地面。四位男生把他抬到校医室。医生问哪儿不爽?他从牙缝里挤出一个字。医生贴耳听了两遍才听出那是个"饿"字,赶紧给他输液。液体快速滴着,在管里一闪一闪。

前几周,他只吃盐水泡饭,而且每日一餐。饿的时候,他就喝自来水。自来水喝多了也不管用,他就在水里兑白糖,每天拎着一瓶自制的糖水上课。他对水的需求越来越大,经常一节课喝一瓶。水一喝多,他就要排泄,排泄一多身体就虚,拉尿时好像其他营养也跟着流失了。刚开始,他还相信自己就是未来的人才,所有困难都不过是考验。因此,尽管饥饿,他也要比同学们多看一小时的书。宿舍熄灯了,他就到路灯下看。第一周,课本上的字还是字,内容也能记得。但是从第二周起,那些字就变成了黑的虫子白的虫子五彩斑斓的虫子,它们在他眼前飞来飞去,不要说记内容,就是光记它们的形状都得冒汗。理想很丰满,现实很骨感。每天他要跟眩晕、失忆、哈欠、瞌睡和疲惫抗争。为节约体力,他没做广播体操和眼保健操,课间休息几乎都在闭目养神。每一次眨眼,黑板的颜色都不同,"哗"一声绿了,

"哗"一声红了,像股票的颜色瞬息万变。有时整个教室金光灿灿。有时整个教室全黑,像忽然断电千分之一秒。由于断电次数越来越多,断电时间越来越长,所以他晕倒了。

他是被一股浓香唤醒的。那股香从校门口的小吃店出发,经过二十级台阶,穿过操场,绕过花坛,最后停在他的鼻尖前。睁开眼,他看见李同学的手里捧着一碗粥,里面还有肉末。他深深地吸了一口气,激动得就像看见了汪槐和刘双菊。李同学要喂他,他坐起来,接过碗,几大口就把粥喝光。似乎是为了让胃适应一下,他保持着喝完时的姿势。李同学伸手拿碗,他紧紧捏着没放。但几秒钟之后,他的手忽然一颤,碗"当啷"碎在地上。他回过神来,说对不起。医生问是不是家里很困难?他看了看同学们。他们眨巴着眼睛,都在等答案。他犹豫了一下,说不困难。医生说不困难为什么饿成这样?都瘦成竹竿了,难道还要减肥吗?原本菜色的脸刷地通红,他羞愧地低下头,说没事,我已经不晕了。

有了那碗肉粥和葡萄糖液的营养,他的脑细胞熊熊燃烧,终于明白任何理想如果没有蛋白质、脂肪、碳水化合物、维生素、无机盐和水的支持,那都是他妈的空谈。拔掉针头,他就去找黄葵。黄葵先让他填饱肚子。他吃了两碗米粉两个鸡蛋,满足地斜靠在椅子上。黄葵问愿不愿意跟着干?他连干什么都不知道就说了愿意。

黄葵自封为总经理,公司设在小河街的一个店铺里。店铺的一半黄葵用来办公,另一半他爹用来卖日用杂货。

牌子挂的是"环太平洋贸易公司",但和太平洋没一毛关系,如果生拉硬扯,那就是门前的小河,因为它最终会流入太平洋。而所谓贸易,除黄葵爹那点杂货就没什么贸易了,每天的资金流入不足两百元(含成本)。黄葵的主要工作是替别人收账,收账就是追债,追债成功黄葵就拿提成。汪长尺说他不懂业务。黄葵说简单,当他们把我从楼上扔下来的时候,你就在楼下接住。汪长尺问楼有多高?黄葵说不管多高。汪长尺吓得赶紧看自己的双臂。

黄葵去收过几次账,每次都西装革履,打扮得像搞传销的。每次他都不带汪长尺,而每次他都没空手而归。拿到提成后,他就请汪长尺吃肉喝酒。汪长尺吃着喝着,就跟黄葵比,觉得自己一无是处,简直就一废物。等黄葵一出门,汪长尺就帮黄葵爹卖货。黄葵看见了,说你就这点出息呀?汪长尺不知道自己能有多大出息,反正也无事干,仍帮黄葵爹卖货。黄葵爹说别听他的,卵毛没长几根,就看不起杂货了。他是靠什么养大的?还不是靠老子摆摊。

晚上,汪长尺就住在公司里,守店兼营业。黄葵和他爹回家了,汪长尺一边卖货一边复习功课。有时黄葵也留在店里,跟汪长尺聊天喝酒。一天深夜,黄葵喝多了,把汪长尺的课本全部扔出去。课本飞过五米街道掉进小河。汪长尺跳进河里,把课本全部捞起来。他的衣裤湿透了,课本也被泡湿了。他把湿透的衣裤和课本摆在钢丝床上,用电风扇吹。黄葵说就算你考上一所大学,毕业后最好也就当个干部。可是,现在连干部们都纷纷下海经商,你还考什么考？汪长尺说我不想放弃，我得给爹妈一个交代。黄葵说想考试你就去补习，别在我这里混。汪长尺关掉电风扇，飞动的书页安静了。黄葵说饿的时候你想吃，吃胖了你就想入非非。汪长尺说我以为复习不影响卖货。黄葵说胸无大志，卖货能赚几个钱？

第二天，黄葵叫汪长尺到理发店去剃个光头。汪长尺问能不能理个板寸？黄葵说必须闪闪放光。剃头的时候，汪长尺没忍住泪。他觉得这像一个剃度仪式，却不是出于自愿。

8

汪槐每天都坐在轮椅上朝坳口遥望。看久了，坳口那棵枫树就像彩色相片印在他的脑海。树冠的形状、枝丫的分布和叶片的浓密，闭上眼睛他都能说出来。他担心汪长尺没伙食费，委托二叔到乡里邮寄了五百元。二叔把底单交给他。他装在左边上衣口袋，没事的时候就掏出来看看，仿佛那是汪长尺的试卷，老师在上面打了五个一百分。除了吃饭，他基本上都在瞭望。游手好闲的刘白条经常来跟他讨烟抽。虽然目的是讨烟，但刘白条并不直奔主题。他总是这样开头："槐哥，你在看什么呢？"

"看长尺。"

"那么远，你看得见吗？"

"好像就在眼前。"

"他在做什么?"

"学习。"

"学得怎样?"

"全班第一。"

"我要是有这么一个争气的孩子,那就天天请客。"

这时,汪槐十有八九会把香烟掏出来,并亲自为刘白条点上。他们一边抽烟一边聊汪长尺。刘白条不止一次说他梦见长尺做了大官,用一架飞机把汪槐和刘双菊接到了大城市。汪槐咧嘴一笑,说用飞机太夸张,用轿车是有可能的。刘白条说真到了那天,你每个月得送我一条香烟啵。汪槐说一条烟算个屁,我叫他送一条公路。刘白条说我又买不起车,送公路没用,还不如一条烟来得实在。汪槐就把整包烟掏出来,说提前送你。刘白条假装推辞。汪槐就生气了,说你看不起人呀,不就一包烟吗?刘白条喜滋滋地接住。

那些想抽烟或想喝他家米酒的王白条张白条们都用这一招,他们总是从表扬汪长尺开始。只要是夸汪长尺,汪槐百听不厌,嘴角几乎要咧到耳边。刘双菊听到别人背后笑汪槐疯魔,讲给汪槐听。汪槐傻笑,说这就像念经,念多了各路神仙就会保佑。为什么节庆的时候要说大吉大利?为什么门上要贴开门见喜动步生财?这和夸长尺是一个道理。

汪槐每天都要供三炷香。供香时,他不求自己的腰杆好使,只求汪长尺能考上大学,将来做个大官。有时他也会在梦中笑醒,笑醒多半是因为他梦见汪长尺做了县长。第二天,谁要是来讨烟抽讨酒喝,他就会把自己的梦讲一遍。于是,男村民奔走相告,轮流来听来抽来喝。这样的时刻,他把腰痛忘了,把自己的倒霉忘了,好像那个梦就是真的,即使暂时还不是真的,但他相信迟早会变成事实。

枫树的颜色有了一点点轻微的变化,它的树冠上粘了一抹淡淡的浅黄。别人看不出,只有天天在看的汪槐才敏感地察觉。这天傍晚,邮递员进村了,他把二叔寄的汇款单退了回来,汇款单上贴着"查无此人"。汪槐拿着汇款单看来看去,地址没问题,姓名没问题,问题只有一个,那就是汪长尺蒸发了。他的希望瞬间破灭,整个人软得像煮熟的面条。坳口的枫树不见了,二叔家的瓦檐不见了,天一下就黑,黑得伸手不见五指,没有星星没有灯光,甚至没有声音。刘双菊叫他吃饭,他没听见。刘双菊把他推进堂屋。他定定地看着电灯,说什么时候亮的?刘双菊说不是一直亮着吗?他让刘双菊关上大门,掏出那张汇款单,说明天你必须进城,刻不容缓。刘双菊定定地看着"查无此人",想起自己屋里一头地里一头,黑夜一脚白天一脚,伤心地哭了。汪槐说你这么一哭,刘白条就听见了,刘白条一听见,全村人都知道了。刘双菊压低嗓门,一边哽咽一边问要不要给他带点吃的?汪槐说这个王八蛋,要带就给他带条鞭子。

半夜,汪槐把刘双菊推醒。刘双菊问他想干什么?他说睡不着,坐起来也许好受些。刘双菊把他扶到轮椅上,自己倒头又睡。汪槐把轮椅撑出卧室,来到厨房,鼻子里全是剩饭残菜的味道。他揭开锅盖,锅盖"哗啦"掉在地上。他弯腰去捡,怎么也够不着,拼命伸长右手,轮椅的横杠把胳肢窝都硌痛了,两根手指才碰到锅盖的边边。指尖往上一钩,锅盖往前滑去。轮椅跟着向前。他又使劲伸手,指尖又碰到了锅盖。指尖轮换着钩,终于把锅盖的一边钩了起来,眼看指尖就要把锅盖传到手掌里了,但"哐啷"一声锅盖又滑出去。他不服气,伸手又钩,一次两次三次……花了差不多一个小时,他才把锅盖拿起来。顿时,一股喜悦传遍全身。他举起锅盖,就像举起奥运会金牌那样兴奋。在与锅盖搏斗的一个多小时里,他竟把"查无此人"抛到了脑后。

第二天早上,刘双菊走进厨房,看见汪槐坐在轮椅上歪头熟睡。他的面前摆着一篮子煮熟的鸡蛋和红薯。刘双菊说天哪,你是怎么做到的?汪槐被吓醒了,眨巴着眼睛。刘双菊说你不是说不给他带吃的吗?汪槐说也许我们错怪他了,也许他去了二中或者是被人欺负了,反正,我得跟你一起进城。刘双菊说你这个样子怎么进城?汪槐说办法是想出来的。

一个鸡蛋都舍不得吃,他们只吃了几个红薯。汪槐请王东和刘白条在轮椅的两边分别绑了一根竹竿,然后就出发了。刘双菊背着口袋走在前面。王东和刘白条抬着汪槐走在后头。他们"吭哧吭哧"地过了台上,过了龙家湾,过了水库,满头大汗地来到公路边,等了两小时,才看见途经的班车。他们把汪槐连同轮椅抬到车上。班车呼啸而去,车后扬起一股长长的灰尘。班车转弯时,汪槐透过车窗看见王东和刘白条被灰尘覆盖了,连那条去谷里的山路也被灰尘遮挡。

9

汪长尺剃了光头之后,黄葵给他买了一套西装,配了一副墨镜,然后叫他到厕所里照镜子。汪长尺在厕所里看了许久才出来。黄葵问他什么感觉?他说像黑社会。黄葵说要的就是这个效果,你以前那副模样看上去连蚊子都拍不死。汪长尺想白吃白喝这么久,他终于开始收账了。

果然,黄葵给他布置任务,就是跟着去见一个人。这人欠了甲方一百三十多万元人民币,赖着不还,甲方就委托黄葵追债。汪长尺问我的任务就是跟在你屁股后面吧?黄葵说耶,但得带把菜刀。汪长尺顿时飙汗,说杀人放火的事我可不敢。黄葵从抽屉里拿出一把白晃晃的菜刀,说没那么严重,只需切他一根手指。

"你切还是我切?"

"当然是你切,哪有总经理亲自动手的?"说着,黄葵把菜刀递过来。汪长尺没接,连腿都抖了,尿一阵阵急。黄葵说马蜂为什么蜇人?狗急了为什么咬人?都是逼出来的,这世道,谁心狠手辣谁就叫成功人士。汪长尺的脑海一下就空白。眼前这个人忽然陌生,令他不敢正看。黄葵把刀把塞进汪长尺的手里。汪长尺像捏住冰块,一股寒意从脊背直滑到脚板底。黄葵摘下他的墨镜,说目光要像子弹,充满仇恨。汪长尺拧紧眉头调整目光。黄葵说狠一点。汪长尺的两个眼珠子就靠近了。黄葵说再狠一点。汪长尺几乎挤成了斗鸡眼。

黄葵把右手放到桌面,说现在我就是你的仇人。汪长尺看着那只肥腻的无数次摸过他脑袋的亲切可爱的"熊掌",怎么也举不起那把菜刀。黄葵说砍死不要你负责。汪长尺说算了,我不是这块料。黄葵说别轻易放弃,你闭上眼睛试试。汪长尺闭上眼睛。黄葵说现在我的手已经抽走,你大胆地砍吧。汪长尺睁开眼,说你的手不是还在吗?我差点就上当了。黄葵说你管我的手干什么?闭上。汪长尺又闭上眼睛。黄葵把手拿开,说砍。汪长尺说我真砍了?黄葵说废话。汪长尺一咬牙,手起刀落,菜刀斜插桌面。黄葵说砍不砍那是你的问题,闪不闪那是我的问题。汪长尺说其实就是做个凶样吓吓他。黄葵说不,有时得真放血,否则他们不会还钱。汪长尺点头,像是明白了。

"黄葵……"

一个熟悉的声音突然飘入。汪长尺往门口一看,赶紧戴上墨镜。黄葵"嘘"了一下,示意他别吭声。刘双菊背着包扛着椅子像蚂蚁搬家那样推着汪槐走进来。黄葵迎上去,接过行李。他们喘了一口气,扫视办公室,目光在汪长尺身上打了一个逗号,最后把句号落在黄葵的脸上。

"找了县中、二中,只找到这张椅子,你知道他在哪里吗?"汪槐说。

"他出去打工了。"黄葵说。

"为什么不告诉我们?"

"还没挣到钱,不好意思吧。"

"他去哪里打工?"

"省城。"

"有他的地址吗?"

"没有。"

汪槐叹了一声,脸色铁青,胸腔一起一伏。刘双菊抚着他的胸口,喂他喝水。他呛了一下,不停地咳。刘双菊赶紧给他捶背。这时,汪长尺的腿已经发软,鼻子酸酸。但是他咬牙挺住,想看看自己的心肠到底有多硬。汪槐骂了一声野仔,说叫他好好读书他不读,把人都快气死了。黄葵说李嘉诚不是没读过大学吗?人家不照样发财。汪槐说一个姓李,一个姓汪,没法比。

刘双菊打开行李袋,掏出鸡蛋和红薯放到桌上,说蛋是自家鸡下的,红薯是我种的,本想拿来给他吃,没想到他跑了。黄葵剥开一个鸡蛋,咬了一口。土鸡蛋特有的那种甜香顿时弥漫,家乡的味道扑面而来。汪长尺咽了咽口水,忍住。汪槐也咽了咽口水,说平时我们都舍不得吃,全给他攒着。刘双菊说你和他是最好的同学,看见你就像看见他,你吃也准如是他吃。黄葵"吧嗒吧嗒"地吃着,碎屑从嘴角飞起来。汪长尺的眼角挂着泪花。刘双菊说如果他跟你联系,请你一定劝他回来补习,伯娘求你了。黄葵点头。刘双菊说我喂猪养鸡,挑水煮饭,打柴剥玉米,搬石头砌墙从没喊过一声累,一想到他将来有出息,什么苦我都背得动。

汪长尺的两边脸庞痒痒的,从眼角一直痒下来,快痒到下巴时,他悄悄伸手抹了一下,手掌全湿。汪槐说生了这么一个不争气的,我都想跟他断交。黄葵说这个也要转告吗?刘双菊说不要,你告诉他我们想他了。如果他实在不愿意读书,那就回来跟我种田耕地。在外面打工多辛苦呀,他身上没钱,城里又没亲人,不知道过的什么日子,是死是活都不知……汪长尺"叭"地跪下,叫了一声"妈",号啕大哭。刘双菊和汪槐都吓傻了,他们疑惑地张望。汪长尺脱下墨镜,泪眼汪汪地:"是我呀,妈……"刘双菊瞬间泪奔。

"造孽呀!"汪槐闭上眼睛,等汪长尺和刘双菊的哭声消停,他才睁开,说把衣服换了。汪长尺找出原先的衣服,钻进厕所换掉西装,走出来。汪槐说收拾行李。黄葵说干吗要收拾行李?他在这里上班。汪长尺看看黄葵又看看汪槐。汪槐说动手呀。汪长尺把旧衣服和晒干的课本全部装进行李箱。黄葵说你要带他去哪?汪槐说去他该去的地方。汪长尺提起行李。黄葵说你没长脑子呀,眼看就要挣大钱了。汪长尺说葵哥,对不起。黄葵说你听他的,一辈子都出不了头。汪长尺说我想读书。黄葵恨铁不成钢,在桌面捶了一拳。汪槐说走吧。一家人肩扛手提推推拉拉地走了。汪长尺偷偷地回了几次头。

他们来到县中操场的一棵树下。汪槐说你跟黄葵混,迟早会出问题,如果安心读书,我们借钱也要供你。汪长尺咬住下嘴唇,点点头,扛着椅子走去。他穿过空荡荡的操场,进入楼道,从二楼的口子冒出来,右转,沿走廊来到右边最后的那扇门口。他朝汪槐和刘双菊挥挥手,然后放下椅子,钻进教室。他还坐在原来的位置,就是后门口,远远就能看见他在门框里的侧影。汪槐和刘双菊持久地看着,像看一幅照片。

忽然,教室里响起了诵读声。

10

第二年夏天,汪长尺的高考成绩直线下滑,连中专录取线都没上。回到家门口,他的膝关节一软,跪在汪槐面前。汪槐闭上眼睛,双手分别捏紧松开,捏紧松开,似乎要把空气捏出水来。汪长尺无比惭愧,恨不得钻进他的掌心,让他一把捏死。他的手捏着松着,时间变得尤其漫长,慢到令人窒息。轮椅散发浓浓的尿味。汪长尺低下头,看见汪槐穿的是半截裤子,就是用长裤剪成的中裤,上面有两个大破洞和无数小破洞。大破洞是磨烂的,小破洞是烟灰烧的。他的两条腿肉少骨多,萎缩得像两根茶木。他赤着的双脚上沾满泥点,脚指甲又黑又长。终于,他的手不捏了,眼睛也睁开了。他长长地叹一声,说为什么越考越差?

"题目比去年的难。"

"再难,也不该掉一百分吧。"

"我……没有缺课,晚睡早起,死记硬背,什么招都用了。"

"那就是你的脑袋瓜不灵喽。"

"……也许吧,脑袋里塞了太多的东西,结果什么都记不住。"

"放屁。"汪槐扭头看着山坳,"你什么打算?"

"回家劳动。"

"那你永远就这么跪着。"

"我没你想象的那么聪明,我没那么大的能耐。"

"你有,只要继续补习,你就有。"

"可是……我不想读书了。"

"那你就对不起我,我们。"说完,汪槐用竹竿一撑,轮椅"喊喊喳喳"地离去,四个木轮都沾满了泥巴、干草、头发和树叶,转得缓慢吃力。汪长尺站起来,扭头看着远处。山上的树郁郁葱葱,肥大的叶片在阳光下闪闪发光,树木和青草的香味随热浪扑来,虫子的鸣唱此起彼伏,山腰的稻田一片金黄。

汪长尺跟刘双菊收稻谷。刘双菊割,汪长尺搭。劳动的间隙,他们坐在田边的青树下乘凉。刘双菊告诉他这一年村里发生了许多事。刘白条欠了上千元的赌债,老婆差点把房子烧了。田代军家的两头水牛被人盗窃,有人说是张鲜花勾结外面的人干的。张五的女儿在省城打工,每个月都寄钱回来,他们家已经建了一幢两层半的水泥房。王东的老婆汪冬得了妇科病,一直都在吃药,她把盒子和说明书到处乱扔,就连小孩都看见了"宫颈糜烂""月经不调"……

村里的消息只够刘双菊说两天,但田里的稻谷只收了一半。闷热的空气下,寂寥的山谷里,实在没话可说了,刘双菊就说自己。她说有一天傍晚她在水井湾淋菜,被途经的王东调戏。汪长尺问她从没从?刘双菊说她顺手就给了王东一粪瓢,弄得他一身臭气。

"这事爹知道吗?"

"我跟他说了。"

"他什么态度?"

刘双菊忽然就抹眼泪,说我的态度就是他的态度。他说在你没考上之前,我们不能做任何不洁的事。如果你考上了,他说我可以随便。他明知道我不是一个随便的人,可是他还这么说。我们每天都烧香敬神敬祖宗,生怕一点点邪念都会让你遭报应。蚂蚁不敢踩,鸡都不敢杀,见谁都让三分。张鲜花把你奶奶坟边的土全占了,我们也没争。祖宗都看着,神灵都看着……即使你考上了,我也不能随便。我们不能帮你写作文背书,就想帮你积点德。汪长尺的内心阵阵酸楚,他没想到自己的高考竟然连接着母亲的性生活,连接着父母脚下的蚂蚁。一连几天他都不说话,刘双菊仿佛也说完了。汪长尺举起割下的稻秆,狠狠地拍在搭斗的内壁,谷子纷纷脱落,"嘭嘭"的击打声回荡。山谷显得更加寂寥。

汪槐能撑着轮椅煮饭了。每天回家,汪长尺和刘双菊都能吃到他煮的热菜。除了煮饭,他还能脱玉米,扫地,剥花生,喂鸡,煮茶。每晚饭毕,汪槐都要劝汪长尺去补习。汪长尺说我想去补,你们负担得起吗?汪槐说没问题,这一年我们不是熬过来了吗?汪长尺不信。这一年,他的伙食费、服装费、学习资料和各种用具费,加起来一共花掉一千二百元。家里没牛卖,养了一头猪是用来过年的。除了卖鸡卖蛋卖黄狗,基本没别的收入。他们竟然把黄狗也卖了。他们没添一件新衣。汪槐甚至停服止痛药,据他说雨天里腰杆痛得"嘎嘎"响。

汪长尺偷偷问二叔,家里是不是借钱了?二叔说没有。汪长尺觉得奇怪,趁他们不注意时在屋里翻箱倒柜。一天,他从汪槐的枕头套里翻出一张纸条,上面写着:

欠二叔三百元。

欠张鲜花两百元。

欠王东一百五十元。

欠张五一百元。

欠刘白条十六元。

天哪,他们竟然给刘白条打白条了!汪长尺手里的纸在颤抖。抖了一会,他把它折好,塞进上衣口袋。口袋立刻就沉,仿佛揣着一块铁,把衬衣的肩膀都拉歪了。他拿着纸条分别去见债主。债主们都说你爹反复交代此事不宜声张,免得影响你补习。汪长尺把他们手里的旧借条收回来,重新写了五张新的,借款人由汪槐变成汪长尺。汪槐不知这一变化,每天都在劝汪长尺去补习。汪长尺想他就像喝醉了的酒鬼,唾沫横飞地说着硬话,却忘了自家的实力。

当稻谷全部收完,汪长尺用肥皂给汪槐认真地洗了一次脚,并修剪他又黑又长的脚指甲。汪槐说看样子你是要去补习了?汪长尺说我想到城里打工。汪槐说造孽呀,有书你不读,而去卖苦力,你把一家人的希望都掐灭了。如果你不去补习,那就把剪掉的指甲接回来,把洗掉的污垢还给我。我是稀罕你读书,不是稀罕你洗脚。汪长尺说我不是读书的料,我就是一个平庸的大多数。汪槐摇着头说不,你是天才,你是我们汪家的大救星。

"你过奖了,其实我什么都不是,就一坨狗屎。"

11

汪长尺是在凌晨时偷偷溜走的。他背着包,提着球鞋,赤脚走在泥路上。路面冰凉,他想起一句著名的比喻:"泥路上的尘土是祖先们的骨灰。"草叶上的露珠打湿了他的裤脚,树林里不时传出动物的怪叫。天空暗黑,繁星频眨。走到坳口的枫树下,他回头望了一眼,村庄影影绰绰,树和房像一片墨汁。他看得双眼模糊,仿佛患了白内障,好像这是最后一瞥。许久,天空的颜色微微一跳,暗黑渐变为暗青。房屋有了轮廓,树木有了形状,黑色在瓦檐和枝丫间融化。他抹了一把眼角,转身走去。走到水库边,他把沾满泥巴的双脚洗净,穿上提着的球鞋,来到公路边等车。天亮了。低头的瞬间,他发现自己的球鞋洗得真他妈的白,白得就像城市的墙壁。

汪槐从床上醒来,晨光已照到他瘦削的屁股。他叫了两声长尺,没人应答。刘双菊走进来,把他抱到轮椅上。他说我竟然睡了懒觉,长尺呢?刘双菊说长尺进城了。汪槐把轮椅撑出家门,看着郁郁葱葱的远处,开骂:"汪长尺……你这个没出息的货,你这个不争气的家伙,有书你不读,非得去打工,干部你不想,偏要卖苦力,你不给祖宗长脸,专给爹妈抹黑,我生错你了,高看你了……"骂声虽然不高,却因为发声正确频率恰当而具备了超强的穿透力,它像一阵风飘过二叔家的房顶,掠过村庄和树梢。坐在公路边打盹的汪长尺仿佛有了感应,像突然被人叫醒那样醒来。山影投在田坝,水声蝉鸣交集。灰白的公路上驶来一辆班车,在他身边停住。车门打开,他背着行李钻进去。正在家门口骂着的汪槐突然闭紧嘴巴,就像班车关上了车门。

都知道汪长尺走了。刘白条第一个坐不住。他拿着借条来找汪槐,说我以为他是孝子,没想到是骗子。汪槐接过借条看了一遍,说既然他敢写,那就一定会还。刘白条说人影子都没了,谁还呀?汪槐说我不还在吗?刘白条用目光把汪槐重新评估了一遍,说我就不信你家里连十六块钱都没有。汪槐说要不你把两只母鸡抱走吧。刘白条不想要老母鸡,进屋去找钱。他把汪槐的席子掀开,看见一个钱包,包里一毛都没有。他打开箱子,除了几件破衣服烂裤子没什么值钱的。他打开柜子,里面有一坛猪油。他把坛子抱出来,说就拿这个抵债吧。汪槐说傻瓜,油吃了就没了,还不如要母鸡,它可以帮你生蛋,蛋生鸡,鸡生蛋,没准你还能发达。刘白条说鸡你就自己留着发达吧,我喜欢猪油,已经半年没见油花花了,铁锅都生锈了。汪槐说你把它拿走,那我们家的铁锅不就生锈了吗?刘白条说没办法,欠债的人总是被动,我的债主也是这样对付我的,连床板他们都拆了,还想挖地三尺。汪槐羞愧地低下头,把手里的借条撕碎。

刘白条抱着那坛猪油回家的时候正好被张五撞见。张五想手里虽然有一张借条,但如果汪长尺赚不到钱,借条就略等于白条。谁保证他能赚到钱?谁又知道他什么时候才能赚到钱?张五越想越觉得时间漫长,越想越觉得可疑,当即转身回家,拿了借条来找汪槐。汪槐答应支付利息,求张五再宽限几月。张五一刻都不想宽限,原因是他觉得自己被欺骗了。他说汪长尺跟他换借条时并没有说自己要外出打工,没说,就是信息不对称,信息不对称就是欺骗。汪槐说长尺不是那样的人,他一定会赚到钱,一定会还债。张五说凡是你一定的事,那就一定做不到,当初你不是说他一定能考上吗?汪槐词穷。张五到屋里转了一圈,决定扛走那个老木头做的柜子。汪槐说如果你不相信那就扛吧,反正我也没什么东西可装。张五递过借条。汪槐接到手里抚摸,摸着摸着,手掌就被刺痛了,那些字仿佛都长了牙齿。

张五扛柜子回家时恰巧被王东看见。王东突然有了危机意识,他赶紧找出借条,跟汪槐索债。汪槐说家里值钱的东西都没有了。王东说楼上不是还有一副棺材吗?汪槐说那是给我准备的,你这么年轻不会比我早死吧。王东说这不是死不死的问题,而是我的钱拿不拿得回来的问题。汪槐说我用人格担保,长尺一定会还钱。王东说这年头,人格值个屁。汪槐说那你先扛走吧,等长尺有了钱我再把它赎回来。王东叫刘白条帮忙,他们把棺材从楼梯上滑下来,一人扛着一头出了大门。汪槐胸口发闷,仿佛憋死了,仿佛看见自己的葬礼。

张鲜花看见张五扛了汪槐的棺材,心里一"咯噔",立刻翻出借条来到汪家。她说汪槐呀汪槐,我是你最大的债主,你在宣布破产之前为什么不先通知我?汪槐说不是我宣布破产,是他们不相信长尺。张鲜花说他们不相信,我凭什么相信?汪槐说你是不是看着长尺长大的?张鲜花说他们也是看着长尺长大的。汪槐说从小到大,他跟你撒过谎没?张鲜花摇头。汪槐说我有过欠债不还吗?张鲜花说没有。汪槐说什么样的种子发什么样的芽,什么样的藤结什么样的瓜,你就相信我们一次吧。张鲜花看着借条,慢慢地把它对折,往兜里塞去。汪槐暗暗使劲,连拳头都捏得紧紧,眼看借条就要塞进她的兜里了,忽然,她的手像被谁按了暂停。她说长尺是没对我撒过谎,但那是在村里,现在他进城了,环境变了,谁敢保证他还是过去的他?城里那么多骗子,他只要认识一个就会被传染。汪槐说即使把他丢进染缸,我相信他的颜色也还是白的,他不是个言而无信的人。张鲜花问这话你跟刘白条和王东他们说过吗?汪槐说没有。

"那为什么只跟我说?"

"因为家里实在没什么抵债的东西了。"

张鲜花在屋里转了两圈,确实没找到值钱的物品。她拍拍脑袋,说后山你不是还有几根杉木吗?汪槐说那是留来做房梁的,你看我家的房梁,烂的烂朽的朽,撑不了几年啦。张鲜花仰头看着,房梁确实黑了一半,那是雨水过度浸泡后的结果。她的心一软,但马上又硬起来。她说我只管收我的债,不管你的房梁。汪槐说锅里可以没油盐,死了也可以不用棺材埋,但这房梁一塌,我就上无片瓦下无立锥之地了。你连几根杉木都不放过,是不是逼得有点狠?张鲜花一下就怒了,说当初我借钱给你,那是为了帮你供孩子读书,现在孩子都打工了,凭什么还不还钱?汪槐说那么乖的孩子,你为什么就不相信他?张鲜花说因为他不是我的孩子。汪槐叹了一声,说要不我再给你写张条子?张鲜花问写什么?汪槐说如果长尺半年内不寄钱还你,那这笔债就变成双倍。张鲜花说一倍你都还不起,双倍你怎么还?汪槐说到时再还不起,我这房和宅基地都是你的。张鲜花说你敢写下来吗?

汪槐真的写了下来,还按了一个红红的手印。张鲜花拿着担保书走了,碰见谁就给谁看。王东看着字条,心里不服,说你只比我多借给他五十块钱,竟然换了一块宅基地。张鲜花说这就叫资本运作。

人人都在议论那张字条。刘双菊顿时有了压力,喉咙变细、肩周炎复发、胃痛加失眠、食欲不振、免疫力下降。汪槐安慰她,说如果你对自己的孩子都没信心,那还能对谁有信心呢?

第二章 弱 爆

12

此时,汪长尺已在县城的大会堂工地做了泥水工,月薪三百元,包吃包住。早上吃馒头,中午吃米饭加素菜,晚饭菜里有几丁肥肉。没肉时,大家吃得很平静。一旦碗里有了肉,大家就吃得心潮起伏。汪长尺总是把肉埋到米饭的下面,先吃完素菜和饭,然后再用肉来压轴。这种吃法叫先苦后甜,能让肉的味道久久地留在嘴里,仿佛余音绕梁。但这种吃法必须时刻警惕,否则碗里的肉就有可能被工友们忽然伸过来的筷条掠走。埋肉的时候,汪长尺有一种收藏的快乐。最后几口全吃肉,他感觉就像集中财力办大事。躲避工友们的筷条时,他竟然有游戏的乐趣。如果没人盯饭碗,那他就深深的失落,甚至无法炫耀自己满嘴流油。因此,有时他会故意敲敲饭碗,故意把肉嚼得响亮,以此吸引工友们来抢肉。晚上他住在工棚里,床架两层,是用新板钉出来的,到处都是松木的气味。每个工棚住四十人。汪长尺在第二工棚十七床。夜深人静的时候,有人会突然闪动床板。这边一闪,那边的跟着受惊,于是大家一起闪。床板"咿咿呀呀"响成一片,弄得那些结过婚的工友忽然思乡,一夜无眠。而有些人,包括汪长尺,无论大家怎么闪床,他们都没醒来,困得就像一块水泥砖。

汪长尺的具体工作是运砂浆,就是把装满水泥砂浆的铁皮车从搅拌机口推到简式电梯里。一个名叫刘建平的跟他搭档,两人轮流推。一旦电梯里装满四辆铁皮推车,他们就关紧铁栅门,推上电闸。电梯"嘎吱嘎吱"地往上升,砂浆微微晃荡。到达二楼时,电梯会"嘎"地停住,少许砂浆溢出,从支架间"喊喊喳喳"地撒落。每次电梯升降,汪长尺就会竖起耳朵,"嘎吱嘎吱"声让他想起汪槐的木制轮椅。

这份工作是他自己找的。当初他从车站出来,走一程望一程,目标是长臂吊车。凡有长臂吊车的地方他都去了,然后,再找脚手架。有脚手架的地方也走了,他就听打桩声。打桩的地方探了一遍,他就闻水泥味。小小县城,十几个尘土飞扬的工地,他全都问过,只有现在这个工地的工头愿意接收他。这个工头姓何,名贵,脑袋尖尖,衬衣洁白,说话细声细气,还给他递了一支香烟。当天他就把行李从桥洞搬了过来。他想只要自己的身子骨累不垮,咬牙干三个月就能还清家里的债务。

第一月月底,到了领工资的时间,大家都没领到工资,于是就找何贵讨薪。何贵笑眯眯地说工资三月一领,大家不必着急。有人起疑,要求立刻兑现。何贵当即掏出一沓钱来,在手掌上"叭叭叭"地拍着,说谁愿意领就领,但领完后必须马上走人。有几个当场领了,提着行李头也不回。他们连衣服都没换,衣服上全是星星点点的泥浆,远远看去,他们就像穿着迷彩服。大部分工人一动不动,他们不知道何贵的用意。何贵说这叫管理,也就是说我培养一个工人,他至少得帮我干三个月,否则走马灯似的换人会严重影响工程进度。大家站了一会,想得通想不通都干活去了。刘建平一边推车一边发牢骚,说姓何的弄不好是个骗子。汪长尺说这么大一个工程,不至于吧。他想三个月发一次工资未必不是好事,这样可以强迫自己不花钱,相当于把钱存在银行,唯一不爽的是没有利息。

　　三个月后,何贵人间蒸发。工人们砸开他的办公室。有人抢走了电脑、电视机、饮水机、办公桌和席梦思。大部分工人什么也没抢到,有的聚集在工地骂娘,甚至砸机器泄愤;有的下棋打牌,暂时忘却眼前的困境;有的蹲在墙根,一眨不眨地盯住工地出口,盼望奇迹发生。汪长尺躺在床上补觉,修复九十多天来的身体劳损。松木板的气味已经淡了,工友们的吵闹忽远忽近。睡眠间隙,他的脑海不禁浮现出何贵来。他的口才那么好,牙齿洁白又整齐,兜里经常揣着一包名牌香烟和一次性打火机,逢人便递一支烟,并在对方刚刚叼上的刹那把火机打燃。递烟、点烟,他的动作连贯娴熟,一看就像老烟枪,可他从不抽烟,至少汪长尺没看见他抽过。这么一个彬彬有礼的工头,怎么会说不见就不见了呢?

想一会睡一会,直到饿得肚皮巴背,汪长尺才从床上爬起来。他走出工棚,发现自己已经睡了一天半。傍晚的天空有一片火烧云。工地安静了许多。一些人出去了。一些人排在墙根下坐着,抽烟的抽烟,闲扯的闲扯,发呆的发呆。汪长尺喝了一通自来水,肚子里"呱呱"地叫。他挨着刘建平坐下,悄悄地问你吃了吗?刘建平说吃了。汪长尺说能不能借点钱?刘建平起身,走到离他二十多米远的地方重新坐下。汪长尺左看看,右看看。工友们先后站起来,拍拍屁股,或钻进工棚,或离他远点。他的左右分别空出五米,人人避之,仿佛他是一个臭屁。现在他明白了,朋友之间工友之间,什么话都可以说,独独不能说"借钱"。他低下头,看着那些从缝隙冒出来的小草,看着地上来往的蚂蚁。他抓起一只蚂蚁放到手背,让它在手背走过来走过去,让它沿着手臂上行,看看要爬到膀子了,他又把它拈回来放到手背上。蚂蚁勤奋地爬行,以为可以找到出路,却不知每条路都被封堵。如此折腾,他暂时忘了饥饿。天慢慢地黑了,工地上已被停电。手背的蚂蚁被夜色吞没。他看不见它,但能感觉到它。他的肚子又"呱呱"地叫,胃酸一阵阵上涌。他朝蚂蚁拍去,手掌的局部湿了。他把湿的地方抹干净,搓搓手,起身走出工地。

13

汪长尺一直怀疑黄葵被抓进去了,但他抱着试一试的心理来到小河街,看见环球公司的招牌不仅还在,而且比原来擦得更亮。店面敞着,屋内的灯光扑向街道延伸至河面。这里已不再卖日用杂货,整个店面都腾出来做了办公室。黄葵和另外两人正在喝啤酒。茶几上摆着三盘四碟,卤猪脚卤鸭掌的香味扑鼻而来。他像看见久别的亲人,激动地叫了一声黄葵。三人扭过头,表情一律惊讶。黄葵的惊讶尤甚,他竟然停止咀嚼,拧紧眉头。忽然,他的嘴巴一动,说你不是要考大学吗?你不是不愿意跟我混吗?你爹妈不是把我当坏人吗?你们一家从这里走出去的时候,那手甩得就像考了全县第一,那腿劈得就像出污泥而不染,雄赳赳气昂昂,一副撞到南墙也不回头的气概。汪长尺说天地良心,我偷偷回过几次头,觉得对不起你。黄葵说我这个人记仇,你那副悬崖勒马、改邪归正的表情已经深深地深深地印在这里了。他一边说一边用手指点自己的太阳穴。汪长尺咽了咽口水,说我愿意帮你去砍手指。

"晚了,我自己已经砍了。"

"那我能帮你做点别的吗?"

"你那胆子,什么都做不了。"

"大胆不是天生的,是逼出来的。"

"说得好。有胆你把裤子脱了。"

汪长尺真的把裤子给脱了,臀部腿部顿时凉风习习。他们的目光像探照灯那样射过来。他的下半身黑里麻黢,只有穿裤衩的部位还是白的。他的鸟仔几乎缩进肚皮,仿佛害羞似的。黄葵忽然想起他们光着屁股一起在河里游泳的中学时光,那时汪长尺的皮肤和自己的一样皎白,只要不穿上衣服,看不出谁是农村的谁是城里的。但是现在,他们的皮肤差别就像城乡差别那么巨大,即使不穿衣服也能看出他们生活的距离。黄葵忽然有了一丝恻隐,说进来吧。汪长尺光着屁股走进来。黄葵生气地说:"穿上。"

饱吃一顿后,汪长尺惊慌的心才安稳。他的腿不抖了,虚汗不出了,整个人结结实实地砸在地上。这时,他才发觉黄葵他们一直在看着他吃。他抹了一把嘴角,说对不起,实在是太饿了。黄葵问敢不敢坐牢?他说只要不是杀人,恐怕都可以考虑。黄葵说有人把人打伤了,昨天刚进去,拘留十五天,明天你去把他换出来,每天给你一百元,十四天共计一千四百元。汪长尺说人都进去了怎么换?黄葵说这个不用你操心,你只管在别人叫"林家柏"的时候,响亮地回答一声"到"就OK。汪长尺问林家柏是谁?黄葵说这个不重要,重要的是你能挣到钱。

回到工棚,汪长尺早早地上床。但他睡不着,翻来覆去。当食物被胃消化,他的饥饿感消失了。没有饥饿感,他的紧迫感也没了。他发现饥饿时和吃饱后的选择判若两人。饥饿时什么都敢应承,没有羞耻,连鸟仔露出来也不在乎。但吃饱了就像中产阶级,瞻前顾后,就想我算个什么东东？脱裤子放屁的？犯人？坏人？汪长尺？林家柏？越想越悔，越想越鄙视自己，心情悲催到了极点，觉得自己就像那只被拍死在手臂上的蚂蚁，到处有路到处行不通。

想着想着天就麻亮了。汪长尺提着行李朝家乡奔去。他看见水库、茶林、大枫树和村庄，看见自家的大门紧闭。他敲了敲门，门"哗"的一声，屋里站着黄葵。黄葵睡眼惺忪，说怎么这么早？才六点钟呢。汪长尺一惊，仿佛梦游，脑子里想着回家，双脚却选择这里。

黄葵请早茶，点了满满一桌。汪长尺说你点得越多我就越吃不下。黄葵说心疼钱吗？汪长尺说好像死囚，枪毙前一定让他吃个饱。黄葵说你想多了，里面有吃的有住的，还安全防震，就当进去休假。汪长尺说从昨晚到现在，我的脑袋都是木的，要不是为了诚实守信，我真的就脚底抹油了。黄葵说别紧张，里面能培养人，也能锻炼人，更能考验人，好比一座熔炉，也像一所学校。汪长尺想穷人的学校，但他没说出来。他试着吃点什么，却什么也咽不下。他掏出一张字条，说这是我家的地址，你把一千块寄给我爹，另外四百元你帮我留着，汇款单上别写你的地址，免得我爹再次找上门来。万一我出什么事……你就帮我照顾好父母，让他们有饭吃，有衣穿，死的时候能有一口棺材。黄葵说多大的事呀，弄得跟生离死别似的。如果你真出什么事，那我就把你父母接到县城，像赡养自己的父母一样赡养他们。我让他们有车有房，看得起病买得起保险，洗脚，下馆子，跳广场舞，让他们充分体会到制度的优越性。汪长尺知道他敢这么说,是因为他自信不会出事,但还是问了一句:"你真做得到吗?"黄葵说我很少放空炮。汪长尺说要是他们有一个像你这么优秀的儿子,那就笑死了。

进去之前,汪长尺要花十几分钟时间,像间谍出发前那样默记:林家柏,男,三十三岁,未婚,某官员的儿子,辉煌地产公司董事长,家住龙腾小区一栋二单元五〇八房。一号晚十点,开奔驰八八八八号拉女友王燕萍吃夜宵,途经民生路时撞翻孙一平的水果摊,不仅不赔孙的损失,还挥拳打断他的两根肋骨。由于围观者众,不拘留不足以平民愤。王燕萍二十三岁,县歌舞团的歌唱演员,王局长的女儿。

黄葵用吉普车把汪长尺送到看守所门口。一路上,汪长尺不断给自己心理暗示。当看守所的大门徐徐打开时,他已经把自己变成了林家柏。仅仅半小时,他便从赤贫变成了富翁,名义上拥有官爹、豪车、楼中楼和美女。

14

汪槐收到了一张千元汇款单,汇款地址是省城Pa公司。汪槐大叫一声双菊。刘双菊闻声而出,问怎么了?汪槐说你现在血压正常不?刘双菊左瞄右看,说是你不正常吧?汪槐说你现在情绪稳定吗?刘双菊脸色突变,说是不是长尺出事了?汪槐把汇款单递过来。刘双菊接住,看着看着,眼睛就模糊。她抹着泪水,说想不到长尺这么快就有出息了。汪槐说我算过,长尺要吃要住要零用,一个月至少有五百块钱的工资才有能力给我们寄这么多钱。刘双菊说他又不是经理,怎么会这么高?汪槐指着汇款单上的那个"Pa",说看见了吗?这是外国字,只有外国公司才这么笨,很可能他们把美元当成了人民币。刘双菊咧嘴一笑:"要是他们一笨到底,那我们家长尺不就捡大便宜了。"

  汪长尺寄钱的消息一经传开,人们纷纷上门道贺。开始,汪槐给他们烧茶,后来才发现光喝茶抽烟是打发不走他们的。于是,刘双菊就得做饭。做饭没有好菜,她就去跟张五赊腊肉。张五怕她付不起钱,她就把汇款单掏出来给他看。汇款单已被无数人摸过,上面沾满了眼泪、泥巴、手印和锅灰。张五接过来辨认,这次汇款单又沾上了斑斑油渍。刘双菊为道贺的人们炒了腊肉,汪槐认为有了腊肉就得配酒。于是,刘双菊拿着汇款单去找二叔,说只要把钱一领出来,就还二叔的债,到时连米酒钱一起付。二叔接过汇款单看了看,这次又把酒糟沾到了上面。汇款单就像信用卡,在村庄里刷来刷去,刷得刘双菊心里一阵阵痛。道贺的人一边吃着腊肉一边夸汪长尺,一边喝着米酒一边猜汪长尺到底从事什么工作。有人说 Pa 公司是做手机的,有人说是生产电视机的,也有人说是做电脑的,汪槐说没准是造汽车的。

  猜来猜去,谁也没猜到汪长尺正在坐牢。每天他都蜷缩在角落,想象林家柏的派头。他以为进来那天,看守所会跟黄葵像交换战俘那样来一次交接,却没想到这边进那边出,连林家柏的背影都没看见。一天,他突然想起自己所在的工地就是由辉煌地产承建的,原来真正欠他工资的人是林家柏。虽然这次他从林家柏处赚了一千四百元,但扣除林家柏欠他的九百元工资,实赚才五百块。真是亏大了。他觉得像林家柏这样欠血汗钱不给的人,理应把牢底坐穿,理应拉出去枪毙,但没想到坐牢的却是他汪长尺,如果真要枪毙林家柏,没准枪毙的只是他的名字。只要价钱开得高,就会有人替他去死。只有在想象林家柏女朋友王燕萍时,汪长尺才觉得自己占了一点便宜。他想象她的歌声,想象她丰满的胸和雪白的腿,想象他们睡在一张床上……

在汪长尺胡思乱想的日子里,刘双菊的妹妹从娘家那边带着一个姑娘来到了汪家。姑娘叫贺小文,长得高挑美丽。一进门,她就接过刘双菊肩上的水桶,去水井边挑水。水井离汪家五百多米。她挑水走回来的时候,一手扶扁担一手甩着,身体一扭一扭,扁担上下晃动,两根辫子摇来荡去,整个人就像在跳舞。五百多米的小路,就像她的T型台。村人都在看她,汪槐也在看。双菊妹问汪槐中不中意?汪槐说姑娘是好姑娘,但没文化,没文化进不了城,进不了城就没法跟长尺在省城生活。长尺进了外企,工资又那么高,没必要再回农村讨个老婆。双菊妹说像小文这样漂亮的,目前在农村已是硕果仅存,要是她有文化早就嫁干部了。汪槐说一个乡村干部未必就强过一个省城的工人,你还是带她回去吧。双菊妹说你只顾做梦,也不看看家庭的实际困难,我姐都快累瘫了。要是有小文帮忙,她能喘口气,你在轮椅上也坐得安稳。汪槐说别剥削人家,别害苦人家,这事我们不能代替长尺。双菊妹在汪槐这里受阻,就到刘双菊那里求解。姐妹俩商量后,决定把小文留一段时间,让汪槐考核考核,看看她到底有多优秀。

　　赶街的日子,刘双菊带上私章和身份证,把汪长尺的汇款取了出来。在街上,她什么也没舍得买,就给贺小文买了一套薄衣服。虽然小文还不是汪家的人,但刘双菊已经把她当儿媳妇看了。剩下的钱,拿来还债。王东拿到钱以后,把汪槐的棺材送了回来。张鲜花拿到钱以后,把借条和承诺书撕碎。二叔的债也还了,酒钱也付了。张五的腊肉钱也给了。还剩下一点钱,刘双菊和汪槐商量后,买了两只猪仔。

　　贺小文煮饭挑水喂猪,样样能干。汪槐发现每当她喂猪的时候,那两只猪仔就吃得特别起劲,它们吃潲的声音"呱哒呱哒",听得汪槐心里一阵阵喜悦。干完一天的农活,小文就洗个澡,穿上刘双菊新买的衣服,在汪家门前做针线活。她把汪家衣裤的破洞都修补了,把脱落的纽扣也都钉上了。妇女们陆陆续续地喜欢到汪家来串门,之后男人们也来。汪槐和刘双菊清楚,他们来串门不为别的,就是为了看贺小文,为了跟小文聊天。

　　小文打了一盆热水给汪槐洗脚剪指甲。汪槐问怎么没读书?小文说当时有个哥在读,自己是超生的,家里被罚了不少钱,读不起。后来爹妈又超生了一个妹妹,家里更困难,就帮着干农活了。汪槐说你见过长尺吗?小文摇头,说只看过照片。汪槐说你的好我都领教了,但你还得回去,你待得越久我心里就越亏欠。小文说家里有哥哥嫂嫂,他们最担心的是我嫁不出去。汪槐说他们低估你了。小文说有人做过几次媒,但我都没看上,他们要么长得丑,要么没工资,我就想嫁个像长尺哥这样的,离开农村。汪槐说你都不识字怎么离开?小文说我偷偷学了百多个字,名字会写,路牌能认,电话也会打,数也会算。汪槐说万一长尺不同意呢?小文说那我就死心了。汪槐说到时你会恨我们的。小文说我帮你们做活路,你们给我吃的穿的,就当我出来打工。

傍晚,天边的云霞映红了山坡,各家各户的瓦檐上白烟袅袅。张五穿着崭新的衬衣,吹着口哨从乡里归来。快进村时,他看见贺小文在汪家的地里打猪菜。张五站在路上犹豫了一会,便爬到了汪家的红薯地。贺小文叫了一声张叔。张五说你能保密吗?小文说保什么密?张五说我跟你的谈话。小文说只要不是害人的,我就帮你保密。张五掏出一张单子,问见过吗?小文说汇款单,是不是长尺寄来的?张五说你看看上面的名字?贺小文连猜带认,说是寄给你的?张五说再看看金额。小文说三千。张五说这是我妹仔张惠从省城寄来的,你不要告诉任何人。小文说那你为什么要告诉我?张五说今天我在乡里跟张惠通了一个电话,顺便把你的情况说了,如果你愿意去她那里工作,每月至少能挣三到五千块。小文问她干的是什么工作?张五点了一支烟,说你能保密吗?小文点点头。张五说她在一家大宾馆里,帮人洗洗脚、按按腿什么的。小文说有人找过我,说是进城帮人按摩,我一口就回绝了。张五叹了一声,指着坡下,说大凡长得漂亮的农村姑娘,就像那些大树,迟早都会被城里人买走。我看你长得水灵,家里又困难,才愿意帮你推荐。小文说谢谢张叔。张五说长尺的工资没我妹仔的高,你嫁给他还不如自己出去挣。小文说张姐的工资再高,你也不敢告诉别人。张五说是呀,其实我才是谷里最有钱的人。如果你想挣大钱,就找我。小文说除非长尺不愿娶我。张五说傻姑娘,有了钱还怕没人娶你吗?小文说等长尺回家吧,看看他的态度再讲。

15

汪长尺从看守所里出来后,在河边找了一块石头坐下。太阳正烈,很快就把他的关节晒热。他活动活动四肢,"扑通"一声跳到河里,一边游一边把衣服裤子脱下来搓洗。衣裤搓干净了,他就放在石头上晒,然后赤身裸体地再跳入河中,洗头发,抠脚趾。因为有阳光的透射,他能看见从身上搓掉的污垢像尘土那样在水中漂浮。感觉全身都搓干净了,他才趴在礁石上休息。身体一热,他便潜入水中。潜一会,晒一会。石头上的衣裤干了一半,他爬到岸上把它们翻过来,衣裤腾起阵阵水汽。又潜一会晒一会,衣裤就全干了。他坐在岸边,等身上的水珠全部晾干,才穿上洗净的衣裤。他闻闻袖子,竟然闻到了紫外线的香。

回到小河街时,黄葵不在公司,只有一位手下在值班。

汪长尺等到傍晚，才看见黄葵拿着一个砖头那么大的手机，醉醺醺地晃进来。他拍了拍汪长尺的肩膀，说没人欺负你吧？汪长尺说我现在是坐过牢的人，有污点了，就像女人不再是处女了，弄不好就嫁不出去。

"你还在乎名声？"黄葵一边说一边拉开抽屉。

"难道穷人就不配在乎名声吗？"

"我在乎这个。"说着，黄葵从抽屉里掏出一个信封摔过来。汪长尺接住，打开，先看见四百块钱，然后又看见汇款存根。他瞄了一眼汇款人地址，问 Pa 公司是什么公司？黄葵说我也不知道，是手下寄钱时瞎编的。汪长尺双手摸着存根，说谢谢。黄葵问下一步有什么打算？

"先回工地吧。"

"我这里没有适合你的工作，代坐也不是天天能碰上。如果有人找替身，我再通知你。"

汪长尺又说了一声谢谢，背着行李走了。来到工地，他闻到一股臭味。这臭味是长期停水停电造成的。进来的泥路已经板结，车辙和坑洼都是硬的。空地的草长高了，蚊虫也多了。汪长尺走进来的时候，墙根处还坐着十几个工友。不知道是光线偏暗或是工友们反应迟钝，他们看了好久才认出汪长尺来。他们问这十几天你都去哪里了？汪长尺没答。他们就搜他的包，想找吃的。包里除了几套衣服，什么也没有。他们就搜他的衣兜，看能不能找到钱。汪长尺有先见之明，在进来之前已经把钞票藏进了裤衩的小袋。他们什么都没搜到，失望地又坐回原处。刘建平埋怨："人家回来时,起码带几个红薯,最差也带一把花生。你什么都没带,回来干什么?"汪长尺说借钱。一听到借钱,所有人都闪开。

其实,他是回来找地方睡觉的。狠狠地睡了一晚,第二天早上他就到路边小店吃了六个大馒头,喝了一碗蛋花汤。吃饱喝足后,他又回工棚睡觉。他发现每到饭前半小时,正在热聊的工友们忽然就不聊了,仿佛要用三十分钟过渡一下,把眼前的熟人变成陌生。他们一个一个偷偷地闪开,分别闪到附近的包子店、米粉店和快餐店。每个人在闪进小吃店之前都会回头张望,生怕被别的工友跟踪分享。填饱肚子后,他们又单个单个地回来,重新聚集在墙根下聊天,好像刚才的躲避不曾发生。汪长尺也尽量躲避,但第三天晚上,当他闪进米粉店时,刘建平突然出现在他面前。刘建平说汪长尺你真无耻,竟然把钱藏在裤衩里。汪长尺看看门外,没有别的工友,就给刘建平点了一碗肉粉。两人坐在店外吃了起来。刘建平问你从哪里挣到的钱?汪长尺不答,低头几大口就把米粉吃光了,本想再来一碗,但因为刘建平在,就忍住。他说你为什么不出去挣钱?刘建平说我干了一百五十多天,衣服穿烂三套,鞋子踩破两双,皮肤脱了四层,难道还闷声走人?

"那你就等着何贵良心发现吧。我不相信他会回来发钱。"

"好多工友都在抗议,有关部门总得想办法解决吧。"

汪长尺说他去过有关部门门口。那个门口原来熙熙攘攘,现在稀稀拉拉。自从抓了几个打砸的工友之后,大家都害怕了,学乖了,静静地来,静静地坐在路边的树下,静静地提醒进出的官员:有人拖欠农民工工资。但官员们见怪不怪,在进出大门时,走路的最多加快一点步伐,坐车的把车窗摇上,骑车的用力蹬几脚。只要上面不来检查,县里没什么重要会议,他们就让他们坐在路边,井水不犯河水。据说曾有领导出面解释,说正在调查此事,会尽快拿出解决方案。但是二十多天了,为什么解决方案还没出来? 要么问题复杂,要么遇到阻力。时间拖得越久,来的工友就越少,原因是大家都不宽裕。谁没伙食费,谁就得退出,到最后,剩下三丁五丁,事情也就不了了之。刘建平说既然你这么绝望,还回工地干什么? 汪长尺说养力气。

一星期后,汪长尺感到力气已经恢复,能单手举起水泥砖了。这天晚上,他来到龙腾小区一栋,看看二单元五楼两边的灯都亮着,便轻步走上去。当他走到五〇八号房时,停下来做了一次深呼吸,便按下门铃。等了一分钟,铁门上的猫眼一黑,又一亮。汪长尺看没效果,连续按了几下。铁门裂开一道缝,一个穿睡衣的年轻男子露出脸来,问你找谁? 汪长尺说林家柏。男子问你是? 汪长尺说帮他坐牢的。男子皱皱眉头,说林家柏不在,就把门关上了。关门的一刹那,汪长尺想推门而入,但门上扣着链子,根本推不开。汪长尺又按了几下门铃,屋内再无反应。他就地坐下,盯住那扇铁门,生怕它会逃跑。

不到半小时,黄葵就赶到了。他叫两个手下把汪长尺架起来拖到楼下,塞进吉普车,拉到小河街环球公司门前。车门打开,汪长尺被拖进办公室。黄葵说你想找死呀?汪长尺问我干活的工地是不是林家柏的?

"是又怎样?"

"他欠了一百多个工人的血汗钱,该不该还?"

"别忘了,我们订过保密协议。"

"可是,"汪长尺掏出一份合同,"我也订过打工协议。"

黄葵接过合同看了一眼,刷地就撕。汪长尺伸手去抢,只抢回来半截,又扑上去抢另一半。黄葵推开他,说不就九百块钱吗?老子给你,但你得保证滚出他的视线。

"我讨我的工资,你管什么闲事?"

"你有什么证据证明人家欠你的钱?"

汪长尺举起合同。黄葵说好好看看,那上面有公章有签名吗?汪长尺看合同,发现被撕走的是盖章签名的那半截。他指着黄葵的鼻子:"你……你赔我。"黄葵掏出九百块钱摆在桌上,说只要你写一句话,就把钱拿走。

"写什么?"

"保证从这个县城消失。"

"这是他家的地盘吗?"

"不是,但胜似。"

"那这钱我就不要了。"

"你想要什么?"

"我叫工友们一起到他家去讨债。"说完,汪长尺转身就走。

黄葵叫两个手下把他拉回来,按住。汪长尺挣脱他们。他们又把他按住,直到汪长尺不挣扎才松开手。黄葵说你收了人家的替身费,又去骚扰人家,还有没有信用?汪长尺说要讲信用,大家一起讲,不能光我一个人讲。黄葵说工资你拿走。汪长尺问不写保证书?黄葵说他不欠你工资,就算守信用了。他守了,你就得守。汪长尺说那他欠别人的呢?黄葵说你管得了那么多吗?汪长尺顿时闭嘴,脑海浮现汪槐和刘双菊,浮现那个破烂和困难的家。说真的,他想立刻把那九百块钱抓到手里,但他不服气,说凭什么他可以欠债不还?

"因为他爸是林刚。"

汪长尺犹豫了。他知道自己斗不过林家柏,也管不了别人,他太缺钱了。于是,他的手朝钱伸过去。黄葵说拿了钱就必须消失,否则谁都不能保证你的安全。他的手忽然一抖,像被火烫了一下,飞快地缩回。

16

夜深了,汪长尺朝工地走去。工地没电,黑咕隆咚。他刚一迈进大门,就被两个男人按住,拳打脚踢。汪长尺一边喊救命一边跟他们对打。其中一人的鼻梁被他揍了四五下,他甚至听到鼻梁骨折的声音。但是马上,他的头部被棍子击了两下,腹部被捅了两刀。他的力气瞬间消失。等刘建平他们打着手电筒从工棚里跑出来时,他已倒在血泊之中。

刘建平他们报了警。警察把汪长尺送进医院。因为是警察送来的,汪长尺得到抢救。当晚,乡派出所的王警察接到县城公安局值班室的电话。王警察连夜赶到谷里村,拍开了汪槐家的大门。第二天早上,汪槐请二叔和刘白条抬到公路边。汪家人包括贺小文坐上了开往县城的班车。

汪长尺是被哭醒的。一星期来,他的耳畔一直伴随着断断续续的哭声。哭声像风吹像水流像蝉鸣……若有若无,时强时弱。到了第七天,他终于听清那是刘双菊在哭。他叫了一声妈,眼眶就红了,泪水涌出来,沿着脸庞下行,一直流到脖子。贺小文背过身去悄悄抹泪。汪槐一忍再忍,但眼角还是湿了。病房里哭成一片。哭累了,他们就歇歇,歇够了他们就接着哭。除了哭,他们没有更好的表达方式。除了哭,他们只能相互抹泪。刘双菊帮汪长尺抹,汪槐帮刘双菊抹,汪长尺帮汪槐抹,贺小文帮刘双菊抹,刘双菊帮贺小文抹,他们的手指都被泪水泡成了咸肉。

刘双菊推着汪槐去了小河街派出所。他们问警察凶手抓到没?警察说又不是眨眼睛,哪有那么快。汪槐和刘双菊就坐在值班室里,到了中午下班,他们没走;到了下晚班,他们还没走。整整一天,他们每人只吃了一碗米粉。警察说难道你们要把这里当宾馆吗?汪槐说我们没有能力支付长尺的住院费,求你们赶快把凶手抓起来。警察说凶手是谁都还没搞清楚,怎么抓?汪槐说长尺知道凶手。警察问他清醒了吗?汪槐说清醒好几天了。

天黑了,路灯亮了,他们还坐在值班室里。警察说你们先回吧,一有消息我们会告诉你们。汪槐说没地方去,我们就在这里等吧。警察说要等就到门口去等,我要下班。刘双菊把汪槐推到门口,警察"砰"地把门关上。

第二天,汪长尺的病房来了两个警察,一个姓陆一个姓韦。姓陆的问,姓韦的记录。汪长尺跟他们讲述那晚挨打的经过,并根据按住他的力度和角度,根据他们身上的气味,断定凶手就是黄葵的那两个手下。因为在他被袭之前两小时,那两个人曾在黄葵的办公室把他死死按住。他的脑袋、肩膀、腿脚和鼻子还保留着对他们的鲜活记忆。警察劝他先别下结论。汪长尺说我把其中一人的鼻梁打断了,你们只要查查黄葵的手下,看有没有被打断鼻梁的,事情就一清二楚。警察没表态,而是不断地启发他,跟工友们结没结过仇?借没借过别人的钱?抢没抢过别人的女朋友?他们一边问一边盯住贺小文,问她从哪里来?以前交没交过男人?他们问得很遥远很宽广,甚至都问到了刘白条、王东、张鲜花和二叔,还问到了贺小文的哥哥和嫂嫂。汪长尺认为他们是在故意回避黄葵,就不想说话。警察说你要是不肯回答,那这个案子就难破。汪长尺说该说的我都说了,就差没说出凶手的名字。陆警察站起来,韦警察合上记录本。

汪槐和刘双菊每天都守在派出所门口,凡看见警察进出,他们就问凶手抓到了吗?他们的询问就像街道上司空见惯的噪音,没有引起警察们的任何反应,哪怕抬抬眼皮动动面肌点一点头。这样的询问他们听多了,听惯了,已经懂得自动屏蔽了。可汪槐和刘双菊还苦苦盼着,以为会有答案。当警察们在屋内讨论案件时,汪槐和刘双菊就屏住呼吸,竖起耳朵。那些从窗缝里飘出来的语言碎片,和汪长尺的案件毫无关系。他们从来都没听到他们讨论汪长尺的案件。一天中午,汪槐拉住了陆警察的裤脚,问到底什么时候才能破案?陆警察说暂无头绪。汪槐从轮椅里滚出来,趴在地上磕头。陆警察说磕头就能把凶手磕出来吗?汪槐不管,"咚咚咚",一下比一下磕得有力,地皮都好像被他磕痛了。陆警察把双脚从汪槐的双手里拔出来,骑上摩托车走了。刘双菊去扶汪槐,汪槐把她的手拨开。他就那么趴着,见谁进出都磕,见谁都说"求你帮帮我们"。汪槐的脑门磕出一片血迹。刘双菊用纸巾帮他擦,擦一下他的面肌就颤一下。

汪槐没别的办法,就用竹竿指了指小河街的那一头。刘双菊明白他的意思,把他推到了黄葵的公司。黄葵在,他的两个手下也在,其中一个鼻梁乌紫,乌紫处显然曾经骨折瘀血。汪槐盯住黄葵,说连同学都下手,你的心好狠。黄葵没搭理,冷眼看着。汪槐问为什么?黄葵说你去问他。

"他得罪你了吗?"

"比得罪还恶劣。"

"所以你就派手下去杀他。"

"真杀他还有命吗?只是一个警告。"

"你的眼里还有没有王法?"

"有呀,派出所就在那边,你叫他们来抓我呀。"

"我×你妈。有你这么欺负人的吗?"汪槐一怒之下,举起竹竿照着黄葵的脸打去。黄葵闪躲。汪槐的竹竿一阵乱劈,但因为用力过猛他从轮椅里跌出,倒栽在地板上。黄葵说别拿鸡巴当脖子,有本事你站起来走两步。刘双菊把汪槐扶上轮椅。汪槐气得全身震颤,恨得牙齿上火。他双手一撑,想站立,但他的腿不争气。自从跌伤以后,他的腿肌已经全面萎缩,大腿就像小腿那么粗,小腿就像手臂那么细。现在,即便他想把对方吃掉,嘴巴也够不着;即便他想扁他,手也没那么长。短短数秒,他的愤怒指数急转直下,悲凉像刀片割破喉咙。他的双手软了,屁股重重地跌落,胸口起伏,连气都喘不顺,还不停地咳嗽。黄葵说凭你这点本事,就别闹了,乖乖地带着汪长尺回农村去吧。汪槐用力一咳,把嘴里的一口痰吐到黄葵的脸上。黄葵骂了一声,连扇汪槐几个耳光。刘双菊对着黄葵一头撞去。两个手下把刘双菊拉开,扔到门外。刘双菊还没爬起来,就看见轮椅从屋里起飞,画了一道弧线,落在她的面前,散成一堆木板。汪槐摔在木板上。刘双菊骂刀杀的,鬼打的,狗娘养的,没良心的,畜生不如,千刀万剐……卷闸门"哗"地落下。

汪槐抬手指了指小河街的那头。刘双菊背着他往回走。他们从那头到这头,又从这头到那头。正好陆警察和韦警察都在。汪槐说黄葵承认了,你们帮我抓他吧。韦警察拿出记录本,翻开,说我们问过黄葵,他不承认,也没证据。汪槐说那个鼻梁受伤的不就是证据吗?陆警察说那人我们也问过,他说鼻梁受伤在先,汪长尺被打在后,因为汪长尺看见他鼻梁受伤,所以就编谎话来诬陷。汪槐问为什么要诬陷?

"他说汪长尺怕抓不到凶手没人出医疗费。"韦警察说。

"放他妈的狗屁。"汪槐说。

"他们还讲汪长尺有被迫害妄想症。"陆警察说。

汪槐问长尺被打是真的吗?韦警察说人还躺在医院呢。汪槐又问他被捅两刀是真的吗?陆警察说伤口都验过了。汪槐说那这个迫害是真的还是妄想的?

陆、韦异口同声:"真的。"

汪槐说我对天发誓,长尺从没说过谎话。韦警察说问题是我们没法证明那人的鼻梁是汪长尺打的,现在各有说法,我们也很难断定。汪槐说黄葵刚才都承认了。陆警察问谁听见了?有录音吗?汪槐说你开什么玩笑,像我这样的人买得起录音机吗?韦警察说再说了,你真有录音,他也未必承认。汪槐指着刘双菊,说她可以证明,她刚才也听见了。陆警察说你们是一家人,就像利益共同体,不能相互证明。汪槐说那这个案子还破不破?韦警察说目前还没有突破口。陆警察说看看别的案件能不能扯出这个案件,需要点运气。汪槐的脑袋里"轰"地一炸,绝望啊,绝望得都想撞墙,但是他不能,一家大小还得等他拿主意呢。

17

  进城前夜,汪槐跟二叔和张五借了两千块救命钱。这钱一直缝在刘双菊的衣兜里,一分也舍不得花。院方天天催缴医药费,但汪槐和刘双菊都说没钱,都说等抓到凶手了由凶手来缴。院方一生气,停了汪长尺的用药。刘双菊怕汪长尺痛,赶紧撕开衣兜,像急着喂奶那样把钱掏出来。汪长尺说一旦缴了这两千,医院就觉得我们有支付能力,一旦他们认为我们有能力支付,那就非弄到我们没能力支付不可。刘双菊没听懂,扭头看着汪槐。汪槐说长尺的意思,是让你把钱藏住不缴。刘双菊说那长尺的身体顶得住吗?汪长尺说伤口已经愈合,要痛也是小痛。汪槐撩开汪长尺的衣服,查看他的两处刀伤。汪长尺说红肿没了,伤口干了,不会感染的。汪槐用指尖轻轻按压伤口。汪长尺暗暗咬牙。汪槐问你真顶得住痛吗?汪长尺说小时候受伤流血,哪一次不是自动愈合?汪槐说爹没本事,你得学会自己咬紧牙关。汪长尺咬紧牙关,点了点头。
  汪槐的木制轮椅被黄葵他们摔烂后,他每行一处都由刘双菊背着,刘双菊的背部湿透了,从早到晚几乎没干过。她感觉汪槐越来越沉,越来越难背,越来越像个负担,于是,从兜里抽出三张钱,给他买了一个铁制轮椅。这个轮椅有轮胎,有仿皮坐垫,有刹车,人坐在上面双手可以转动轮子。由于花钱太多,汪槐坐上去时感觉就像坐在仙人球上,屁股被锥得一阵阵疼,甚至引发便秘。

每天晚上,刘双菊要在汪长尺病房的地板上铺两张席子,汪槐睡一张,刘双菊和贺小文睡一张。开始医院不允,把他们赶出病房。但是地球那么大,他们却没地方可去,半夜又偷偷潜回。如此数次,院方只好默认。自从停药之后,他们经常在半夜里被汪长尺的梦语惊醒。汪长尺喊得最多的一句就是:"黄葵,我杀了你。"听到汪长尺喊杀,大家都睡不着。刘双菊从地上爬起来,给汪长尺喂水喂汤,用湿毛巾帮他擦脸擦身子。有好几天汪长尺微烧,刘双菊担心,想偷偷去缴药费,但每次她一出门,汪长尺准会醒来,好像她的双脚连着他的神经。他说你要是把钱缴了,那我就不叫你妈。刘双菊没别的办法,只好不停地用冷水给他抹。整天整夜地抹,一直抹到他退烧。

即便是体温正常了,汪长尺也没有停止说梦话,好像梦话能消炎止痛。汪槐睡不着,便爬到轮椅上听。他说得最多的还是那句:"黄葵,我杀了你。"就像录音机卡带,反复播放。有时,他一边说还一边做砍杀动作。汪槐以为他是醒的,摇摇,发现他确实在梦中,就担心,用力把他摇醒。他睁开眼,看着轮椅上的汪槐,说你怎么不睡?汪槐说知道刚才你说什么吗?

"知道,有时我会被自己的梦话惊醒。"汪长尺说。

"别再喊了,认命吧。"

汪长尺觉得这话不像是汪槐说出来的。他从不服输,从不在人前低头,但现在他把头低了下去。汪长尺看不到他的脸,只看到他的头顶,头顶上有不少白发。汪长尺说睡吧,我不会给你添麻烦了。说完,他闭上眼。汪槐知道他是假睡,目的是安慰他。于是,他熄了灯,从椅子上爬下来,睡到席子上。他们都假装呼吸均匀,假装进入梦乡,以让对方放松,但其实他们的胸膛里都跑着火车,轰轰烈烈,"哐哧哐哧"……睡了一会,汪长尺轻轻侧过身,偷看地板上的汪槐。汪槐即使闭着眼睛,也能感受到灼热的目光,但他一动不动,假装淡定。汪长尺看着地板上的三个身影,足足有一分多钟才翻过身去。汪槐悄悄地睁开眼睛,看着灰白的窗外,路灯的微光照在树上,树叶依稀可见。突然,汪长尺又侧过身来。他和汪槐的目光在暗黑中相遇,却马上又躲开,彼此都不捅破,留给对方足够的面子。汪槐说如果你总是想着报仇,那身体就恢复得慢。汪长尺说我发誓,再也不说梦话了。

但杀人的梦话还在继续,那是他深深的潜意识。每天深夜,汪槐就坐在他的床边,只要听到他一说"黄——"立刻就把他戳醒。他睁眼看看汪槐,咽一下口水,咬一咬嘴唇,闭上眼睛,仿佛是从头再来。汪槐像个忠诚的守夜人,始终保持坐姿,偶尔靠在轮椅上打打盹。汪长尺即使咬住舌头,也没管住梦语。但汪槐一次次把他戳醒,一次次把他的梦话打断。渐渐地,他的梦话少了,甚至没了。他的身体一天天好转,大家的睡眠质量也在提高。一天深夜,他们忽然听到汪长尺在梦里叫小文。"小文,小文……"这一叫,叫得大家心花怒放。贺小文立马坐起来,眼泪"吧嗒吧嗒"

的,说我服侍他这么久,他终于喊我的名字了。

白天,趁刘双菊和贺小文外出,汪槐关上房门,问小文怎么样?汪长尺看着天花板,说是个好女人。

"愿不愿意娶她?"

"我现在这副半死不活的模样,她怎么会看得上?"

"要是看不上,她早溜了。"

"她看上我什么?看上我的困难吗?"

汪槐一时答不上来,扭头看着窗外。树下有一片草丛,草尖上两只彩蝶翻飞。他说给她一点盼头。

"可我什么都没有。"

"跟她说 Pa 公司,说等病好了,带她去省城。她喜欢城市。"

"Pa 公司是一个谎话。"

"……当初我不哄你妈,她也不会嫁给我。"

"我没这么卑鄙。"

"难道你想一辈子待在这个小小的县城吗?"汪槐回过头来。汪长尺怕碰他的目光,扭头看着窗外。那两只彩蝶已飞过树梢。他想要是我也有翅膀,就可以飞走,就不用缴住院费了。

"小文可以和你一起到省城去打工,成家立业。"汪槐说。

"你想多了。"

"那你起码要对她好点,没有人能像她这样,愿意跟我们睡地板。"

汪长尺叫刘双菊买了一块小黑板,挂在床头的墙壁上。每天,他都教贺小文认十个字。贺小文睁大眼睛,跟着他学,从一横一竖一撇一捺开始。她学会了"吃"字,学会了"穿"字,学会了"住"字,还学会了"行"字。有的字教了几十遍她也写不出来。汪长尺就骂她笨。她不服气,歪着脑袋想半天,不是把"料"字写成"科",就是把"渴"字写成"喝"。偶尔她也生气,把粉笔砸在地板上,说我不跟你比写字,我跟你比煮饭喂猪。说完,她就蹲着哭,哭自己脑袋瓜不灵,哭自己家里穷没送她读书。汪长尺说如果想去城市,就得认足一千个字。贺小文张大嘴巴,说那么多呀?汪长尺说就像存钱,一天存十块,一百天就是一千块。贺小文说我没那么大的脑袋。汪长尺说认不够一千个字,到了城市你就会被别人欺负。贺小文说我认不得字你不是认得吗?汪长尺说你不可能天天扯着我的衣襟吧?贺小文想想也是,重新站起来,咬着嘴唇跟汪长尺一遍一遍地读:

"我——"

"我。"

"要——"

"要。"

"报——"

"报。"

"仇——"

"仇。"

18

　　白天,汪槐和刘双菊都不在病房里,他们把这个空间全部留给汪长尺和贺小文,甚至都想在窗玻璃上贴一张"囍"字。到了深夜,刘双菊才把汪槐推回来。汪槐蔫头耷脑满脸疲惫,刘双菊还没帮他擦完身子,他就坐在轮椅上睡着了。汪长尺很内疚,说你们为什么每天都早出晚归?刘双菊说我们留在这里,会影响小文认字。小文说没关系的,你们在或不在我都这个水平。汪长尺说其实我和小文没那么多悄悄话。刘双菊说我们也有我们的事。汪长尺问是不是去找黄葵了?汪槐像被电击,忽然惊醒,说没、没有,我们去的是派出所。汪长尺和小文看着他们,好像他们是两个生字,必须多看几遍才能明白他们的意思。汪槐说如果我们不去催他们,他们就把这个案件忘了。他们忘了,就没人帮我们破案。案件不破,就没人付住院费。汪长尺问案件有进展吗?汪槐说我都磕头了,但他们还是摇头。

　　汪长尺拖着虚弱的身体偷偷溜出医院,来到小河街的一棵树下踩点。斜对面,黄葵公司的大门敞着,那辆吉普车停在门前。虽是秋天,太阳还是那么烈,照得吉普车的影子都像在流黑油。空气还像夏天那么闷,闷得都想抽人。街道上人来人往,叫卖声和铃铛声不绝于耳。汪长尺的目光全部落在吉普车上。他想靠近它,熟悉它,甚至利用它,但现在却不敢靠近,必须是偷偷地、神不知鬼不觉地。一想到那个结果,想到那个画面,他就血脉偾张,心里就解气,全身就痛快。连续两个多小时,他被吉普车弄得心跳加速,头晕体虚,汗水湿透衣背,地面好像在摇晃,连坐都坐不稳。他靠在树上眯了一会,感觉好些,就扶着树站起,稳稳身子,朝医院慢慢地走去。

躺在床上,他开始想念那辆吉普车,想念它的车门、轮胎、方向盘、前杠、车灯、发动机和刹车片……想得脑袋都胀了,也没想出一个下手的方案。他觉得它太陌生太高科技,于是,又溜出医院,来到车站边的汽车修理店。他坐在店前的一块石头上,看着双手油污的师傅们把轮胎卸下来,把发动机拆下来,把刹车片脱下来,又看着他们把修复的零件一一装上去。接连看了两个下午,涂师傅问你到底想干什么?汪长尺说想给你当徒弟。涂师傅说当徒弟可以,但你能把两个轮胎同时举起来吗?汪长尺把两个轮胎摞在一起,试举,轮胎还没离地一尺,他就气喘吁吁了。涂师傅踹他一脚,说滚一边去。汪长尺解释,说等身体完全恢复后就没问题。涂师傅不搭理。他就给涂师傅倒茶、扫地、擦桌子,还帮他洗衣服。

每天下午溜出医院前,汪长尺都跟小文说是去找老师和同学借钱。病房里只剩下小文一人,她除了上厕所哪里也不能去,因为护士不时会伸头看看病房,以确保有人,否则她们就怀疑汪长尺想逃债。小文成了人质,护士每次伸头,她都说长尺借钱去了。虽然她嘴上这么说,心里却是慌的,因为汪长尺每次回来,口袋里都没钱。她怀疑他,就从窗口爬出去跟踪,一直跟到汽修店。她看见他给那个师傅打下手,有时递螺帽,有时递管子,有时递胶皮,有时蹲在旁边静静地观察。

次日清晨,汪槐和刘双菊又出去了。小文开始收拾行李。她把衣服折叠得整整齐齐,然后装进软包。装完衣服,她就装牙刷、牙膏、梳子、镜子,甚至橡皮筋。汪长尺说还有毛巾。小文从挂钩上拿下毛巾,装进一个塑料袋。汪长尺掏出两百块钱递过来。小文伸手去接,看见他的手上全是油垢。小文的心一软,泪水浸出眼眶。汪长尺想帮她抹,但手伸到一半又缩了回来。他说出来得太久了,你确实该回家了。小文抹了几把眼泪,背过身去,说你是想做修理工吗?汪长尺吓了一跳,说你怎么知道?小文说我跟踪了。汪长尺的脸瞬间惨白,问你跟谁说过吗?小文摇摇头。汪长尺说这事别告诉任何人。小文说你认得那么多字,为什么不到大城市去打拼?

"因为……"汪长尺吞吞吐吐。

"因为什么?"小文转过身,眼泪汪汪地看着。这是一张红扑扑的脸蛋,皮肤白净,头发黢黑,眼珠子透亮,眼睫毛长长,好得都不忍心骗她。她咬着嘴唇,似乎在等答案。汪长尺问你能保密吗?她说为什么男人总喜欢让我保密?

"因为他们要跟你说真话了。"

她点点头。汪长尺说我去修理店,是想学点技术,目的是要破坏黄葵的吉普车,让他出车祸,以报两刀之仇。她倒抽一口冷气,说就不怕警察抓你?

"我不承认。"

"那他们会审问我。"

"你也不承认。"

"万一他们严刑拷打呢?"

"所以,你最好现在就离开,什么也不晓得。"

小文低下头,说你这么做,就不能尽孝心,不能讨老婆,不能过安生的日子,汪叔和刘婶已经可怜得只剩下骨头了,难道你还忍心让他们可怜得只剩下渣渣吗?想想看,如果你不幸牺牲了,谁来养活他们?谁在他们临终的时候,用手臂托着他们的后脑勺?汪长尺说可是,我咽不下这口恶气。小文一把抓住他的裤裆,说这样是不是气就消了?汪长尺全身战栗,说对不起,小文,对不起……

小文把湿毛巾拿出来,重新挂到墙壁上。汪长尺跟她请假,说这一次真的是出去搞钱。小文要求跟他同去。他们来到黄葵的办公室。黄葵没想到,愣了一下,说你还没死?汪长尺说勉强活着。黄葵说女朋友蛮靓嘛。汪长尺说如果你把欠我的工资给我,那我就立即跑路。黄葵说谁欠你的钱你跟谁要去。汪长尺说你把我合同撕了,我去跟谁要?黄葵说当初你干吗害羞?为了一点狗屁尊严,你害得我好惨。汪长尺和小文都觉得有点突兀。小文撩起汪长尺的衬衣,指着他的腹部刀伤,问你有这么惨吗?黄葵举起五根手指,说为了摆平你这单案子,老子白白花了五个数,你说是你惨还是我惨?汪长尺愤而起身,要去打黄葵。小文把他死死抱住。黄葵说不是所有的人都配有仇恨,想仇恨,首先你得有仇恨的资本。汪长尺挣脱小文,操起一张板凳,正要砸过去时,忽然听到汪槐的呼喊:"长尺……"

汪长尺的手一抖,扭过头来,看见刘双菊推着汪槐不可阻挡地进了大门。汪槐双手捧着几沓崭新的人民币,说别打了,Pa公司给你寄住院费了。黄葵知道Pa公司是假的,一声冷笑。汪长尺把板凳砸在地上。板凳的四条腿断了三条,木渣飞溅。黄葵说要是给板凳买了保险,你就砸吧。

一家人劝汪长尺,他们推他,揉他,就像和面,把他硬邦邦的身体搓软。四个人垂头丧气地回到医院。汪槐把钱交给小文,让她和刘双菊到医院账务室埋单。病房里汪长尺和汪槐面对面。汪长尺黑脸坐在床上。汪槐说我都举起双手了,你还吹什么冲锋号?汪长尺说天理不容呀。汪槐说没有天理,从出生那天起,我们就输了,输在起跑线上。汪长尺说被人捅了,还得自费,我他妈拉动内需呀?汪槐说也不是全坏,还有好人给我们送钱。汪长尺问钱从哪里来的?汪槐说你能跟小文保密吗?汪长尺说难道你是抢来的吗?汪槐说钱是我一天一天讨来的。汪长尺的脸色突变,就像嫖娼被抓了现场那样惊恐:"你竟然做了乞丐?"汪槐说讨的都是零钱,我怕小文不信,就到银行换了大钞。

"不觉得丢脸?"汪长尺问。

"怕丢脸,我们就得住在医院。知道住医院的成本有多高吗?"

汪长尺羞愧地低下头:"是我把你们拉下水了。"

"要怪就怪你爷爷……"

19

　　深秋的谷里村,山上山下黄的黄,红的红。风一吹,树林沙沙,遍地都是落叶。天高了,云淡了,气温降了。屋顶上乳白的炊烟,像牛奶慢慢地一针一针地泼向天空。牛群三三两两在坡上找吃。张五家的黑马在稻田里撒欢。王东与汪冬坐在晒楼上剥玉米,黄灿灿的玉米棒堆到了他们的下巴。张鲜花家的窗前晾着一排衣服,风一吹衣服"啪哒啪哒"。水井里的水虽然少了,但流水声却更加动听,像是什么人在弹琴。汪槐家的菜园已经荒芜。二叔家的菜园还立着一片白菜,白菜内青外白,像玉做的。窗口结满蜘蛛网。门板上有一行字:"汪槐,你跑到哪里去了?"那行字是用白石头写的,经过风吹日晒和雨淋,笔迹已淡,看上去像邻村光胜的笔迹。

　　他们推开门,扫地,劈柴,担水,烧火,洗碗,晒被子,从二叔家领回那两头寄养的猪崽,生活又重新翻开。汪长尺发现屋角的李树上有几个干果,就爬上去摘下来,放到小文的嘴里。小文一嚼,酸酸甜甜的,就像某产品的广告,味道怪极了。

　　汪槐请人掐算了一个日子,办了二十桌酒席,汪长尺和贺小文就算合法了。当晚,小文和汪长尺坐在婚床上,小文问你真的会带我去省城吗?汪长尺说如果我说不去呢?小文说那你就是个骗子。汪长尺说你为什么要嫁给骗子?小文一时答不上来,坐在床边,双手护住衣服的纽扣。汪长尺说也许我们一进洞房,哪里都不想去了。小文说不可能。汪长尺说你没试过,怎么知道不可能?小文的脸刷地就红。汪长尺把她的手拿开,说酒都办了,程序也走了,你后悔也来不及了。小文一戳他的鼻子,说你是个坏人。汪长尺说这辈子,我就对你一个人坏。小文说你骗人。汪长尺举手发誓,小文就把衣服脱了。其实,即便汪长尺不发誓,她也想脱,之所以等汪长尺发誓,不过是想在脱之前附加一点利息。脱在汪长尺的意料之中,但脱之后的那个白那个巨大,却在他意料之外。她的白一下就把房间照亮,她的大让卧室顿时显得局促。汪长尺看了好久,才恋恋不舍地把灯熄灭。

每当听到隔壁床板的闪动,汪槐就会拍醒刘双菊,让她也听听,好像不让她听听自己就是吃独食,就不懂得什么叫分享。两人在深夜竖起耳朵,一下两下三下……比数钱还要亢奋。这声音让他们忽然有了盼头,渴望快点抱上孙子,以至于每天起床,刘双菊就会看看小文的身材是不是起了变化。小文被看得头都不敢抬。汪槐悄悄提醒刘双菊:"难道你忘了吗?变化不是从身材开始,而是从呕吐。"刘双菊一拍大腿,说看把我急得,连老本行都忘了。

他们用结婚的礼金还了张五的债,又还二叔的债。二叔不要还钱,只要汪长尺帮忙他砌楼房。每天,汪长尺就到二叔家去做泥水工,楼房一天长高一点。小文有空了,也过去烧茶递水,背砖头。到了晚上,小文就问什么时候去省城呀？汪长尺说至少得把二叔的楼房建好。小文说天天都窝在家里，好久都没看见汽车了。汪长尺很内疚，跟二叔请了一天假，带着小文到乡里去赶街购物。他们买了油盐，买了衣服香皂化妆品洗衣粉和球鞋，还坐在街边看来来往往的汽车。趁小文看车看得入迷，汪长尺到邮局打了一个电话。然后，他们每人吃了一碗米粉，然后一路唱着流行歌曲回家。

赶街后第三天上午，汪长尺和二叔正在砌房，忽然看见从坳口的枫树下冒出两位警察。他们的身材和走路的姿势给汪长尺一种似曾相识之感。他们越来越近，走到村头的水井边，弯腰喝了一阵水，然后途经张五家、王东与汪冬家，身影被房子遮挡了一会，重新从张鲜花家的屋角冒出。果然，是陆警察和韦警察。汪长尺以为他的案件破了，飞快地滑下脚手架，朝他们迎去。他们表情严肃，盯住汪长尺看了半天，好像要在他身上找虱子。汪长尺说了一声"不好意思"，就弯腰拍打自己的衣裤。衣裤上的泥灰腾空而起，像雾霾把他笼罩，两位警察捂着鼻子闪开，等那一团团腾空的泥尘被风吹散，他们才又靠过来。陆警察说找个地方聊聊。汪长尺说去我家里吧。韦警察点点头。汪长尺把他们带到家里。汪槐、刘双菊和小文也以为他们带来了好消息，赶紧到厨房做饭。

他们说要找一个安静的地方。汪长尺就把他们迎进卧室。他们查看了房门和窗口，发现这地方不隔音，而且越来越多的村民已经拥进堂屋，都在朝卧室张望，有的还把耳朵贴近了板壁。陆警察说换个地方吧。汪长尺又把他们带到屋后的茶林里。他们坐在一棵大茶树下。好奇的村民们拥到屋后。韦警察把他们赶走。对话开始了。他们问汪长尺近段时间都在干什么？去过什么地方？跟什么人有过接触？汪长尺一一回答。但他们似乎不满足，反复提醒汪长尺去没去过县城？汪长尺说没有就是没有，我不能瞎编。

其实话问到一半，汪长尺就知道他们不是来报喜的。因此，汪长尺在回答时，要不停地揣摩他们的心思，于是就显得心不在焉。他甚至想阻止刘双菊和小文为他们做饭，但是，来不及了，米饭和肉香已经从自家的屋檐上飘起来了。肉香似乎也分散了他们的注意力。陆警察抽抽鼻子，说农村的空气就是他妈的好。韦警察合上笔记本，说今天的问话到此结束。汪长尺说你们到底想调查什么？陆警察说到时会告诉你，但请你务必对今天的问话保密，否则后果自负。汪长尺问捅伤我的人抓到了没有？他们像约好似的同时摇头。

汪长尺陪他们吃了一餐午饭，以为他们会离开，没想到他们又分别找小文、汪槐、刘双菊和二叔问话。问完汪家人，他们仍不知足，又找张五、张鲜花、王东和刘白条他们来问。问的内容大致相同，就是汪长尺是不是一直待在村里？所有人都证明，汪长尺回来后没离开过村庄。二叔怕他们不相信，指着自家砌了一半的新砖房。他们看见墙壁上画着白粉笔杠杠，每个杠杠旁都标着日期，那是汪长尺和二叔每天的工作量。他们数那些白线，发现有一天没记录，就重

85

新找汪长尺来问。

汪长尺说那天我和小文赶街去了。陆警察非常生气,说赶街你为什么不说?是不是想故意隐瞒?汪长尺也非常生气,说是不是连放个屁也要跟你们汇报?韦警察说所有我们问过话的人,都没说你去赶街。汪长尺说大家都没说,那是因为他们不知道赶街和你们调查的事情有什么关系?陆警察说当然有。

"什么关系?"汪长尺问。

"就在你赶街的次日,黄葵被人谋害了。"韦警察说。

汪长尺像被人敲了一棒,脑袋突然肿胀,但仅仅几秒钟脑袋就消肿止痛。他忽然大笑,说他终于死啦!你们不收他,天收。韦警察问这事和你有没有关系?汪长尺说我多么希望有关系,可是我他妈没那个本事,我他妈没那个胆量,我他妈太胆小,太懦弱,太他妈对不起人类。陆警察盯住他的一举一动,一言一行,似乎没发现什么异样。韦警察翻翻笔记本,说贺小文讲你曾经有过想谋害他的念头。汪长尺说岂止是有过,要不是他们阻止,要不是怕没人照顾父母,我真的就下手了。陆警察问你想过怎么下手吗?汪长尺说想过,破坏刹车,让他撞死。韦警察说黄葵就是这么死的,为什么会跟你的想法完全吻合?汪长尺说报恩的人各有各的不同,报仇的人原来都一样。

天边白云飘浮,太阳已经西偏,茶树的影子越来越长。陆警察看着远处的群山,说他派人捅你两刀,砸烂你父亲的轮椅,侮辱你,欺负你,是个人都会报仇。汪长尺说只能说明我不是人,甚至都不是动物,动物都还有仇恨,没有仇恨的只有树,还不能是活树,是死树,我他妈就是一截死木头。韦警察说从你的愤怒可以断定,你不是一截死木,而是一位热衷于爆粗口的狂躁型人才,拿你去夺钓鱼岛都没问题。汪长尺说可惜我的热血都被你们雪藏了。陆警察说这和我们有什么关系?汪长尺说你们一直不承认黄葵是凶手,一直都说抓他证据不足,可是现在,为了证明我谋害他,你们终于承认他是捅伤我的幕后凶手。既然你们知道他是凶手,当初为什么不抓他?韦警察说我们也仅仅是推理。汪长尺说这种害人的推理,连老天都不会答应。正说着,一阵狂风刮来,吹得茶树"叽叽喳喳"。与往年同期相比,这阵风刮得凉刮得冷刮得阴森恐怖。三人都打了寒战。

  其实陆警察和韦警察也有压力,他们知道黄葵跟林家柏有矛盾,跟那些他砍过手指的人也有矛盾,可那些人个个都有背景,别说抓他们,就是拿他们来问话都得说个"请"字。他们在树下耳语一阵,又思考了一下人生,决定还是先把汪长尺带走。

  汪长尺不想走,双手紧紧抱住自家堂屋的柱子。他们拉一下,柱子仿佛摇一下,就连屋顶上的瓦片都好像受惊了。他们非常恼火,把汪长尺紧扣的手指一根一根掰开,但掰起这根,汪长尺就扣下那根。他们没耐心了,操起板凳往柱子上砸去。汪长尺痛得双手顿时松开。他们给他上了手铐,然后分别提起他的两边胳膊,强行往门外拖。刘双菊扑上来,拉住汪长尺的左脚。小文扑上来,拉住他的右脚。汪长尺被拉直了,就像拔河比赛时的绳子,一头是两个男人,另一头是两个女人。汪槐对着村庄喊:"二叔,快来呀,我们家长尺冤枉呀。张五,求你救救长尺,我汪槐给你磕头啦。王东,你是见过世面的,求你跟他们讲讲道理。白条,你今天要是不帮我家长尺,明天他们也会把你当嫌疑犯抓走……亲亲戚戚,左邻右舍,求你们出来主持公道,别让他们把长尺带走。他们要是把长尺带走了,一番严刑拷打,迟早会把他弄成杀人犯。乡亲们,汪槐给你们下跪啦……"汪槐一边喊一边从轮椅滚下来,跪在地上。

村民三三两两地跑来,他们像墙壁堵住去路。陆警察拔出手枪指着大家,说谁妨碍公务我就枪毙谁。枪口指了一会张五,又指了一会王东,再指了一会刘白条,然后轮番地指,像个点名机,人人都被点到了。二叔说长尺没有作案时间,这事木头脑瓜都能想明白。韦警察说可是,他曾在乡里打了一个电话。汪长尺说电话是打给我班主任的,我叫他帮我收好忘在教室里的那张椅子。陆警察说一张椅子有这么重要吗?明显是撒谎,你们都在撒谎,简直就是撒谎的村庄。大家觉得受了污辱,有人开始喊打。陆警察和韦警察背靠背,都举着手枪。汪槐说大家都冷静冷静,讲道理,别动手。二叔说他撒不撒谎,你们回去问班主任不就清楚了吗?为什么动不动就抓人?韦警察说等问完班主任再回头,汪长尺恐怕已经移民了吧?汪长尺说我又没贪污腐败犯法,干吗要跑?有人喊收枪,再不收枪老子就跟你们拼了。陆警察朝天放了一枪。空气经子弹一摩擦仿佛凝固了。大家都很生气。他们扑上去,下了他俩的枪,开了汪长尺的手铐。陆警察说刁民,早晚我会收拾你们。大家扬起拳头,喊打他打他。汪槐大声地:"住手,能把长尺留下就好,千万别惹他们。"

他们从人群中挤出来。汪槐说二叔,把枪还了吧。有人喊不还。汪槐说不还会很麻烦的。二叔想了想把两支枪丢过去。他们飞快地捡起来,用手抹了抹。刘白条喊滚。他们就盯住刘白条,一直盯到刘白条的肉都仿佛熟了,才转身走去。

大家都板着脸鼓着胸腔,怒气不平,骂汪槐的骨头是稻草做的。汪槐说别以为每一次硬都是真硬,有时是尿撑的。大家想想也是,就伸长脖子瞭望,看见他们走出村庄,消失于坳口。

此刻,天近黄昏,晚霞映照下的村庄像笼罩着一片血泊。

20

没有人不怀疑他们会带更多的人回来报复。汪长尺在软包里装了衣服、鞋子、手电筒、饼干和钱。他的策略是只要再看见他们,拎着软包就跑,惹不起,躲得起。二叔家的楼房越砌越高,汪长尺时不时直起身来,他站得高看得远,就像雷达那样瞭望,生怕他们突然袭击。

村里的人都有些紧张,就连二叔也常常走神,手里的砖头多次掉落,险些砸伤叔娘。汪长尺低头砌墙时,二叔就抬起头来观察。只有汪长尺直起身子,他才敢低下头去。看着他们此起彼伏的身体,坐在屋后的汪槐就发声壮胆,说看把你们紧张得,有我看着呢。汪槐虽然嘴硬,但心里也紧张。他的眼睛比谁的都睁得大,他的耳朵比谁的都竖得直。每天,他就坐在轮椅上望着坳口,像当初想念汪长尺那样持久地望着,甚至跟张五借来一面锣,放在轮椅边。他说只要我一敲锣,就是他们来了,该跑的跑,该聚集的聚集,反正大家不能吃亏。

一天深夜,汪槐家的门被人拍得"砰砰"响。汪长尺翻身下床,拎着软包从后门跑出去。刘双菊和小文把汪槐抱上轮椅,一起来到堂屋。汪槐问谁？门外答白条。刘双菊把门打开,说你这个死鬼,三更半夜的,把人都快吓死了。刘白条脸色惨白,说汪槐,你还记得那天我骂他们吗？汪槐说骂就骂了,你怕什么？刘白条扬手拍了一下嘴巴,说报应啊,刚才我梦见他们来抓我了,"咔哒"一声给我戴上手铐,当场宣判我十年有期徒刑,剥夺政治权利终身。汪槐说没想到一个梦就把你吓尿了。刘白条说不瞒你,这么多天来,我晚晚都在做噩梦,头发都掉了好几把。汪槐叫刘双菊舀了一杯米酒。刘白条"咕咚咕咚"地喝下,抹了一把嘴角,说我那么骂他们,也是因为长尺,如果他们来了,你千万别说是我骂的。汪槐说放心,你就说是我骂的得了。刘白条说这还差不多,要不然下次我都不敢帮你们。汪槐说你的恩情我们都供奉着呢。刘白条把杯里的喝得一滴不剩,说酒壮屄人胆,再来二两。小文接过杯,给他打满。这回,他不急着喝,而是一口一口地抿。三个人看着一个人,他觉得不自在,说光我一人喝有什么意思,你也来一杯。汪槐说我没心思,叫长尺陪你。

小文到后门拍了三下巴掌,汪长尺就从茶林里拎着包回来了。他炒了一盘花生,打了一壶酒,陪刘白条慢慢喝。其他人都回了房间。刘白条越喝越兴奋,说刘叔够、够不够意思?

"够够够……"汪长尺点头哈腰。

"如果将来你发、发财了,还记不记得刘、刘叔?"

"如果不记得,会出车祸的。"

"到时你怎么感、感谢我?"

"送烟送酒呗。"

刘白条嗯了一声,像面试官那样满意地点头。他的脸喝红了,脖子红了,脑袋也重了。汪长尺说要不,我送你回家吧?刘白条不愿回,一抹脸,趴在桌上,一把鼻涕一边泪,说长尺,你把我害惨啦,烟算什么,酒算什么,要是他们把我抓走了,那我老婆就会换丈夫,孩子就得改姓。

"你没犯法,为什么要抓你?"

"我不是骂了他们一声'滚'吗?"

"这声骂刚才已算到我爹的头上了。"

"算不过去的。他们足足盯了我两分钟,谁骂的他们还不清楚呀。"

汪长尺湿了一张毛巾,帮刘白条擦脸。刘白条把毛巾拍到地上,说你要真对我好,就去县城自首,只要你一自首,他们就不会再来,否则,人人自危,全村人都会对你翻白眼。汪长尺想我又没作案,自什么首?

但是,几天后他就发现刘白条的这句不是酒话,而是酒药,它在村庄里慢慢发酵,既成事实。初露端倪的是张五,他把汪长尺叫到家里,关上门,关上窗,小心地试探,说长尺你也知道,我家张惠在城里做按摩,这个职业很复杂,讲有益于健康也行,讲不正经也可以,反正总之,不弄你的时候就合法,一想弄你办法有的是,农村人,在城里挣钱不容易,特别是女孩子更是难上加难。汪长尺说五叔,有什么话就直讲。张五打开窗。汪长尺以为他要打开天窗说亮话了,却不想他朝外面望了望,又把窗关上,小声神秘地:"万一他们报复张惠,那就惨了。"

"惠姐不是在省城吗?"

"他们一个电话就可以搞定。"

"难道帮人按手按脚也犯法呀?"

"谁知道她按什么地方?"

"五叔,你想多了。"

张五开始在堂屋转圈,转过去,转过来,整个人都抓狂了。汪长尺问你到底想要我干什么?张五突然停下,说你懂的。汪长尺说我不懂。张五说不是我主动要这么想,而是不得不想,毕竟那天晚上我夺过他们的枪,虽然枪还给了他们,但也算一个事件,万一他们记仇,首先记住的就是我和你二叔,这事本来不该怪你,要怪就怪我冲动,但这事不了结,我睡不着呀,整夜整夜的,眼睛睁得像铜铃那么大,还咳嗽还便秘,如果你替五叔想想,那就去跟他们举举双手,投个降,说几句软话,这样大家都睡得踏实,村里才会重新回荡起鼾声,从前,我睡在家里就能听到刘白条、王东、代军和你二叔打鼾,可是现在,我听不到了,村子里已经没有鼾声了,就像恐龙说没就没了,一个没有鼾声的村庄,还能是安全的村庄吗?

汪长尺既不能无视刘白条和张五的建议,又不愿意去投降拍马屁,于是心里很纠结。白天因为要砌墙,这种纠结还轻微一些,但到了晚间,他的脑海就异常活跃,就想找个解决问题的办法。越想找办法,他的脑神经就越嗨,脑神经越嗨就越不能入睡。他怕影响小文,在床上轻轻地翻身。每一翻,床板就轻轻地"吱"一声。这一声"吱"平时可以忽略不计,但失眠时听起来就像床震。于是,他加倍小心,尽量不做动作。可不做动作,手脚和身子都像被绑住了,这也紧那也紧,每块肌肉都紧,紧得都飙了细汗。他想失眠像什么?像身体在半空悬浮,始终落不到地,像一把刀在额头打转,回荡刮骨的声音。身心已经疲惫,却不接受疲惫,脑袋里已堆满垃圾,却还在往里面装垃圾……

他以为小文已经熟睡,轻轻地爬起来,到厨房舀起半瓢凉水,"咕咚咕咚"地喝,似乎要压压体内的火气。没想到,小文也跟着起来喝水,原来她是没睡装睡。他们喝完水,听到堂屋里有动静,以为是小偷,每人捏了一把菜刀,突然打开堂屋的灯,发现是汪槐和刘双菊。他们睁眼坐在黑夜里,就像黑夜的代言人。汪长尺问为什么不睡？汪槐说已经好几晚了，我们就这么坐到天亮。汪长尺说原来你们也失眠？

"不光是我们，王东与汪冬、代军、鲜花和你二叔……凡是那天围观的都失眠了。"汪槐说。

"没想到大家都做了胆囊切除。"

汪槐说不能怪大家，每个人都有每个人的短板。你二叔吧，害怕他们去县中调查。你知道堂弟堂妹都是送了钱走后门才挤进县中的，要是他们查这事，那堂弟堂妹就得回到乡中学。鲜花呢，就怕他们找税务，因为她跑贸易，经常偷税漏税，更何况还背着一个偷牛的嫌疑。要是他们突然调查代军被偷的几头牛，弄不好鲜花就会……王东嘛，他老婆有妇科病，长期不能过夫妻生活，常到县城的发廊去吃野食，他怕他们扫黄打非，拔出萝卜带出泥。至于代军，他也不干净，经常去县城参与赌博，有人怀疑他家那几头牛，是赌输以后瞒着老婆叫人牵去抵债的。要是他们查赌博，那代军分分钟都得进班房……

汪长尺说我还是去一趟县城吧？刘双菊说就不怕他们抓你？汪长尺说抓就抓呗，要不全村人都会咒我。汪槐想了想，说你去县城住两天，然后回来宣布你找过他们了，围观的事不再追究了。只有这样，压在大家心里的石头才算搬开。汪长尺说万一他们来追究责任呢？那不就露马脚了。汪槐说既然他们这么多天都没来，说明再也不会来了。

清晨，汪长尺和小文出发了。出发前，刘双菊反复叮嘱汪长尺不要真去找他们，要不然挨抓了那才叫亏。为了保险,刘双菊又悄悄告诫小文,盯紧点,别让他干傻事,表面上你们是去投案,实际上却是结婚旅游度蜜月。小文点了十几次头,刘双菊才放心。汪长尺一路走一路喊:"张叔刘叔二叔,东哥鲜花姐代军哥,我去自首了,你们好好补觉吧……"

那些失眠的人先后推开窗门,看着汪长尺和小文远去,都长长地松了一口气。汪槐点了三炷香,插在门前。三炷香冒出的烟次第上升,像汪槐的三个愿望:第一个别出事,第二个别出事,第三个还是别出事。

第三章 屌 丝

21

　　小文说去逛百货大楼吧,汪长尺就跟着。他们从一楼逛到四楼,几乎看完了所有商品,花了差不多三个小时,但最后小文只买了五颗纽扣。小文说我们去照相吧,汪长尺说好。他们来到大河边的木楼相馆,一共照了三张相片,背景分别是天安门、长城和外滩。从相馆出来,小文问晚上吃什么?汪长尺说请你吃河鲜。小文心疼钱,说吃快餐就得了。汪长尺不同意,偏要请她进饭店。

　　这一餐,汪长尺点了一条三斤重的野生草鱼,点了一盘扣肉、一碟花生、一碟拍黄瓜,还点了一瓶白酒、四碗米饭。两人甩开膀子,把锅里的盘里的瓶里的全部吃光喝光。他们吃的时候没觉得,吃完以后才发觉撑,连站起来都感到困难。小文说这是我吃得最饱的一次。汪长尺说从小到大,我做得最多的梦就是吃,越饿就越想吃,有时我会梦见自己饱得肚皮像石榴那样裂开。他一边说一边拍肚皮,脸上挂着一种满足。小文揉着自己的腹部,说我胀得就像个孕妇。

第二天,他们睡了一个长长的懒觉,差不多到了中午才起床。汪长尺问你还想玩什么?小文摇摇头,说我们去领相片吧。他们来到照相馆,师傅说还得等三个小时。他们站在照相馆的门口,看着楼下流淌的河水。河水是青蓝色,不时冒出一两个旋涡,透明得可以看见礁石。对面的山和沿岸的树都倒映在水里,青蓝的水面漂浮着红的黄的树叶。有时,他们的目光在山上;有时,他们的目光会追随某片树叶漂向远处,直到那片黄或者红彻底消失才把目光收回,又去追踪漂过眼前的另一片。树叶看累了,他们就看自己趴在栏杆上的倒影。看着看着,汪长尺对准自己的倒影吐了一口口水,就像是自己"呸"自己。

小文说时间还早呢。汪长尺就带她去十字街看录像。放录像的地方,门口挂着厚厚的两层布幔,遮光又隔音。他们走进去,白天立即变黑夜。里面坐着四个人,片子已放了一半,是香港的三级片。他们害怕别人看自己的后脑勺,就坐到最后一排。影片里的男女穿得比穷人还少,时不时地"欧嘢、欧嘢……"小文看得面红耳赤,起身要走。汪长尺把她按住,说两张票四块,相当于我一天的工钱,你看了,这钱还在身上,你要是不看钱就没了。小文挣了挣没挣脱,只好重新坐直。汪长尺一边看一边耳语:"错了,我们全搞错了。"小文烦他嘴贱,拍了一下他的嘴巴。

看片出来,他们从黑暗回到光明,好像都下流了一回,彼此都不好意思看对方,一路上也不说话。领了相片,他们就回招待所。汪长尺按捺不住,照着影片里的动作来了一套。小文竟然放开喉咙喊了起来,她的喊声一点也不输给影片里的女主角。完事后,汪长尺总结:"这次蜜月旅游,我第一次单独跟女人照相,第一次吃撑,第一次睡懒觉,第一次看三级片,第一次在大白天里做这种事,拢共有五个第一次。"他一边总结一边举起五根指头。小文觉得有的事可以做,但不可以总结,一总结就恶心。但汪长尺不厌其烦,掰着指头反复地数。小文伸手掐他,他把小文的双手连同她的身体一并搂紧。小文再也不能动弹,似乎也倦了,呼吸很快就均匀。

汪长尺松开手,看了一会熟睡中的小文,便轻轻地爬起来穿好衣服,把一张他们的合影揣在左胸口袋,留下一张字条,就悄悄地出门了。他来到小河街派出所,值班的说陆警察和韦警察已调到县公安局刑侦科。他满头大汗地赶到公安局,值班的让他坐等,然后拨了一个电话。

大约两分钟,陆警察笔直地走进来。他板着脸,盯住汪长尺一声不吭。汪长尺被看得心里发毛,说对不起,我是来道歉的。

"不可能吧,你们也会道歉?"陆警察说。

"错了,就得说。"

"那他们呢?下我们枪的那两个人为什么不来?"

"事情因我而起,由我代表他们。"

"要是拘留,你也代表他们吗?"

汪长尺点点头。

"行吧,等我腾出手了就把你关起来。"

"能不能现在就关?"

"你说了算,还是我说了算?"

"我……跟你商、商量商量。"

"这事有商量的余地吗?"

"我……我以为有。反正迟早都得拘,晚拘不如早拘。而且……过完春节后,我想跟老婆到省城去打工,到时恐怕就没时间了。你能不能帮帮忙,趁现在有时间的时候拘留我?"

"你很想进去吗?"

"不进去心里不踏实,就像欠债没还,吃不香睡不着,整天害怕别人来抓我。"

"如果我说放你一马呢?"

"不可能吧,你们也会有同情心吗?"

"我×,你把我们当什么人了?"

"别逗了,我的小心脏会受不了的。"

"傻×,我要是你,现在转身就走。"

汪长尺看着陆警察。陆警察扭头看着窗外。汪长尺站起来,说我真走了?陆警察一动不动。汪长尺问黄葵的案件破了吗?

"破不破都与你无关。"

"也就是说你们对我的怀疑是错的。"

"你哪来那么多废话?"

"要是当初你们不铐我,那他们也不会下你们的枪。"

"再啰唆,我就又把你铐起来。"

"别……"汪长尺转身跑出去,一边抹汗一边回头,生怕有人跟踪或者忽然传出"回来"的呵斥。但什么都没有,他身后的空白越来越长,越来越寂静,直到出了大门,他都不敢相信这是真的。

回到住处,汪长尺确认没人跟踪后才轻轻地打开房门。小文被惊醒了,满脸的狐疑,问他去了哪里?他把刚才的经过讲了一遍。小文说回到村里你就这么编,要不然二叔和张五叔他们都睡不着觉。他说这不是编的,是真的。小文伸手摸着他的额头,说没发烧呀。他拍开她的手,把床头那张字条递给她看。她一个字一个字地读:"我去自首,你先回家。"读完,她问你真的去了吗?汪长尺点头。她说不可能,去了他们怎么会放你回来?

回到村里,汪长尺见谁都说:"没事了,他们不追究了。"但没有一个人相信他的鬼话,包括汪槐。为了安慰那些紧张失眠的人,小文证明汪长尺讲的都是真话。由于小文自己都不相信,所以每次证明时底气明显不足,比如言语打闪、目光游移、细节有出入等等。村民们于是更加怀疑,打死他们都不相信警察有那么仁慈,更不相信警察会对汪长尺如此客气。他算老几呀?

村庄里还是没有鼾声,大家都在猜测汪长尺隐瞒了什么。汪槐整夜整夜地不合眼。凌晨,他忽然听到一串鼾声从汪长尺的卧室传来,这让他感觉就像春夜喜雨。但他马上警惕，怀疑这鼾声是汪长尺故意打来安慰他的，在医院时他们都这样做过。他碰了碰刘双菊，刘双菊也在张着耳朵细听。听了一会，汪槐再也躺不住了，他叫刘双菊把他抱到轮椅上，又让刘双菊悄悄地叫来二叔和张五。他们静静地坐在堂屋，不开灯，不说话，四个人八只耳朵全都竖着，好像收听敌台，又像过去在喇叭里听领袖的声音。那是一种久违的声响，从板壁缝里传来，他们一边听一边怀旧，一边听一边羡慕，甚至情不自禁地想模仿。刘双菊说不像是假装的。二叔说假的不会起伏，逗号也不会打得那么自然。张五说他能坚持这么久，即便是假的我也信了。汪槐说这孩子心里装不得半点假，如果心里有鬼，那他就不会睡得这么踏实。他们继续听着，久久不愿离去，汪长尺的鼾声仿佛能减压，专治他们的紧张、焦虑和胆怯。

22

每天清晨，人们都会听见二叔站在砖墙上嘹亮的喊声："长尺，开工啦……"这声音像雄鸡高唱，像闹钟，在微明的天空扩散，把沉睡的人们扎醒。开始，汪长尺随喊随到，但自从和小文去了县城之后，他的身上就出现了拖延症。二叔喊过之后，久久没看见他的身影，就补喊。开始，二叔补喊一声，他就来了。但渐渐地，二叔的补喊次数越来越多，由一声变两声，两声变三声，三声变无数声。汪长尺出工的时间越来越迟，有时天已大亮，有时日上一竿。每当二叔的喊声传来,汪槐就故意摔盆敲锅,提醒汪长尺该起床了。但汪长尺说了一声"知道",便又睡去。他的后脑勺稍稍离开枕头又重重地落下,脑袋沉得像一摞砖头。

　　刘双菊认为汪长尺是帮二叔砌房子累垮的。汪槐反对,说你晚上听听他们的声音,算算他们的次数,就知道他是怎么垮的了。刘双菊掰着指头数了数,承认汪长尺和小文的次数确实过密,他们的工作量差不多是当年她跟汪槐新婚时的三倍。汪槐说再这么下去,就算是一把金刚石的宝刀也会残废。刘双菊叫汪槐跟汪长尺谈谈。汪槐觉得难以启齿,建议刘双菊跟小文谈。刘双菊的脸一下就羞红,说这事怎么好开口呀?

　　二叔的新房越砌越高,汪长尺每天都站在二层楼以上的地方砌墙。汪槐坐在坎上盯着,时不时喊一句:"小心。"喊一次,汪长尺就振奋一次。但喊多了,汪槐怕汪长尺反感,也怕旁人笑话,于是就扯着嗓门唱山歌。他唱山歌不是正正经经地唱,内容是下流的,声音是高八度的,旋律是跑调的……山歌唱累了,他就扔石头赶鸡,弄得四周鸡飞狗跳。不知情的人以为汪槐发神经,但汪长尺晓得,正是汪槐制造的这些不规则响动,把他一次次从困倦中唤醒,让他避免从脚手架上摔下去。

　　汪长尺瘦了,黑了,眼窝子深了。每次盛饭,刘双菊总是在他碗里按了又按,尽量把米饭压得严严实实。偶尔煎几个鸡蛋或炒一盘肉,大部都被刘双菊压进了汪长尺的碗里。但是,汪长尺还是瘦黑,还是哈欠连天,还是不能按时起床。刘双菊就担心,说他能吃能睡,为什么还那么瘦?汪槐说身体就像存折,不是看你存多少,而是看你花多少。刘双菊说那你还不找机会劝他,我们就一个儿子,万一他身子坏了,没有替补。

一天傍晚,趁小文到井边洗衣服,汪槐递给汪长尺一个纸包。纸包比火柴盒略大,汪长尺捏了捏,问这是什么?汪槐说十年前计生干部免费发放的,我压在箱底一直没用。汪长尺打开,看见那是一盒古董级的避孕套,又用力捏了捏,套子仿佛死了,没有反弹力,于是,他顺手想丢。汪槐拦住,说只要不漏,过期也能用。汪长尺说难道你不想快点抱孙子吗?汪槐摇头,说即使播种,也要找个风水宝地,你爷爷在这里播下我,我在这里种下你,结果我们都失败了。我们失败也就失败了,但再也不能让我的孙子失败。我希望他能在城里上学,在城里工作,不受苦,不受欺,没这里的胎记。

"连小文都暂时不提进城了,你还提。"汪长尺说。

"我看你们就是合伙堕落,一点理想都没有。"

"一个落榜生、泥水匠、农村仔,还能有什么想法?"说着,汪长尺把手里的盒子扔出窗外。汪槐说难道你愿意在这个鬼地方待一辈子吗?

"你都能待,我为什么不能待?"

"那你就永远没有出头之日。"

"想要我出头,当初你干吗不把我生在城里?"

"要不是我招工时被人冒名顶替,至少我也能把你生在县城。"

"没有假设,只有事实。"

汪槐词穷,惭愧地把轮椅转过来,一直转出门去。这时,天已擦黑,远山近树影影绰绰,黑压压的天边挂着一抹亮光,那是白天最后的挣扎。他把目光收回来,在窗下寻找那盒被汪长尺扔出来的避孕套。找来找去,都没找见,夜色越来越重,地面的石子、树枝和泥土渐渐模糊。小文背着一篓洗过的衣服回到门前,问爹你找什么?汪槐说找、找理由。

睡前,汪长尺发现那盒避孕套竟然放在他的床头。小文问这是什么?汪长尺说老爹的传家宝。说着,他把盒子打开,拿出一个套套。天啦,套套已经结成一坨,像橡皮泥,又像面疙瘩,汪长尺宁可相信它能吃都不相信它能用。小文说快扔掉。汪长尺久久地看着,仿佛看着汪槐的殷殷期望。这个夜晚,他们的床板没有发出响声。隔壁的汪槐长长地松了一口气,说看来谈话在长尺身上起了化学反应。刘双菊说我打着手电筒出去找过那个盒子,没找到,你是在哪儿找到的?汪槐说木槿树上,盒子就卡在木槿的树杈上,真是天不灭汪呀。刘双菊掐了掐汪槐,说死鬼。

二叔家的新房竣工了。汪长尺连睡三天,让疲劳的身体得以修复,然后就坐在自家门口发呆。天气愈发寒冷,除了他的鼻子是红的,山上山下一派肃杀,全部灰不溜秋。树枝像铁条那样张牙舞爪,上面没有半片树叶。北风呼呼,从窗洞从门缝从墙裂灌入,把他身后的整个屋子吹得像乐器那样"喊鼓隆咚呛"。整个村庄,就他家被风吹得最响。

　　汪槐他们缩在屋里烤火。小文把头从窗口伸出来,说你在练功吗?汪长尺一动不动。刘双菊说进屋吧,你手上都长冻疮了。只有汪槐没惊动他,知道他在想事。当年汪槐考工没考上,也曾坐在同样的位置,让冷风把自己吹到僵硬。而其实呢,汪长尺在欣赏二叔家的新房。它是全村最漂亮的房子,把张五家的那栋彻底地比了下去。特别是面对汪长尺家的这面墙,那是汪长尺亲手砌的,线条直,砖头平,窗口方方正正,没有丝毫误差,整栋房子就像是用直角尺在白纸上画出来似的那么好看。他也怀疑是不是因为是自己砌的,所以才觉得好看?但立刻他就否定,自己被自己的手艺折服,心里暗暗赞叹是哪个卵仔砌得这么好!赞叹之余,他想什么时候我才能给自家砌一栋这么漂亮的房子?答案是NO,因为家里没钱,就算是让风把自己吹成了冰块,家里还是没钱,就算是把二叔家的墙壁看出花来,那也只是画饼。

23

　　临近过年那几天,北风停了,气温有所回升,一连出了几天大太阳,天空澄澈,树枝被晒得闪闪发亮,仿佛挂着金条。阳光烤热了地面的干草和落叶,它们腾起阵阵酸香。所有的似乎都透明了,包括人的五脏六腑,包括那些晾晒在外面的被窝、床单和衣裤。汪槐坐在门前看着山坳,不时惊叫宝庆回来了,江坡回来了,义龙回来了……他的惊叫声充满激情,好像回来的是他的亲人。左邻右舍一听见他喊,都跑出来张望。情急的家长冲着坳口叫名字。被叫的脚步顿时凌乱,或扛着箱子或背着包或抱着孩子朝家门飞奔,有的眼看就要冲进家门,还免不了摔上一个跟头,真是功亏一篑。直到兴泽一家出现在坳口,汪槐的惊叫才停止,或许他前面的惊叫都是为了此刻的沉默。他让刘双菊把他背到兴泽家,求兴泽务必到家里吃一餐便饭。

兴泽是田代军的儿子,汪长尺的初中同学,现在省城的一家电子厂打工,组装电视机配件。第二天,他带着老婆孩子来到汪长尺家。他老婆是外地人,也在电子厂工作。他们的孩子长得白白胖胖,小文一看见就爱不释手。汪槐说只有城里的孩子,才会这么干净。吃饭时,汪长尺问我到底是出去或是不出去?兴泽说出去还有改变的可能,不出去什么可能都没有。为了他这句话,汪槐高兴得连喝了三杯。

张惠晚兴泽两天回家,放下行李,她就来看小文。两人见面的刹那,张惠至少有五秒钟没说话。小文被看得满脸羞红。张惠说浪费了,鲜花插在牛屎上了。小文吓得赶紧捂住嘴巴,好像这句不是张惠而是她说出来的。恰巧汪长尺听见了,问谁是鲜花谁是牛屎?张惠说还用问吗?她是鲜花,你……你当然不是牛屎,牛屎是这个破地方,哎,我说的破地方不是指你们家,而是指我们村,也不光指我们村,而是指农村,知道吗?所有的农村。汪长尺说这还差不多,我以为你骂我呢。张惠在汪长尺的肩膀上拍了一下,说谁敢骂你呀。正是这一拍,让小文佩服得五体投地。张惠的手势看上去百媚千娇,既温柔又粗野,既发嗲又发狠,既风骚又严肃。手那么一伸,腕那么一转,指尖用力一点,手臂立刻收回,整个身段因为手的发力而扭动,就连声音都那么好听。小文想要是自己能做出这样的动作,那汪长尺不知道要癫到什么程度。

也许是为了证明小文真是一朵鲜花,张惠一有空就教小文化妆,还把她的长发剪成短发,还把自己的衣服穿到小文的身上。小文一天一变,开始像个民办教师,慢慢地像个公办教师,像乡里的干部,县文工团的演员,电影里的女特务,最后被打扮得像个城市的白领。看着镜子里的自己,小文说可惜,我不认得多少字。张惠说认得字没用,漂亮才值钱。小文看着镜子发呆,想如果鲜花不插在牛屎上,那它应该插在哪呢?这么一琢磨,她就感到恶心,就想吐。

睡前,小文说我可能怀上了。汪长尺惊得差点没把牙齿吐出来,他说你怀孕为什么没征求我的意见?小文说你上的时候采取过什么措施吗?汪长尺想想,也是,没有措施,哪来的商量余地,怀上是迟早的事。他说我自己都还没熟,就要做爹了。小文问难道你不想当爹吗?

"想。只是让孩子在这么个破地方出生,有点对不起。"

"那应该生在什么地方?"

汪长尺伸手抚摸小文的腹部,觉得自己的手忽然变大了,大到都想把小文的腹部一把握住。而小文的腹部似乎不再光滑,它开始剌手,甚至剌痛了他的掌心。他说孩子应该出生在一间不漏风的屋里,电灯的瓦数高一点,窗门最好是玻璃做的,还有窗帘,有摇篮,有木马,被窝有新棉花的味道,地面铺的是瓷砖,干净得可以照见人影。

"你做梦吧,你……"

"还有好多玩具,什么洋娃娃、车模、变形金刚,什么足球、塑料枪、脚踏车、狗狗和猫咪,什么拼图、识字本、漫画和音乐,应有尽有。"

"你说的这些,会从上面掉下来吗?"小文仰望楼板。汪长尺跟着她仰望,那是几块杂木板,上面洇满了水渍,角落结满了蜘蛛网。老鼠们在楼上跑步,冷风在窗外呼啸。汪长尺回到现实,在窗口处又加了一层纸板,吹进来的风小了一些。他说怀孕的事你能暂时保密吗?

"为什么总要我保密?"

"因为我想带你出去。"

"出去喝西北风呀?我都这样了。"

"不是还有我吗?"

小文摇头。她认为进城后汪长尺一双手喂不饱两张嘴,准确地说应该是三张嘴了。但不知道汪长尺搭错了哪根神经,他竟然发誓,说一定会照顾好她,让她定期接受检查,一日三餐,让她散步听音乐吃水果,享受城市孕妇那样的待遇。小文听着听着就哭了,说我又不是皇后,哪有那么好的命啊。汪长尺说城里有钱的女人,都挺着肚皮到美国去生,到香港去生,如果我们再不到城里去生,那将来孩子输的不是起跑线,而是底裤,就是输得连底裤都没得穿的。小文问钱呢?没钱就像做报告,放的全是空炮。汪长尺答不上来,开始在房间里散步,走过去七步,走过来七步,仿佛要"七步吟"。小文以为他会想得出办法,但一分钟过去了,十分钟过去了,汪长尺越来越像催眠的钟摆,终于把小文催入梦乡。

刘双菊发现汪长尺忽然会照顾小文了。过去,汪长尺从不帮小文打洗脚水,但现在他不仅帮她打洗脚水,还把刘双菊压在他碗里的肉,悄悄转移到小文的碗里。他不让她挑水,不让她去井边洗衣,还跟张惠买了一条围巾,把她的头和脖子全都包裹起来。如果两人同时出门,他总是站在迎风的一边,为小文挡住寒冷。刘双菊怎么也想不明白,甚至有点失落,于是就问汪槐,长尺怎么变成小文的妈妈了?汪槐说是不是小文怀上了?刘双菊一拍脑袋,说有可能。汪槐叹了一声,说这就叫命,你想让他们到城里下蛋,但他们偏偏要下在农村,就像秃顶的男人卵毛长,故意跟你对着干。

春节后,汪长尺和小文开始收拾行李,为进城准备。汪槐把汪长尺拉到一边,问小文是不是怀上了?汪长尺说你不是讲家里风水不好吗,哪敢怀呀?汪槐一直盯住他,似乎要从他的眼珠子里辨出真假。他说真的没怀上。汪槐说如果你带着一个孕妇进城,压力会是原来的两倍,不仅你受累,小文也受苦,只要你说实话,我们还可以商量。汪长尺说已经被顶上了,没退路了。汪槐说要不,你们等孩子生下来了再出去打工？汪长尺说那他不又是一个汪长尺吗？不要说生孩子，就是一个屁，我也要憋到城里去放。汪槐竖起大拇指。

24

汪长尺没想到小文会哭到眼睛红肿。当初离家时，她妈哭了，刘双菊哭了，汪槐和她爹的眼睛涩涩的似乎也想哭，就她像个局外人，咧着嘴，堆着笑，说又不是去传销，飙什么眼泪喽？她抱着乐观的态度过了山坳，上了班车，一路上都没瞌睡，见什么问什么，兴奋得像打了鸡血。但进城不到一周，她就飙泪了。

那是个傍晚，汪长尺找工作还没回来，她在厨房做饭。远处响着零星的炮竹，楼下是汽车的轰鸣，电饭煲的气孔"吱吱"地冒着热气。这些声音一组合，就让她忽然想家。她想念农村过年时的声音，想念母亲的唠叨，想念地里的葱花白菜和圈里的猪崽，甚至想念山上的冷风和井水的冰冷……她一边想一边切菜，切了瘦肉切萝卜，切了番茄切青椒，当她切到葱花时，眼泪便"叭叭"地掉到砧板上。她不停地抹眼泪，怎么也抹不干净，于是搁下菜刀放声大哭。在她的哭声中，电饭煲的"吱吱"声消失了，对面的楼房变暗了，案台上那些切过的菜渐渐模糊，屋子里什么也看不见。当黑夜降临，陌生的景物被掩盖，看不到这里和那里的区别，她有一种回乡的错觉。所以，她不开灯，就坐在黑暗中，抽一阵哭一阵,哭一阵抽一阵,好像她的身体仅剩这两种功能。哭着抽着,汪长尺回来了,他只听到哭声没看见人,就问你怎么了?她说我要回家。

这天,汪长尺刚好拿到了一份合同,他是哼着歌曲走上二楼的,却不想等待他的竟是眼泪。打开灯,他把合同递给小文,说你不是一直想来省城吗,现在板凳还没坐热,为什么就想回去?小文看着合同,一句都没看懂。汪长尺搂住她,说别哭了别哭了,再哭孩子就战抖了。小文抑制哭声,但肩膀还一抽一抽,仿佛还哭得不够,哭得不过瘾。汪长尺说我发过誓,要让孩子出生在不漏雨不透风、有玻璃窗有窗帘、铺瓷砖的房间,现在这个条件基本达到了,等我领了第一个月工资,就带你去做 B 超。小文说每次看见葱花我就想家,在家乡葱花是一把一把地送人,到了这地方得一根一根地放到秤上,真是欺负人哦。

"今后你别买葱花得了。"

"可是,我看见白菜也想家。"

"白菜也别买了。"

"那吃什么呀?"

"吃你看见了不会想家的。"

"没这样的菜,连听到西北风我都会想家。"

"那就吃肉,吃肉你不会想家了吧?"

"也想。每吃一口就想爹妈吃不上,公婆吃不上,哥嫂吃不上,凭什么我们能吃上?"

汪长尺愣住了,想不到小文的感情这么丰富,说得他都无地自容。他叹了一声,说回去不仅我们废了,连孩子也得废。如果孩子废了,我们还能盼望什么?

"能不能等孩子到了读书的年龄,我们再进城?"

"那孩子会不适应的。"

"可是我难受,从早到晚连个说话的人都没有。"

"跟孩子说,他听得懂的。"

"……城里和我想的完全不对等,一点都不好玩。"

"没钱,在哪都不好玩。"

汪长尺给小文按摩肩膀。小文起身,到卫生间洗了一把脸。汪长尺下厨炒菜。吃饭时,小文问你这份合同打的是什么工呀?

"泥水工。"

"又是最苦最累的。"

"不累的钱少。"

汪长尺的工地就在他们租房附近,过两个十字路口就到。每天清晨,小文还没起床,他就出发了。他在楼下买三个热气腾腾的大馒头,边吃边往工地走,到达工地时,三个馒头正好吃完。他在值班室喝一杯水,就戴着安全帽上楼。他的工作是砌墙,就是在高楼的框架里,砌出走廊和一个个房间。由于他在帮二叔砌房时积累了经验,因此,他砌的墙比别人的都平都直,多次得到小工头安都佬的表扬。工地包两顿饭,中餐和晚餐。每晚,他领了饭菜就提回租房,跟小文一起吃。小文煮个汤,炒个菜,跟汪长尺领的一合并,小桌上摆着两菜一汤,两人像模像样地吃起来,一边吃一边聊,渐渐有了家的感觉。如果工地加菜,汪长尺就把饭盒里的肉全部拈给小文。小文不忍心,把肉拈回来。肉被他们拈来拈去,谁都舍不得吃。一个说你干的是苦力,不吃肉身体会垮。一个说你怀着孩子,不多吃点肉孩子会营养不良。推让中,妥协的基本上都是小文,因为她认同他的观点:孩子高于一切。

慢慢地,汪长尺的话少了。每晚回来,除了吃饭就是洗澡,做完这两件事,他就把自己放平。小文洗完碗回到床边,他已鼾声四起。小文用手捏他掐他,他都没反应。他的每块肌肉都是紧的。小文掐不醒他,就坐在床边看他。看他深陷的眼窝,粗黑的皮肤,微微颤动的鼻毛。指甲长了她就帮他剪,耳孔堵了她就帮他掏。妈呀,就连掏耳孔他都不醒,好像他身上已无痒感。最累的时候,他一天只跟小文说三句:"没事吧?""多吃点。""我先睡。"如此一来,小文的话都没有出口,成批成批地沤在心里,沤得都顶喉咙。

她哪里也不想去,唯一想去的就是汪长尺的工地,因为只有这个地方跟她像连着一根线。她来到工地的对面,坐在树荫下看工人们起楼。楼很高,已经起了十五层。在十层高的脚手架上,挂着一幅标语:"时间就是金钱,速度就是效益。"机器轰鸣,尘土飞扬,长臂吊车转来转去。当吊臂转到她头顶时,她就想那些卡在吊臂上的预制板会不会掉下来?如果掉下来,会不会正好砸在自己头上?开始她非常担心,吊臂一动她心里就发紧,去的次数多了,她就麻木了,不想了。高高的脚手架上,有时会出现七八个身影,他们肯定不是汪长尺,从身形就可以判断他们不是。

一天下午,汪长尺为了帮安都佬买烟,从工地的大门走出来。小文以为他在楼上发现了自己,是专程跑出来看她的,就站起来挥手,兴奋地叫长尺长尺。汪长尺跑过马路,问你怎么在这里?小文说一个人闷得慌,出来看看。

"这里又冷又灰又嘈杂,你是想让孩子将来也做泥水工吗?"

"为什么不是包工头?说不定做房地产老板呢。"

"不可能,房地产老板很少来工地。你应该多去学校转转,让孩子听听读书声。"

"可是,我想离你近点。"

"不能让孩子像我,离这里越远越好,快走吧。"汪长尺挥手,像赶苍蝇那样赶小文。小文说你这个癫仔,连老婆想你你都看不出来,今后我就不想你了。汪长尺继续挥手,说赶紧走,这里空气不好,要想我就等我晚上回去了再想。小文说离下班不是还有两小时吗?

"那你就去公园,去广场,去商店。"

"没钱去商店干什么?"

"哪里干净你往哪里走,反正就是不能来这个地方。"

小文不想走,像狗狗看着攥它的主人那样看着汪长尺。汪长尺被她可怜巴巴的眼神软化,全身的疲倦立刻烟消云散,他想有这么一个人黏着,真他妈幸福。他说我们在楼里干活都戴口罩,要不然肺会变黑。说着,他用手在小文的头发上一抹,手上立即沾满细黑的尘土,这就是二十年后被公知们在微博上炒得沸沸扬扬的PM2.5。小文自己用手抹了抹头发,手上也脏了。汪长尺说回吧,要不然你的肺孩子的肺都会变黑。小文说农村空气好,你让我回农村吧。汪长尺说光有肺没有知识不行。小文说光有知识没有肺也不行呀。汪长尺从衣兜掏出一个口罩,帮小文戴上。小文试着呼吸,立即把口罩拉开,说憋死了。

25

　　晚饭后,汪长尺又睡着了,直挺挺的,像一截干柴。小文在他眼角抹了一点清凉油,他辣得立马坐起来。小文说我要去见张惠,再不找人说说话,我会疯掉。汪长尺洗了一把脸,找出一张旧报纸,开始画图。他一边画一边说出门右拐五十米有一个车站,叫望山站,你在这里上二十二路车,记住二十二路车就是在车身上写着两个二。小文点点头。汪长尺说二十二路坐五站,就到了祈阳路口。小文不认得祈字,反复读了几遍,直到会读了才说然后呢?汪长尺在报纸上画了一条马路,说然后你走到对面,找到祈阳路口站牌,在那里上七路车,明白吗?小文点点头。汪长尺说七路车坐三站,就到朝阳路和民主路交叉口,你在这里下车,往民主路走三百米,就看见右边有一栋高楼,楼面写着红豆宾馆。进了宾馆,坐电梯到三层,就会看见凤凰洗脚城。你说找张惠,她们就会把你带进去,听明白了吗?小文指着报纸,说你都画了些什么?汪长尺一看,报纸上的路线绕来绕去,像一团乱麻。汪长尺把报纸撕了,打开箱子,拉开抽屉,掀开床垫,竟然没找到一张白纸。小文从碗柜的顶部摸出一个记账本。汪长尺从上面撕下两页,重画路线图,一页是去的,一页是回的。

第二天上午,小文吃过早餐,就带着那两页路线图出发了。快到中午时,正在砌墙的汪长尺听到有人喊他,就从五楼伸出头,看见守电话的荣荣正举着扩音器呼叫。他从楼上冲下来,荣荣告诉他,贺小文被送到第一医院急诊室了,医院来电让他赶快过去。汪长尺顿时腿软,问是不是被车撞伤了,孩子还在不在?荣荣说我也不清楚,人家没说。汪长尺摸摸衣兜,冲出门去。

到了急诊室,他看见小文闭着眼睛靠在凳子上。谢天谢地,她好像还是完整的。他叫了一声小文。小文睁开眼又立刻闭上,说长尺,我好晕。他把她全身摸了一遍,重点摸她的腹部,一边摸一边问伤了哪里?她说没伤,就是晕,公交车好像是歪的,地面一直在晃动,连高楼都斜了,每张脸都模糊不清……

"谁把你送来的?"

"不知道。"

"医生怎么说?"

"让我去检查。"

汪长尺摸摸衣兜,说那我们去检查吧。小文摇头。汪长尺去扶她。她说别动,先让我稳一下,也许稳一下就好了。汪长尺定住,说可能是营养不良,我去给你买吃的。小文点点头。汪长尺出去买了一碗鸡汤端回来,慢慢地喂小文。小文说你也喝吧。汪长尺噘起嘴,发出"嚯嚯"的喝汤声。小文说你喝的是风,别以为我听不出来。汪长尺说我又不晕,喝什么鸡汤。

休息一会,小文睁开眼。汪长尺扶她走了几步,她赶紧坐下,还是觉得天旋地转。汪长尺把她放到轮椅上,叫她闭上眼睛,然后推着她走。她问这是去哪里?

"去体检。"

"我们只剩下七天的饭钱了。"

"钱的事你别管。"

汪长尺推着她去了妇科、神经科、B超室。医生说孩子正常,大人也正常。小文问正常为什么会晕倒?医生说怀孕初期,有的孕妇会眩晕,但你一农村妇女不应该这么娇气。汪长尺一听就火,说农村妇女就没资格眩晕吗?我还想让她弱不禁风、脸色惨白、整天喊腰酸背痛呢。医生的脸一沉,说你太敏感了,我只不过是说了一句实话。汪长尺说农村人也是人,城市人犯的病他们同样会犯。医生连说是是是……忽然一挥手:"出去。"汪长尺推着小文出去,身后飘来抱怨:"乡巴佬的嗓门真大,再这么喊几声,别的孕妇就要流产了。"汪长尺问你听到了吗?小文说别惹他们,今后我们还要来检查。

汪长尺把小文扶到大厅的条凳上,让她躺下。这一躺她就睡沉了。汪长尺怕她冷,就把自己的外衣脱下来盖在她身上。由于汪长尺每天做工会出汗,所以出门时他里面只穿一件秋衣。现在,他把外衣脱了,身上冷飕飕的。为了御寒,他就在大厅里快步走,一直走到出了细汗才停住。冷了他就走,暖了他就停。走走停停,直到傍晚,小文才醒。这时医院大厅里的人少了,楼外天已擦黑,小文觉得呼吸顺畅了许多,头似乎也不那么大了。

小文没找到张惠,她试了几次,都被公交车绕晕,差点回不到住处。越是找不到路就越紧张,越紧张她的头就越大。有时买菜,她也会晕倒。晕的次数一多她就积累了经验,看看要倒,马上找个地方靠住,坐稳,等那阵晕过去又才爬起来。每天,汪长尺下班后的第一句就是还晕不?她怕他担心,骗说不晕。但这个晕已严重地影响到了她的睡眠。每晚躺下,她就觉得床铺在旋转,天花板在旋转,整个人一会飘在天上,一会又掉到地面,就像汪槐二叔他们当初害怕警察进村那样,整夜整夜地失眠。因为失眠,她的头不仅晕,还痛。汪长尺发现她消瘦了。她说没什么,怀孕的人都这样。

坐了十几次公交,小文终于在一天下午找到张惠。她像一位饱受委屈的孩子,一边哭一边跟张惠倾诉。张惠说可惜呀可惜,你的漂亮没跟经济挂钩。小文问怎么挂钩?张惠说如果你来这里帮人按脚,一个月可以挣到四五百块。小文张大嘴巴,说不会吧?长尺做一个月泥水工都才挣五百。

"要是你放得下架子,有时一晚上就能挣两到三百。"

"什么叫放得下架子?"

"就是陪……"

小文倒抽一口冷气,满脸通红。张惠拍了一下她的脸蛋,说人家就喜欢你这种脸皮薄的、害羞的,他们认为这是纯洁,越纯洁越值钱。小文吓得全身发抖,好像刚才摸她的是某个陌生男人。张惠说你的脸粗得都割手了,好久没护肤了吧?

"买菜都还看秤头,哪有钱置护肤品。"

"那就挣呗。"

小文支支吾吾,说我……我怀孕了。张惠叫她把衣服掀开。小文掀开衣服。张惠说刚怀一个多月,看不出来,你不告诉客人就得了。

"那会流产的。"

"流产了就先挣钱,挣够钱再怀孩子。"

"长尺会把我杀了。"

"谁叫你告诉他?"

"可是我头晕。"

"穷人没资格讲条件。知道你体检的钱从哪里来的吗?"

小文摇头。张惠说汪长尺去医院的时候,拐到我这里借了两百。钱不是万能的,但没有钱是万万不能的。小文叹了一声,说能不能只洗脚不陪睡?张惠说我要是你,就把孩子打掉,先用青春挣够钱,再过等死的生活。小文紧紧攥住衣襟,惊恐地看着,好像谁会抢走她孩子似的。

26

　　晚十点,小文该上床时没上床,熟睡中的汪长尺忽然醒了。平时,即便是小文说着话捏他的鼻子,推他逗他,他都不醒。但当这一切均不发生,他却醒了。打开灯,小文不在屋里。他本能地把头伸出窗外,楼下的地面是干净的,偶尔走过几枚人影。马路上车来车往,过去他自动屏蔽的轰鸣现在加倍扑来,震耳欲聋。两排路灯整齐地延伸,灯光周围弥漫着灰尘,看过去一片朦胧。不远处的烧烤摊正在冒烟,空气中传来肉的焦香。几堆人围坐在塑料桌旁,一边喝一边说,骂声不时高耸入云。

　　汪长尺穿好衣服,坐公交来到凤凰洗脚城。张惠掀开帘子一角,汪长尺看见小文和五个女工在上班。小文攥紧拳头给一个中年男人按脚。她的拳头像碾子在脚板上滚来滚去,滚得那个男人的嘴角都挂到了耳边。汪长尺想进去叫小文,被张惠拦住。张惠把他带到办公室,关上门。汪长尺说你知道她怀孕了吗?

　　"怀孕了更要挣钱,否则将来生孩子连医院都住不起。"

　　"会影响孩子的。"

　　"哪个农村孕妇不是一直劳动到临产?你妈不也是把你生在玉米地里吗。"

　　"所以,我没出息。"

张惠幸灾乐祸地:"当初你要是不拒绝我,也许就考上了。"

"那时我嫌你才初中毕业。"

"现在你却娶了一个没进学堂的。"

"小文人好。"

"难道我就不好?"张惠不服气,掐了一下汪长尺的脸。汪长尺闪躲。这个下意识的动作严重刺激张惠,她认为直到现在汪长尺都看不起她。一个皮肤粗糙裤脚上沾满灰浆的泥水工竟然看不起她。她把他逼到墙角,双手扳正他的脸,似乎是要他好好地看一回眼前的自己。眼前的自己再也不是那个村姑,她烫了头发打了粉底画了淡妆洒了香水,皮肤白了、嫩了,身材也骨感了。她穿的是名牌,说话带卷舌音,包里装着四大银行的卡,每张卡都有五位数。但汪长尺似乎有眼无珠,他没看出以上内容,而是像僵尸那样一动不动。张惠贴上去,用胸口蹭他。他好像忽然活了,喘着粗气,一股久违的冲动回到身上。然而,他克制住,就像小时候在水里比赛憋气,就像跟岳父睡在一张床上双手夹紧。张惠吻他,他咬住嘴唇。张惠抚摸他,他的胸肌立刻绷紧。张惠说难道你一点都不想吗?他说想,但我不能。张惠的鼻子在他胸部深深地一吸,说只有你的身上还留着家乡的味道。他抽了一下鼻子,全是胭脂香味。她继续抚摸,说这里像后坡,这里像大田,这里像杨喜湾,这里像……

眼看就要崩溃,他推开她,说别惹我了,我没钱。她对着他的脸拍了一下,说乡巴佬,你以为你是谁呀?汪长尺说你不也是乡巴佬吗？张惠哈哈大笑,说我脱胎换骨了。说着,她掏出一张崭新的证件。汪长尺看见那是一张省城的身份证,她的名字和年龄没变,但居住地是建政路八号。她说看见了吗？老娘已经是城里人,和你不是同类。我能免费挑逗你,那是因为今天顾客多心情不错。你以为我还是那个傻了吧唧的初中毕业生吗？过去是你看不看得起我,现在是我看不看得起你。汪长尺说既然看不起,为什么还要挑逗？张惠说滚。

汪长尺在宾馆大堂等,一直等到小文下班。他恨不得就地跟小文谈谈,但小文没给他谈的时间,径直走出去,在路边拦了一辆三轮车。坐到车上,汪长尺想跟小文谈谈,但小文一上车就靠在他的膀子上睡着了。回到住处,已是凌晨一点。小文累得倒头就睡。汪长尺还有跟她谈谈的心,但怎么也推不醒她。这一夜,汪长尺的身体放平了心情不平,眼睛闭上了睡意不闭。迷迷糊糊挨到天光,小文仍不醒,他就去上班。晚上,吃饭的时候他想谈,但怕影响胃口,就把一肚子的话暂时按住。饭毕,小文说你洗碗,我得收拾一下。汪长尺一边洗碗一边扭头看小文。她换了一身新衣,对着镜子化妆。她已经好久不化妆了。汪长尺说天都黑了,化给谁看？

"顾客呀,难道你不知道顾客就是上帝吗？"

"深更半夜的,你不嫌累呀？"

"我想不累,但你养得活我不？"

"省着点,能养活。"

"那还养不养孩子？等孩子一钻出来,分分钟都要花钱。"

"到时我再想办法。"

"除了借,你还能有什么办法?"

"问题是……人家的胎教是听音乐,你的胎教是按脚,将来怎么竞争?"

小文把口红砸到床上,说那我就待在屋里天天听音乐得了。汪长尺说对喽,再累不能累孩子,再苦不能苦后代。小文说音乐呢？你买得起音乐吗？随身听在哪里？碟片在哪里？

汪长尺走过来,诓小文坐到床上,然后拉过一张矮凳坐下。现在他的头部正对着小文的腹部。小文气呼呼的。汪长尺打了一个响指,说音乐。小文扭头找音乐。汪长尺忽然唱了起来。他唱的是一首流行歌曲,叫《只要你过得比我好》。"只要你过得比我好,什么事都难不倒……"他反复地唱。小文听着听着,气消了一半,说以前一吃完饭你就挺尸,今晚怎么活跃了？汪长尺说以前是我不对,今后每晚我都给孩子唱歌。小文说听你唱歌能当饭吃呀？

"至少能让孩子变聪明一点。"

"教这些虚头巴脑的,还不如教他按脚。"

"想都别想。"

汪长尺起身,把门反锁,然后再把钥匙挂到裤带上。小文看着那把晃动的钥匙,说有钱都不让我去赚,真是个二百六十减十,活该一辈子受穷。汪长尺说天才都是从胚胎抓起的,那种污浊的地方今后你再也别去了。小文没办法,只好洗澡睡觉。但汪长尺睡着了她却睡不着。就睡眠而言,他们像两个水里的葫芦,这个按下去了,那个又浮起来,好像老天成心要让一个为另一个守夜。小文再次觉得床铺转了起来,天花板转了起来,头顶吊着的灯泡转着转着就变成了一只脚,一只脚变成无数只脚,脚越多她越兴奋,好像那是一张张大额人民币。可是,反锁房门的钥匙攥在汪长尺的手里,即便他吹响了鼾声,手掌也紧紧攥着。小文一个指头一个指头地掰,终于把他的手掌掰开。她轻轻地爬起来,看了看座钟,已是九点半,还可以按三个钟头。于是,她穿戴整齐,悄悄地出去。

第二天晚饭后,汪长尺想跟小文发火,但他怕吓着孩子,就挤出一个假笑,说非得去吗?小文说不去我头晕睡不着,去了一觉睡到中午。

"为什么会这样?"

"因为能赚钱,心里踏实。"

"原来你的晕病是因为没钱,而不是怀孕。"

"说实话吧,我是穷晕的。"

汪长尺只好放行。每天晚饭后,他都陪着她来到洗脚城,然后自己坐在宾馆一楼大堂等她。等着等着,他就睡着了。保安把他踢醒,说喂,你不能在这里睡。汪长尺说沙发不是空着的吗?保安说你这副尊容会把住客吓跑的。汪长尺说看你也像是农村出来的,有点同情心好不好?保安指了指人行楼道。汪长尺走进楼道,靠着墙壁坐下。保安把头伸进来,似乎怕他干别的。汪长尺说我老婆下班后,请你告诉她我在这里。保安把头缩回去。几秒钟,汪长尺就接上了刚才被打断的睡眠。

27

小文发现汪长尺睡在楼道,就说张惠有间办公室,你为什么不跟她借来睡睡?汪长尺说过去她是老乡,现在她是老板,情况不同了,我还是睡在这里踏实。上班的空隙,小文跟张惠说汪长尺每天都在楼道等她,可怜得很。张惠说他的可怜是自己找的,你不认得路吗,干吗要他天天接送?小文说他怕我在路上不安全。张惠说他要是能在楼道里坚持一个月,就说明他真的疼你。

每当按完一双脚,小文会出到走廊上来透透气,顺便从三楼的楼道下到一楼看看汪长尺,也算是活动一下筋骨,舒展一下身体。一听到小文的脚步,汪长尺立马就醒。他抱抱她,吻吻她,拍拍她的腹部,说孩子,乖啊,妈妈在为你赚钱呢。几分钟的亲密接触,小文的累立刻消散。她说你睡吧,明天还要砌墙。汪长尺闭上眼。小文上楼。她的脚步声还在楼道里响,汪长尺就已经睡着了。由于睡眠严重不足,他必须抓紧时间,一秒钟都舍不得浪费。

为了给小文减负,他从一楼转移到三楼。小文一推开楼道的门,就能看见他。现在他随身带着包,包里装着保温饭盒,饭盒里装着小文白天炖好的鸡汤。小文一出现,他就把饭盒打开,喂她吃。饭盒的隔层里备有酸萝卜,包里还有糖果饼干,小文想吃什么他就递什么。如果小文的时间相对宽松,他就帮她按按肩膀,松松手臂。他帮她按摩,她再去按摩客人,好像他是她的加油站,她是他伸长的手指,一直伸到客人的脚上,就像一场按摩接力。

一天晚上,张惠把小文叫到办公室,给她发了半个月的工资。小文捏捏信封,感觉蛮厚,说谢谢张姐。张惠问怀几个月了?

"差不多两个月。"

"你不打算做掉吗?"

小文摇头。张惠说你要想清楚。

"我想清楚了。"

"如果你不做掉,再过两个月客人就能看出身形,也就是说你还有两个月的挣钱时间。我帮你算了一下,两个月挣到的钱最多够你到医院去搞检查做化验。但是住院呢?孩子出生以后呢?"

"长尺也有工资。"

"他的工资只够租房吃饭吧?"

"大不了我不住院,像农村那样,在家里生。"

"你能保证母子平安吗?你能保证不感染吗?你到城里来不就是想给孩子一个城市的待遇吗?"

"那该怎么办?"

"自己想。"

小文一声不响地走了。她走进电梯,下到一楼,出了宾馆的大门,才想起汪长尺还在三楼的楼道里。于是,她又坐电梯回到三楼,叫汪长尺一起走。汪长尺说刚来就走,今晚不上班了吗?这时,小文才回过神来,说我还以为下班了呢。汪长尺摸摸她的额头,担心地:"你行不行呀?"小文说没事,我只是心里有点乱。汪长尺说乱就别按了。

"不按,拿什么来养孩子?"小文忽然提高嗓门,"你没本事养为什么要让我生?明知道进城,为什么急着下种?当初你就不晓得把腿夹紧点?"

"都怪我,对困难估计不足。"

"你就懂得检讨,也不想想办法。"

"我一直在想。"

"想出什么办法了?"

"很多,卖肾,打劫,盗窃,行骗,我都想过,但只有一条行得通。"

"什么?"

"卖肾。"

"像你这样的肾,谁敢买呀?"

"我的肾有年龄优势。"

"人家怕沾霉头,怕把你的肾一装到身上就变穷人。你也不想想,牛车的零件能安到汽车上吗?"

汪长尺惊呆了,没想到小文这么刻薄,这是他懂人话以来听到的最刻薄的语言。他恨不得一巴掌扇过去,但想想孩子,他就咬紧了牙关。小文拍了一下嘴巴,说对不起,我过去不是这样的,我的脾气越来越大了。

"都是贫穷惹的祸。"

小文低下头,咬了一会嘴唇,说长尺……既然我们还没准备好,为什么要让孩子出生?

"千万别这样,我跟他有感情了,我连他的名字都想好了。"

"叫什么?"

"大志。"

"可不可以把这个名字留给下一位?"

"别,早养孩子早享福。"

"你爹养你,他享福了吗?"

"至少我给了他幻想。"

"可是,我一点幻想都没有。"

"相信我,相信孩子。"

"你拿什么让我相信?"

"我发誓。"

"发什么誓?"

"我发誓让孩子吃饱穿暖,接受良好教育,考上大学,有工作有地位,绝不像他爹。"

"拿什么保证?"

"钱。"

"钱在哪里?"

"挣。"

小文认定这只不过是汪长尺的又一次吹牛,反正,这样的牛皮他已经吹了不止一次。但牛皮归牛皮,它并不影响小文的思考。其实,小文每天都在算账,甚至于每时每刻。她算孩子的营养费、服装费、高价学费、医药费……越算越没信心。于是,一天上午,她决定一个人去医院做人流手术。

　　这天,汪长尺一进工地心就发慌,总觉得好像要出事,看哪哪都不对劲,就连空气里都飘荡着馊味。小文在住处吃早餐时,他在工地觉得腿软,软到差点就爬不上脚手架。小文在住处洗碗时,他在工地发脾气,骂工友又把墙砌歪了,工友不服跟他顶了几句。小文在住处拿钱时,他在工地感到胸口刺痛,但刺痛像电波似的一下就过了。小文提着包走出住处时,他觉得口干,舌头像放到炭火上,"吱"地冒出了浓烟。他想喝水,却懒得从脚手架上爬下来。当小文到达第一医院时,他忽然感到头晕,眼前一黑,从脚手架上栽了下去,一堆砖头跟着他栽,几乎全砸在他身上。

　　小文来到妇产科,值班医生的门前排着一堆孕妇。半个多小时后,才轮到小文进去。她跟医生说了自己的想法。医生开了几张单子,让她先缴费再检查。她到大厅缴费,忽然听到一辆救护车呼啸而来。她的心一紧,扭头张望,看见救护车停在大门前。车门打开,安都佬和三个工友把汪长尺抬下来,直奔急诊室。小文当即腿软,一屁股坐到地板上。但她喘了一口气,马上爬起来,跟着地板上的血迹来到担架边。一声"长尺……"没叫完,泪水就涌出了她的眼眶。汪长尺终于听到了哭声,这是他受伤后听到的唯一哭声,也是这个城市里唯一和他有关系的哭声。他眉头一皱,眼肌挣扎,似乎想睁开眼睛,但他睁不开,仿佛连睁眼的力气都没有了。他的嘴唇嚅动,好像要说话。小文把耳朵贴近,听到他蚊虫一样的声音:"我们就要有钱了,求你别把孩子做掉,做掉汪家就没后了。"说完,他又晕过去。小文看见他的下半身一片鲜红,两腿之间的裤子和血肉紧紧地粘在一起。

28

经检查,汪长尺没有骨折,都是肉伤,但麻烦的是他的生殖器被砖头拍成了拍黄瓜,左边的睾丸被拍成了拍蒜米。医生给他插了导尿管,取出丸末,拉皮,缝针,总算保住生殖器的应有形状。当麻药消退意识清醒,他的右手便不自觉地往裆部抓去,但每一抓都被守在床边的小文制止。在他的思维里,两腿之间忽然空了,仿佛连根拔起或强行拆迁,那里似乎可以建一个大大的球场,或者自己从此就要做太监,所以,他迫切地想验证。右手被按住他就换左手,左手又被按住,他就弱弱地问还在吗?小文说还在。他松了一口气,像保住了尊严,尽管他的尊严早已碎了一地。他说这绝对是一种感应,无论腿软、胸痛、口干或头晕都是感应,是老天用他的特殊方式强迫我来阻止你流产。

"那老天也太不人道了。"小文说。

"可是老天帮我们留住了一条命。"

"一个受伤,一个要出生,负担就像那堆砖头。"

"天无绝人之路。"

"已经绝了,我离你说的生活已经越来越远了。"

"既然保住了孩子就得接受惩罚,不能都是好事。"

小文叹气,除了叹气还是叹气。汪长尺为了安慰她,更多的是为了安慰自己,说坏事有时会变成好事。

"我已经好久没看见好事了。"

"也许……他们会给我一点工伤补贴。"

"当初连你的同学黄葵都不给,凭什么你相信他们会给?"

"我是说也许。"

"唉……"小文又叹,一声比一声绝望。

但是,几天之后,安都佬带着工地经理到了医院,他们送了一束鲜花,说了一堆好话,留下一个纸包。他们离去的背影还在走廊上,小文就迫不及待地把纸包拆开,里面竟然是两万块钱。小文有点不相信,抽出一张对着窗口照。透过光,她看见了那个头像,看见了防伪线,于是惊叫长尺,钱是真的。汪长尺笑了,说两万,比卖肾的收入还高。小文似乎没听见,把那张钱小心地塞向原处,由于那是一沓用纸条绑紧的钱,她塞了好久才塞进去。钱塞好了,她就重新包报纸,但包了几次都没包妥帖,报纸不是松就是翘,始终恢复不了原样。汪长尺说别包了,你拿到银行去存住吧。小文不服气,拆开来又包,还是包得不像。汪长尺说人家包了多少年才包得那么紧,你只见过一次,怎么可能包得像他们包的那么好。小文只好放弃,抬起头来,说有了这些钱,我就不用去帮人按脚了吧？

"我说过,会让你活得像个城里人。"

小文差点说了一声谢谢,但嘴刚一张开她就觉得不对劲,就好像发现了一个惊天秘密,连脸色都为之一变。她说你不是故意的吧？

"故意什么？"

"故意摔伤自己。"

"我有病呀？"

无论汪长尺怎么解释,小文都怀疑他是故意的,否则没法解释他前面发过的誓言。他一个月才区区五百块工钱,哪来的底气？汪长尺说管它故意不故意,拿到钱才是硬道理,老板都说了,不管白猫黑猫,抓得到老鼠才叫好猫。小文想想也是,总比卖肾划算,于是就把钱存了。

汪长尺虽然嘴硬,却开始对自己产生了怀疑。他把自己摔伤的过程回忆了又回忆。开始,他觉得自己不是故意的,每个细节都可证明。但故意的念头越来越占上风,把"非故意"生生地压了下去。因此,他越是回忆离真相就越远,越是回忆就越觉得自己可耻,连那天晚上小文掰开他指头拿反锁房门的钥匙,他都怀疑自己是故意的,是故意松开指头让她去挣钱。可事实并非如此,为什么事实在回忆中变成了虚构？为什么自己被自己说服？是因为缺钱。一个没钱的人哪里还有事实。故意就故意吧,他安慰自己,如果没有故意,那我在城里早就待不下去了。这么想着安慰着,伤口也在一天天好转。小文在照料汪长尺的间隙去妇产科做了一次B超。医生说胎儿正常,还是个带把的。汪长尺听到这一消息,欣喜若狂:"儿子?那他妈的就太值了。"

他再也不让小文来侍候自己,叫她回租屋休息,安心养胎,多喝鸡汤和骨头汤,力争怀出一位天才。小文不走,他就绝食。小文说那我真走了?他睁大眼睛,直到小文提着他换下的衣服出了房门,才端起床头的饭碗,一边吃一边笑。他已经能够下床走路,尽管还有点蛋痛,不过毕竟他可以自己照顾自己了。开水和饭菜只要预定,就有人送到床头。厕所在门外左边五米远的地方,他扶着墙壁能上,虽然拉尿时尿路还有刺痛。隔三岔五,小文才来医院送换洗的衣服。话没讲到三句,她就哈欠连连,仿佛全世界都欠她一次睡眠。汪长尺问她怎么了?她说没想到睡觉能上瘾,越睡越缺觉。汪长尺说孕妇都这样,你睡得越踏实我儿子就越健康。

一天深夜,汪长尺的胸口忽然一痛,他从睡梦中醒来,觉得刚才那一痛和在工地摔伤前的痛相仿,好像闪电,来得急去得快,稍带一点余音。他翻来覆去,再也睡不着,于是爬起来,拄着两根三角拐杖出了病房。每走一步,他的胯下就扯,一扯就痛,仿佛裆部有一根筋不合节拍,短了。但他咬住牙,进了电梯,从一楼出来,往院门口走去。凉风一吹,胯下冷飕飕的,疼痛像被渐冻。他拦了一辆的士,赶回住处。轻轻地打开门,他以为会看见小文熟睡的模样,却没想到床上是空的,小文竟然不在。他坐到床边,拿起小文的枕头闻了闻,有一股浓浓的香水味。他把灯熄了,坐在黑暗里，但坐了一会，他怕小文回来时吓着，又站起来把灯打开。

光从头顶照下来，地板上印着他的影子。他看着床前的拖鞋，看着屋角的木箱和稍远处的碗柜、雨伞、饭桌以及桌上的水壶……他定定地看着，眼前的静物全都变虚，变成晃晃的一层白，没有焦点没有中心没有目标。不知过了多久，仿佛很久，他看见极白中有个小点在动，于是调了调眼睛的焦距，发现那是一只蟑螂。它慢慢地爬上水壶，在盖子上走了一圈，然后又从上往下爬，一直爬到饭桌。它在桌上溜了一圈，沿桌脚下到地板。它爬过来，一直爬到他的脚趾前。它像在试探也像在犹豫。他一动不动。它终于爬上他的脚背，每行一步他的脚面都微痒。但是，他纹丝不动，生怕把它吓跑，好像它是深夜里的友人。它停在脚踝，仿佛考虑要不要沿着小腿上行？他屏住呼吸，眼睛一眨不眨地等它决定。

突然门响，汪长尺吓了一跳。小文站在门口，因过分惊讶，她的眼珠子好像弹了出来。她的十根手指紧紧捏着一个小布包，布包里有一团硬物，手指轮流在硬物上搓着。她的上身是件米色风衣，脖子上围着一条粉色围巾，脸上化了淡妆，口红抹得很重，重到随时都有可能压扁她饱满的嘴唇。汪长尺说回来了。她"哦"了一声，走进来把门关上，脱下皮鞋换上拖鞋。这时，他才发现她脱下的竟是一双高跟鞋。几天不见，她的装扮已经全面城市化，甚至算得上时髦。

"你又去按脚了？"他问。

"按脚怎么啦?"她从小布包里掏出一沓钱来摔到床上,"这是我今天晚上挣的,顶你半个月工钱。"

"谁会这么大方?按个脚给你这么多。"

"这叫小费,如果客人被按爽了,顺手就给,有时一百,有时两百,有时十块。"她一边说一边打开箱子,又掏出一沓钱来摔在床上,"这是我近期挣的,加起来有两千多。"

"平均每晚两百,这钱也太好挣了吧?"

"你什么意思?"

"我没什么意思。"

"……有人比我挣得还多。"

"我们不是已经有两万块赔偿费了吗?"

"你怕钱多咬人呀?"

"问题是你得给孩子留点尊严。"

"没钱能有尊严吗?"

"那也要看这钱干不干净。"

"你假摔挣的就干净,我按脚挣的就不干净了?"

"难道这都是你按脚换来的?"

"还能拿什么来换?"

"我怎么知道。"

"那就别血口喷人。"

尽管小文说得斩钉截铁,但汪长尺还是看见她的眼里闪过一丝犹豫。这丝犹豫让他坚信她在撒谎,但他不想再问了,因为泪水正在冲洗她的眼眶,眼睛里的那丝犹豫已渐变成委屈。虽然这时不想搂她,不想安慰她,但他还是背叛了自己。他想就当是搂搂她怀着的孩子。她说再过半月,我的身形就遮不住了,要挣钱也就这十几天了。

"必须马上停止,否则会死人的。"

"干吗那么凶?"

"杀人放火,谁不会呀?"

"好吧,那挣钱的事我就不管了。"

"你只管生孩子。"

29

一天下午,小文来送衣服。从进门那一刻起,她的脸就一直板着,不说不答,好像还在为不让她出去挣钱而生气。他小心地试探,像那只曾经停在他脚前的蟑螂。他还讲了一则笑话,说乌龟受伤,叫蜗牛去买药。两小时了蜗牛没回。乌龟就骂草泥马,再不回我就要死了。门外忽然传来蜗牛的声音:你再骂,老子就不去了。说完,他以为她会笑,至少面肌会有一点松动,却不想她的脸像打了一层蜡。他笑了一下,给自己一个台阶。她坐在床边,低头看着地板。谁都不说话,空气绷得紧紧,仿佛一拉就断。最后,还是男人妥协,他问你哪儿不舒服吗?她说下身来血,哪儿都不舒服。他赶紧坐起来,说不会是要流产吧?

"流了倒好,免得跟着我们受苦。"

"放屁。"

他挂上拐杖,要陪她去做检查。她摇头,说过两天也许就好。一个说去,一个说不去,两人又杠上了。他说城里的孕妇每月都做检查,流产不像排尿那么简单,万一胎位不正就可能是两条人命。她沉默。他拄着拐杖出去,叫来一位护士。护士说少量流血属正常情况,但最好也找医生看看。她问流血正常吗?护士说少量正常。她说那我就去看看吧。汪长尺顿时松了一口气,说要陪她。她不让。他说就陪到妇产科门口。

　　检查完毕,医生伸头朝走廊看了一眼。汪长尺迎上来。医生叫他进去,然后把门关上,冲着他就骂你到底是他爹还是畜生?汪长尺没听懂,脑袋"轰"地响了一下。医生说再这么捅,胎儿就保不住了。汪长尺终于明白,说我都受伤了捅什么捅呀?这下医生没听懂,目光在他们的脸上游弋。小文的脸刷地红了,一直红到了脖子根。汪长尺问你说的捅是指……夫妻生活吗?医生问你说呢?汪长尺说今后我不捅就是了。医生说必须严禁。汪长尺说严禁严禁。医生说我知道你们没什么业余生活,但也不能拿孩子的生命来娱乐。汪长尺说不能不能。医生一拍桌子,说既然你知道为什么还这么做?汪长尺说有的事以前不知道,现在才明白。医生气得胸口一鼓一鼓,好像被侮辱的是她。她开了一张药方递过来,汪长尺点头哈腰地接住。她说孕妇必须卧床一月,尽量少活动。汪长尺问胎儿保得住吗?她说就看你们还操不操蛋。汪长尺又问孩子的健康会受影响不?她说保得住就不会受影响。汪长尺说阿弥陀佛,那我就放心了。医生扭头看着小文,说如果你老公再不尊重你,你就拨打110求助。小文点点头。汪长尺想她还好意思点头。

汪长尺提前办了出院手续,专心照顾小文。他拄着拐杖买菜,煮饭,洗衣服,拖地板,不让小文碰哪怕一点点家务。小文多次想跟他解释,但都被他按住了嘴巴。他只跟她谈论天气、菜价、服装和报纸上的娱乐新闻,从不涉及敏感字眼。小文的心里像猫抓,急得暗暗跺脚。她不知道他的态度,也不想被他的虚情假意折磨,但她不知道从哪个字说起。一天深夜,她忍不住把他拍醒。她都不知道这算不算是拍醒,或许,这么多天来他根本就没睡着过。她说我们还是谈谈吧。

"非得谈吗?"

"不谈,我都快疯了。"

"除非你保证不生气,不哭,不激动,否则就别谈了。"

"憋着比说出来更难受。"

汪长尺叹了一声。小文说我们离婚吧。

"怀孕期间不能离婚。"

"那我就去流产,流了再离。"

"五个多月,不能流了。"

"那就引、引产。"

"……如果你对我还有一点感情,那就把他留下来。"

"你会恨我吗?"

"不恨,那是假话。"

小文忽地哭了。汪长尺说别把悲伤传给孩子。你快乐一点,孩子将来就正面一点。难道你不希望孩子心理健康吗?小文噎了噎,总算把哭声噎住。她说其实,我那么做就是想给家里多挣一点钱,帮你减轻一点负担。

"他、他们……都是谁啊?"

"有个姓黄,有个姓胡,还有叫贾先生莫总谢主任的。"

"我要告他们。"

"怎么告呀?裤子都是自己脱的。"

"你就那么贱那么爱钱?"

小文又哭。汪长尺说祖宗,你这么哭就是谋杀,懂不?

"要我不哭,那你就别骂。"

汪长尺扯了几张纸巾递给小文。小文一边抹泪一边说都是穷、穷字逼的,虽然我跟他们……但这辈子我只爱、爱一个人……汪长尺又扯了几张纸巾递过来。她没接,说你是不是很有钱呀?汪长尺知道她是舍不得用纸,于是把纸巾一张一张地塞回盒子。他把纸巾塞好按平,再也看不出那几张纸巾曾经扯出来过。小文说汪长尺,你太抠门了,连纸巾都舍不得给我用,还想要我帮你生孩子?汪长尺赶紧把纸巾又扯出来,比原来扯得还多。他把纸巾递到她面前。她还是不接,说你挣点小钱,还这么铺张浪费,谁敢跟你过日子呀?他又把纸巾塞回盒子。小文说你爱的是孩子,不是我。汪长尺把纸巾盒摔到床上。小文说既然你不爱我了,那我为什么还要帮你生孩子?

"我说过不爱你吗?"

"爱我就不会只递纸巾。"

"那要我怎样?"

"爱我的人会帮我抹眼泪。"

汪长尺没想到她会变得这么刁钻,是因为环境改变呢还是因为怀孕?也许都不是,而是嫖客们教的。这么一想,他连放弃的念头都产生了,但忽然他好像看见了汪槐,看见汪槐举着拐杖满山遍野地追着他打。于是,他软了,整个人就像被砸的器官那样软不拉几。他又把纸巾抽出来,帮小文抹泪。小文说你还是不爱我。抹泪的手停在空中。他说不是已经帮你抹了吗?

"爱我的人不会抹得这么重。"

他的手轻轻地放下去,在小文的脸上小心地抹着。她说你还是不爱我。

"难道我抹得还不够轻吗?"

"爱我的人不要我提醒。"

汪长尺忍无可忍,把手里那坨湿纸巾砸到墙上。墙壁仿佛闪了一下,那团纸巾分期分批地掉向地板。地板上散落着星星点点的纸屑。小文下床,穿上衣服、鞋子,往门边走去。

"你去哪里?"

"去医院。"说着,她把手伸向门锁。汪长尺走过来挡在门板前。她推他。他双手抠住门框一动不动。她说你不爱我,你在利用我,为了让我帮你生孩子,你在装,你在忍,一旦我生下孩子,你就会把我甩了。

"爱孩子,就会爱孩子他妈。"

"我不信。"

"怎么才让你相信?"

"怎么也不能让我相信。"

"发誓行不?"

小文低头。汪长尺说如果你把孩子生下来,我会爱你一辈子;如果你生了孩子以后我嫌弃你,那我就被大卡车撞死,被砖头压死,被高楼摔死,被癌症病死,被钢筋扎死……小文"呜"地哭了,扑到他的怀里。

30

又休息了一个月,汪长尺的胯下表面恢复了正常。所谓表面正常,就是皮长好了,走路不扯了,撒尿也无刺痛感了,但实际上那个器官却没法坚挺,它的另一个重要功能尚未恢复。好在汪长尺暂时不需要这个功能,因为小文正处于保胎期。

小文的情绪基本稳定,但常感到头晕。她觉得什么都像船,床像,楼像,街道也像。这么多东西都像船,而自己又是一个泳盲,于是,任何风吹草动都让她紧张,甚至致晕。每当她感觉船身摇晃,双手便紧紧抓住身边的物件,有时是床,有时是门框,有时是肩膀,有时甚至是包鸡蛋的稻草。只要手里能捏点什么,她就能勉强稳住自己。

汪长尺要带她去医院彻查,她摇头,说只要有事做头就不晕。汪长尺便让她买菜、做饭、折衣服,但这些琐碎都不足以分散她的注意力,她还时不时地手捂额头就地坐下,让晕像一阵台风从身上掠过。汪长尺连哄带求,终于把她弄到神经科。医生刮她的手心,掐她的指甲,让她闭目平举双手,均未发现异常,最后建议她做脑部CT。一问价格,她说要上厕所。一上厕所她就消失。汪长尺在走廊上等了半天,没见她回,就申请钻进女厕找了一遍,也没看见她的踪影。汪长尺悻悻地回到住处,看见她正埋头做饭,好像压根儿就没跟他去过医院。他说你可以躲债,也可以躲人,但就是不能躲病。她用力地切着黄瓜,说为什么我帮人按脚的时候不晕?

"是呀,为什么呢?"汪长尺也觉得奇怪。

"因为每天都有收入。"

汪长尺一回想,觉得有道理,便从箱子里翻出存折,递到她面前,说你好好看看,上面可存着五位数。她捧起瓜片放进油锅,锅里一阵"喊喳"。她一边炒菜一边说只出不进,多少位数都会花光。他说放心,明天我就出去打工。

汪长尺去找安都佬。安都佬依然安排他砌墙。当天晚上下班,汪长尺提着食堂的盒饭往回走,忽然想买点东西让小文高兴高兴。这是他进城后头一回有此想法,但他摸了摸口袋,口袋是瘪的。发现没带钱,他的目光顿时犀利,眼前的一切都仿佛明亮了。路树、汽车、服装、食品、摊位等等变得比平时醒目一倍以上,就连地上的垃圾也特别挂眼。走着走着,他看见路边有一束被丢掉的玫瑰,便弯腰捡了起来,发现大部分已枯萎,有两枝尚还鲜活,于是,就把那两枝小心地抽出,生怕弄落一点点花瓣。

进门时,他把一只手背在身后,直走到小文面前,才把玫瑰忽地亮出来。小文的嘴角当即咧开,目光烁烁地接住,兴奋地用鼻子闻了一下,仿佛要把花香全部吸入。但马上,她就觉察这花的味道不正,细看,花瓣也起了皱纹。她的脸立刻挂了下来,问多少钱一枝呀?汪长尺得意地:"你猜。"她把花扔到桌上,说笨蛋,你被卖花的骗了。

"是吗?"

"没长眼睛呀,这花是馊的。"

汪长尺拿起花来闻了闻,觉得味道虽不新鲜,但也不至于馊。他说花是捡来的。小文的嘴角再次咧开,立刻把花夺过去,闻了又闻,然后插到一个空醋瓶里,摆在她的床头。房间顿时有了亮点。汪长尺说现在怎么又不馊了?

"凡是不花钱的都不馊。"

因为这两枝玫瑰,小文多吃了半碗饭。饭后,她在花朵上撒了一点水。汪长尺好久没看见她这么高兴了。她一高兴,他也跟着高兴。高兴之余,他就想小文为什么高兴?绝对不是因为玫瑰,而是因为捡了便宜。此后每晚回家,他都带点物品,比如空纸箱、包装绳、半瓶糨糊、一把泥水刀、几张水泥纸或者脱了胶皮的乒乓球拍……这些他捡来或顺手牵羊的东西,每每让小文胃口大开,笑声不断。为了让她延续这种占小便宜的快乐,他的视野逐渐扩大。路上的任何一个角落他都打量,工地的每块废料他都仔细研究,有时甚至产生偷盗的念头,但念头一闪即灭,仿佛夜空中灿烂的烟火,虽昙花一现,却使大脑兴奋,好像自己真的窃到了什么。

实在没什么可捡,他就花点钱,买回拖鞋、锁头、糖罐、布娃娃、玩具车、存钱罐、娃娃帽、娃娃鞋、奶瓶……反正总之每天都不空手而归。无论他买了什么,无论新的旧的,他一概说是捡来的或者说是别人送的。小文的心情越来越好,人也越来越胖,晕病也不知跑到谁的头上去了。

一天傍晚,汪长尺带了一个人回来。此人名叫刘建平,是汪长尺在县城工地上一起推砂浆的工友。经人介绍,他辗转来到这个工地,并巧遇汪长尺。两人互拍半小时的肩膀,汪长尺就把他带回来了。小文一听到他说家乡话,立刻就把他当亲哥,多炒了两个肉菜,还拉出一箱啤酒。他们一边吃一边喝,一边喝一边聊。聊着聊着,就聊到了村头那棵大枫树。刘建平说我是鼎罐厂的,就在你们村的山下。平时我们一抬头,就看得见你们坳口那棵树。那棵树实在太大了,十几里远都看得见。有次我路过时正好落雨,就躲到树下,结果衣服一点都没湿着。

"真的吗?"小文惊叫。汪长尺也激动得不停地搓手。他喝下满满一杯啤酒,抹了一把嘴角,说冬天到邻村上小学,每人都提着一个火盆,一到树下,大家就把落叶堆到火盆里。因为落叶湿润,加上火盆里的炭火又不是很旺,落叶在火盆里并不燃烧,而是冒烟。烟越冒越黑,越冒越浓,大家拎着火盆奔跑,把烟拖得长长的,就像一列列蒸汽火车。我每次离家,走到那棵树下就一定回头,好像树上有一道命令。而每次回家,一到树下我就小跑,恨不得早一秒钟见到父母。其实离家都一个学期了,快一秒慢一秒没什么区别,跑只是表达一种急迫的心情……说着说着,汪长尺的眼睛就湿了。小文的眼睛也跟着湿。"真没出息。"刘建平刚一说完,眼睛也湿。三个人为一棵树竟然哭了起来。

餐桌边的空酒瓶越来越多,两个男人越聊越兴奋。聊着聊着,汪长尺聊到了自己的工伤。刘建平听完,忽然举起左手。这时,汪长尺和小文才发现他的小指短了一截。他们奇怪刚才为什么没发现?刘建平说这是帮有钱人做木工时不小心被电锯割的,当时我想忍了,但自己说服不了自己,凭什么总是我忍?于是我就跟主人索赔。不瞒你们说,他们的话比鲁迅的还辛辣,句句都挖人。一气之下,我就赖在他家不走。女主人怕了,给我一万块钱,我还是不走。男主人又拿了一万,我还是没走。你想啊,今天一万明天一万,说真的,我都想一辈子住在他们家里。但人家也不是白吃饭的,要不然怎么会挣到那么多钱?第三天,他们叫来一位警察。警察说如果现在你脚底抹油,那我就叫他们再赔一万。我想半截小指头,获赔三万也值了。你们知道,在农村一条命还卖不得这么多钱呢。再说了,我也得给警察一个面子。

"三万?你他妈半根指头比长尺一根鸡巴还值钱。"小文一惊一乍。刘建平说所以,你们要敢于住到老板家里去。汪长尺说人家出了医药费,还一声不吭就给了两万,现在病好了,想回去工作就回去工作,怎么好意思再跟人家伸手?小文说你连硬都硬不起来也叫好了?刘建平说如果真硬不起来,那你就要发大财了。你们没看报纸吗?法院已经首次判赔精神损失费了,你这个工伤可以依样画瓢。小文问精神损失费有多少?刘建平说好大几万呢。小文说那就索赔呗。汪长尺说连黄葵我都斗不过,哪还有本事跟大老板斗?刘建平用力一拍,汪长尺的肩膀一歪。刘建平说只要你们同意,这事就交给我来办。不瞒你们,现在我专门干这个。汪长尺说专门替人索赔?刘建平得意地点头,好像这是一件多么自豪的事。汪长尺的表情稍有迟疑,好像一时半会还转不过弯来。刘建平说有人为了索赔故意锯断手指,有人把人骗进矿井,对着脑袋一铁锹,然后跟矿老板说死者是他亲戚。汪长尺说心也太黑了吧?刘建平说是他们先黑了我们才跟着黑的,这世道要让他们晓得,我们的身上有骨头,还长刺。

"哐"的一声,汪长尺把空酒瓶砸在地板上。刘建平说你同意了?又"哐"的一声,汪长尺砸了第二个酒瓶。小文被吓得一抽一抽的,说祖宗,别砸了,再砸你孩子将来就成捡酒瓶的了。

"哐……"

第四章 抓 狂

31

"五万块,你知道能做什么吗?"小文把汪长尺摇醒,举起一个巴掌。借着窗外路灯的微光,汪长尺先是看见一把模糊的扇子,然后看见那是五根指头。自从刘建平来过以后,小文每天都在琢磨精神损失,深更半夜也不放过。汪长尺说刘建平不是要拿两万吗?

"就算三万吧,"小文让拇指和食指卧倒,留下另外三根指头立正,"三万也能在老家起一栋两层水泥房,够孩子从幼儿园读到中学。"汪长尺的心像被电击,因为小文说中了他的要害,那就是供孩子读书、在老家起房。但他还在犹豫,右手不自觉地摸向下体,说也许它是暂时失忆,也许过几天它就好了。

"好个屁呀,我都帮你捏过一千次了,一点反应都没有。"

"难道你不希望它好吗？"

"光希望有什么用？得有实力。你都出院一个多月了，再不索赔，老板就把这事忘了。"

"万一它突然好了呢，那我不成骗子啦？"

"棉花能变钢钎吗？好不容易碰上这个机会，你还不赶紧抓住。"

伤痛变成了商机，汪长尺感觉不爽。他背过身去，不相信自己就这么软了，所以，对于索赔他不是很积极，好像不索赔就能留下一线希望，而一旦索赔，特别是索赔成功，那他这辈子就不好意思再硬起来。因此，无论小文怎么劝他逼他，他都没拿自己受伤的器官去找老板要钱，反而悄悄地到男科医院看了几次。医生给他开了一堆西药。他藏住，背着小文偷偷地吃，每吃一次就惭愧一次，好像吃了什么山珍海味而没有跟小文分享。吃了半个多月，那部位还软得像棉花。他心里酸酸的却不服气，于是找了一个中医，开了一堆中药。吃中药要熬，这就瞒不住小文。每天晚饭后，他就熬药。药草的气味从陶罐的盖孔"扑扑"地喷出来，弥漫整个房间，连床单枕头衣服都沾上了。小文捂住鼻子，说这些药真能治好你的病吗？

"治不好我吃它干吗？"

小文冷笑："他们只不过是想骗你几个药钱。"

汪长尺也这么想过，但如果把所有的医生都当骗子，把所有的药都当假药，那他就没一点盼头了。中药喝了十几天，他的下体还是不作为。但他没绝望，认为不是药不行，而是药量不够。于是,他加大药量,"嚯嚯"的喝药声听得小文全身都起鸡皮疙瘩,仿佛喝药的是小文而不是他。每次喝药之前,他都叫小文捂住耳朵,免得声音过敏。等他把药喝完了,小文才把手放开。白天,他把药水灌进塑料壶,带到工地上去喝。刘建平一看见他喝药,就拍拍他的肩膀,说喝得再响也不等于药效,你就死心塌地索赔吧。汪长尺摇头,摇得颈椎都响了。

这天,汪长尺收到一张汇款单。那是汪槐寄来的,上面写着一千元,汇出地是老家县城邮局。这张薄薄的单子压得汪长尺的手指又酸又痛。自从进城后,他没支援过农村一分钱,现在农村反过来支援城市,真是天大的讽刺。他躲在工地的角落,默默地流了一场泪,然后把钱寄回去,还加了一千块。十天后,二叔回信:"一月前,你爹妈就离开了谷里村,说是去省城跟你生活。收到你的来信和汇款,才知道他们没跟你在一起……"

汪长尺好像被打蒙了,比从脚手架上栽下来时还蒙。当晚,他两手空空回到住处,连工地的盒饭和他的药壶都忘记拿了。小文觉得奇怪,趁他上厕所时搜他的衣兜,结果搜出了二叔的来信。她看了两遍,大概是看明白了,便去拍厕所的门。门没锁,汪长尺站在里面既不拉也不洗,好像进去就是为了发呆。小文举起信笺,说我知道他们在哪里。汪长尺本想跟小文隐瞒这段内容,却不想她连答案都知道。他走出厕所,把信夺过来,说你又看不懂看什么看?小文说他们一定是在县城讨钱。汪长尺拍了一下她嘴巴。她没闭,继续说除了乞讨,他们没有别的办法挣。

"放屁。"汪长尺的脸一沉,小文才发现自己说多了。但她忍不住,就像发现了别人的缺点那样忍不住。她说其实讨钱也没什么,至少可以自己养活自己,总比待在家里等天上掉馅饼强。汪长尺说也许他们是卖豆腐呢?你知道我妈做的豆腐又白又嫩。

"哪来的本钱?"

"借呗。"

"连二叔他们都没借,还会跟谁借?"

真他妈丢人现眼,汪长尺想,县城里那么多同学,那么多老师,他们要是看见他讨钱,骂的肯定不是他而是他的后代。难怪最近耳朵发热,原来是他们骂热的。汪长尺下意识地摸摸耳朵,手仿佛被烫了一下。吃过晚饭,耳朵也没降温,好像全世界的手指都在戳他的脊梁骨。他找出一个软包,装了几件衣裳,打算回一趟老家。小文说即使你回去,又能怎样?

"找到他们,让他们回家。"

"回家挣不到钱,没钱起不了房。"

"我们不是有钱吗?足够他们起两层楼房了。"说着,他打开箱子,拿出存折。小文说钱拿走了,孩子花什么?你总不能让我自己给自己接生吧?汪长尺的手指在存折上摩擦,手指热了,存折热了,它们一起战抖。犹豫了一会,汪长尺把存折放回原处。小文说如果你不给他们送钱,回去有什么用?等你一回城,他们又出来讨。

"那你说我该怎么办?"汪长尺来回走着。

"我有一个办法。"

汪长尺停住:"什么办法?"

"把存折上的钱送给他们,但回来后你就去跟地产商索赔。这样我们既能在老家起房,又有钱在城里生孩子。"

汪长尺想这确实是个办法,但内心深处却无限排斥。除了不愿接受身体失败之外,他还害怕打官司。他一直没信心跟有钱有势的人打官司,或许这才是他吃药的真正原因,明知没效果却可拖延索赔的时间。他站在箱子前,久久不敢伸手,生怕那本存折还没冷却。

32

回到老家县城,汪长尺就在街道上找汪槐。汽车站、电影院、商场、饭店和码头,凡是人多的地方他都找了,就连路边的垃圾桶、树桩和电线杆都不放过,但均没看见汪槐的身影。越是找不到,他就越高兴,以为汪槐还没沦为乞丐,以为老天会给他另外的答案。但第三天早晨,他在离第二小学校门十米远的地方,发现一个匍匐的身影。那个身影他太熟悉了,曾经那么高尚那么魁伟那么勇敢那么安全那么善良那么智慧那么汗香扑鼻……可现在却像一条死狗蜷缩于地面,身上穿着破烂的衣裤,头发又乱又长,脸和手沾满尘土。他的面前放着一个铁皮口盅,口盅已变形,上面的油漆脱了大半。家长们路过时大都视而不见,但三三两两的小学生却强迫父母掏出零钱,朝那只口盅扔去。纸币落下时悄然无声,硬币落下时"当"地一响,敲得汪长尺心里一阵阵紧,尽管他远在马路对面,尽管他不一定真的听到那一声"当"。

因为人流量大,汪长尺没有勇气靠近。他躲在一棵树下远远地看着,咬牙强忍,但眼泪却不争气,哗哗地流,流一点,抹一点,恨不得把眼前这幅画面一同抹去。仿佛是有了感应,汪槐抬头朝汪长尺的方向看过来。汪长尺发现他的脸又黑又瘦,眼睛变小,眼窝变深,连胡须也没刮。汪长尺把头磕到树干上,一下,两下,三下,磕得老树皮都掉了。汪槐看了一会,没发现异常,又把头低下。校园里传来上课铃声,马路上的人流量减少。汪长尺抹干眼泪,从树后闪出,走到汪槐面前,把带回来的两万块钱丢进口盅。口盅仿佛不能承受,一歪,滚到汪槐手边。汪槐的手一颤,像被针戳似的。他慢慢抬起头,木然地看着,仿佛眼前是一道强光。但很快,他深陷的眼窝挤出一串泪水,整个脸部瞬间扭曲,似哭非哭,似笑非笑。当他脸部的扭曲波一过,泪水便滑出眼眶,但只滑到半脸就凝固,仿佛久旱的大地没收雨滴。看着眼前这张干瘦缺水开裂的脸,汪长尺刚刚抹干的眼眶重又噙满泪水。他蹲下来,抱住汪槐,叫了一声爹……汪槐的泪腺好像被这声叫唤打通,眼泪"刷刷",流过高山流过平畴。汪长尺问妈呢?汪槐指了一下对面小巷。汪长尺抱起汪槐朝小巷走去。他没料到汪槐这么轻,轻得就像一个孩子。他没料到汪槐会这么小,小得就像一个婴儿。汪槐越轻他就越难受,汪槐越小他就越悲伤。

他们在巷子里租了一间十平方米的危房。面街的窗台上摆着一排玻璃瓶,瓶里装满了红黄蓝绿黑白紫七种颜色的水,那是用别人丢弃的颜料配出来的,是窗台上的装饰,仿佛他们种植的花朵,姹紫嫣红。大门敞着,门上挂着一串残缺的风铃,风铃生锈了,一看就知道是捡来的。屋内摆着一张床,床边放着轮椅,灶台靠近窗口,角落堆满纸箱和各种废品。汪长尺把汪槐放到轮椅上,一回头,就看见刘双菊站在门口。她把进门的光线遮挡了百分之九十,全身的轮廓光毛茸茸的,像金色的麦穗。由于室内光线忽暗,彼此都看不清对方。他叫了一声妈。她一愣,手里的编织袋掉下去。他捡起编织袋。她抹了一把眼角。他把编织袋丢到纸箱上。她说你回来了。他说回来了。她不停地抹泪。他给她递了几张纸巾。她把纸巾捂在脸上,纸巾立刻泅湿。他把她扶进屋来,让她坐在床上。她抽了一下鼻子,抹干净脸上的纸巾,仔细端详,说你脸皮黄黄的,是不是病了?他说没病。她捏了捏他的手臂,说没伤着吧?他说没伤。她问小文呢?他说还有两个月就生了。她问孙子没什么吧?他说没什么。她说没什么就好,妈给你弄吃的。

刘双菊一边做饭一边抱怨,说出来讨钱是你爹的主意。一月前,汪槐偷偷把家里的鸡卖了。刘双菊从地里回来,以为鸡被人盗窃,就在鸡笼前点了三炷香,烧了几张纸,准备开咒。这是个古老的习俗,村人相信只要点香开咒窃贼就会遭到报应。刘双菊能够想到的报应不外乎让小偷肚痛,不一定要他痛到住院,最好是痛到他知错,痛到他把鸡悄悄送回来。但刘双菊还未张嘴,汪槐便掏出一把钞票。那把钞票除以十二正好等于一只鸡价。刘双菊一看就知道是怎么回事了,说你卖就卖,为什么卖得一只不剩?汪槐看着远处。山梁上一道道翠绿,鸟群划过天空,夕阳一片金黄。刘双菊把香掐灭,说你哑巴了吗?汪槐头也不回,仿佛放眼世界胸怀理想,说卖鸡,是想给长尺他们寄点钱。一说给长尺他们寄钱,刘双菊的心肠立马就软。

过了一周,汪槐把半大不小的两头猪也卖了。刘双菊对着空猪圈哭了一场,说下一步,你是不是要卖我?汪槐说你看看我的双腿。刘双菊看着,他的双腿比原来又小了一圈,小腿瘦得一把能捏住,大腿瘦得一把也能捏住。刘双菊久久地看着,也没从腿上看到卖猪的理由。他说腿都到哪儿去了?被时间蒸发了。时间都到哪儿去了?被我浪费了。我要是再不行动,就得老死在这个破地方。这地方粮食不值钱,牲畜不值钱,连人也是跳楼价,老子一分钟也不想待了。刘双菊听惯了他的牢骚,以为又是一次心理抽搐。没想到他来真的,竟然滚着轮椅自己收拾行李。他的衣服、身份证和钱都放在一口木箱里,平时为了方便他使用,这口木箱就放在床边的地面。自从他开始收拾行李后,刘双菊把木箱搁到了方柜上,还换了一把锁头。只要刘双菊不帮忙,他的手就是再长连箱子也够不着,更别说打开锁头拿出里面的物品了。他的口盅牙刷等无关紧要的,都装进了软包,但衣服身份证和经费这些最关键的,一件也没装进去。

每天,刘双菊继续下地薅草、薅秧,除了依赖土地她没有第二种生存技能。

汪槐分别叫来刘白条和王东,请求他们把木箱从方柜上搬下来。他们都摇头,说刘双菊有交代,谁要是怂恿你进城,那就是成心害你吃不饱穿不暖,去过猪狗不如的生活。汪槐冷笑,说难怪你们穷,原来才这么点见识,我进城是去跟长尺享福,他发财了有出息了。无论汪槐怎么吹捧汪长尺,刘白条和王东就是不搬那口箱子。汪槐想求人不如求己。他找来一截竹竿,顶住那口箱子慢慢地推,每天推一点点,他相信总有一天会把箱子推下来。但推着推着,他发现了一个问题,即便把箱子推了下来,即便撬开箱子拿到经费,那也只是万里长征的第一步。如果没人抬,他就到不了公路。即便到了公路,如果刘双菊不愿意同去,那他也寸步难行。

于是,他改变策略,说我掐着指头一算,小文已经怀孕五个多月了。小文是第一次怀孕,长尺是第一次当爹,他们还是没长大的孩子,除了缺钱还缺人帮忙。这回,轮到刘双菊看着远处了。她的目光越过山梁,仿佛看见长尺和小文,甚至看到了子宫里的孙子。他说就是一只狗也懂得教自己的孩子如何生养,更何况我们是人,小文没有当妈的经验,你得进城去教她。刘双菊闷了三天。汪槐每天都给她洗脑,说我们是无法改变命运了,但孙子还有可能,要是孙子能够顺利出生,健康成长,那我们就是捡垃圾也值得。刘双菊听着听着,终于打开箱锁。她把地里的玉米和田里的秧苗托付给二叔二婶，就跟着汪槐进城了。进城日，二叔和刘白条抬着汪槐在前面走，刘双菊背着背篓在后面跟。一路上刘双菊不停地回头，即使看不见村庄了她的头也频繁地回，但坐在滑竿上的汪槐一次头都不回。他似乎没任何留恋，好像他的家不在后面而在前方。

到了县城，汪槐的计划生变。他把钱捏在手里，牢牢控制住财权，既不让刘双菊去省城也不让她回家。刘双菊忽然有一种被拐卖的感觉，骂汪槐是骗子。汪槐说你以为长尺真的发财了吗？我们两手空空地去，不仅帮不了他们还会成为他们的拖累。刘双菊说那你干吗要逼我离开村庄？汪槐说我算过了，离小文生孩子还有三个多月，这三个月我们赶紧在县城挣点零钱……

"你爹把汪家人刘家人还有贺家人的脸全都丢光了，每天走在大街上，我觉得个个都面熟，羞得把头都埋进了裤裆。"刘双菊边炒菜边抱怨，气得菜里都忘记放盐。

33

汪长尺用了整整一块肥皂，才把汪槐洗干净。也许汪槐没那么脏，但汪长尺觉得必须要用一块肥皂，才配得上汪槐目前的身份。洗完澡，他给他换上干净的衣裤，推着他出门。一路上他都在问：你是要带我去汽车站吗？如果去车站为什么不带上你妈？你是不是想请我喝酒？难道你要把我推到火葬场去？怎么又拐弯？原来你是带我去买衣服？

不像呀,难道你是要带我去派出所?也不是,那就是去看黄葵他爹喽……汪长尺一声不吭,直接把汪槐推到小河街的理发店门前。一看到理发店,汪槐就叫停,说长尺,别的我都听,唯独这头发不能理,它就像演员的脸,就像产品的商标或店面的招牌,如果理了我就没收入了。汪长尺说原来你想做一辈子乞丐呀。汪槐拉住轮椅上的手刹,轮椅"吱"地停住,在地面拖出两行黑印。

"你知道,像我这样的身体,在农村已挣不到钱了。"汪槐低着头。

"谁叫你挣钱了?"

"那也不能都指望你。我这么做,可以帮你减轻一点负担。"

"相反,我的负担更重。小时候你怎么教育我的?宁可饿死,也不讨吃。"

"那时我还有资格讲尊严,可是现在……"

"现在怎么了?你没米下锅了吗?"

"我不想承认自己残废,我想自食其力。"

"再难,也不靠磕头过日子。"

"这……这也是我想对你说的。"

"那你为什么还拒绝理发?"

"因为我能忍受自己窝囊,却不能接受孩子没有尊严。"

"我可以吃千遍苦,也不能让你丢一寸脸。"

汪槐忽然抬起头,泪眼汪汪地盯住汪长尺。这一刻,他们的目光才敢相遇。刚才,他们一个看着裤裆,一个看着河面,生怕眼睛碰伤眼睛。但是现在,他们渴望看着对方,渴望看见对方黢黑的脸庞洁白的内心。汪槐说长尺,你有出息了。汪长尺把汪槐抱起来,朝理发店走去。非常奇怪,他的步伐忽然慢下来,慢得就像电影里的慢镜头,不知道是犹豫或是想把汪槐抱得久一点?

理完发,汪槐恢复了本来面目,他又像过去的汪槐了。一路上他都在道歉,说长尺,我给你丢脸了,我既对不起汪家的列祖列宗,也对不起将要出生的孙子……路有多长,他的道歉就有多长。从前都是汪长尺跟汪槐道歉,现在全反过来,好像汪长尺把汪槐给征服了。但是,汪长尺没有半点征服后的快感,他明白道歉的人轻松,听道歉的人反而责任重大。他有点心虚,有点不适应,加快步伐把汪长尺推回租屋。刘双菊还坐在纸箱边发呆,他们出门时她什么姿势现在仍什么姿势,好像这一个多小时她都没动过。汪长尺连叫三声妈,她才回过神来,说长尺,你真的要逼我们回去吗?

"难道你还想在这里丢人现眼?"

"抱怨归抱怨,其实,我已经慢慢习惯了。"

"习惯捡垃圾吗?"

"我在农村辛苦一年,还不如在这里一个月挣得多。你看看这些纸箱,这些瓶子、杂志、报纸,还有这些台灯皮鞋电饭煲衣服棉胎电视机,样样都还能用。"

"都是别人用剩的,想想都恶心。"

"苍蝇爱干净,还不饿死?"

"你是我妈,不是苍蝇。"

"想想我过的日子,和苍蝇也差不了多少。"

"那我就是苍蝇的后代。"

"乱讲,你是干净的。你奔你的前途,别管我们。"

"我是从你身上掉下来的,能不管吗?"

刘双菊的心里一颤,被汪长尺的这句话打动。她扭头看着汪槐。汪槐说回吧,做农民比做乞丐好听。刘双菊说可是……农民的收入不一定比乞丐高。汪槐说不能光看钱,还得讲气节,爱羽毛,长尺这么孝顺,这么有尊严,你还怕饿到你穷到你吗?刘双菊叹了一声,说没想到,我们把你送进城市,你却像个城里人那样排斥我们。汪槐说你就知足吧,多少钱都买不到孝心和尊严。

他们处理掉废品,收拾好行李,把钥匙交给房东后就赶到车站。临上车时,刘双菊问你不回家看看?汪长尺摇头。其实,这不是他的真想法。他很想回去看一眼日思夜想的家乡,看看老屋、菜地、猪圈和二叔,看看枫树、山影和稻田,甚至想饱吃一顿家里的饭菜。但是,他没脸回去,害怕村人识破父亲的谎言,害怕他们知道父母乞讨。车门"哗"地关上,坐在轮椅里的汪槐被彻底遮挡,汪长尺还能看见刘双菊贴在车窗上的脸。她的脸紧紧贴着,压得鼻子都扁了,好像要冲破束缚。班车的喇叭响了三下,慢慢地驶离。汪长尺看着远去的车屁股,心里一阵阵酸楚。

出了车站,他来到旁边的汽车修理店门前,坐在去年他曾经坐过的那颗石头上。修车的师傅还是那个师傅,但他已经认不出汪长尺。汪长尺看着远处进山的公路,想象班车驶过麻村、架里和乡政府,想象刘双菊从根英表姐家拿出滑竿,请人把汪槐抬过水库、台上、茶林,一直抬到家门口,想象刘双菊翻开裤兜,掏出钥匙,打开锈迹斑斑的门锁。

　　天渐渐黑了,修理店关门了,路灯接二连三地亮起来,像两排烛光。修车师傅离开时剜了汪长尺几眼,但他没剜到什么信息。汪长尺来到租屋前,五颜六色的水瓶还摆在窗台上,生锈的风铃闷闷一响。他闻到了汪槐残留的气息,看到了门前刘双菊留下的脚印。他围着房子转了一圈,深深地吸了一口气,然后把双手放到墙上用力一推。墙壁"哗"地倒下,地面腾起团团烟尘。他想如果他们不离开,迟早会被这间危房压死,如果我不推倒这间房,也许他们会卷土重来,再做一次乞丐。或者,这都不是他推倒房子的理由。他是不是想埋葬这段不光彩的历史?抑或是想清除自己的记忆?

　　而此刻,汪槐已坐在自家堂屋。二叔、二婶、张五、张鲜花、王东和刘白条等等都来串门,就连邻村的光胜也来了。他们打听外面的情况,问汪长尺赚了多少?小文快生了吧……刘双菊给他们倒酒、倒茶、散烟、发糖果发饼干。喝了几杯酒后,汪槐的脸和脖子都红了。他一激动就解下腰带,掏出两沓钱来摆在桌上。大家的目光忽然直了,堂屋里顿时无声。刘白条用吓破了的嗓音问你、你哪来这么多、多钱?汪槐说长尺给的。大家"哇"地惊叹,七嘴八舌,问长尺是不是做大老板了?汪槐只喝不答,笑得满脸都是皱纹。

34

汪长尺真的不想把事情闹大,甚至还没开始就想结束。每天,他按时到工地砌墙,渴望就这样砌下去,最好什么也别改变,最好这幢大楼永不封顶。只要右手拿着泥水刀,左手捏着红砖头,鼻孔里呼吸着呛人的水泥味,他就觉得生活像浇铸了钢筋,特别牢靠。但刘建平不停地拍他肩膀,骂他是缩头乌龟,是蚯蚓是蚂蚁,是那些既无骨头又无胆子的小小动物。每次骂他,刘建平的嘴里都会吐出一个动物世界。工地午饭时,汪长尺总是端着饭躲到没人的墙角,一个人"吧嗒吧嗒"地吃。但刘建平就像装了GPS,无论汪长尺躲到哪个角落,他都找得到。除了骂,他还为汪长尺惋惜,说机会就像一个屁,臭不了多久。汪长尺说你就那么有把握?刘建平说我已经得手三单,每单都上万元。汪长尺不信。他当然有理由不信,因为当初在县城工地时,刘建平只是一个跟在他身后混吃的屄人,现在怎么会基因突变?刘建平掏出几张皱巴巴的纸递过来。汪长尺展开,那是别人委托刘建平索赔的字据,上面有签名有手印,不像是假冒伪劣产品。看完后,他把字据还给他,问为什么想到干这个?

刘建平说都是逼出来的。每个工地都拖欠工资,他先后被拖欠五次,实在没钱买馒头了就直接找老板,用拳头和棍棒威胁。老板本来就理亏,只要把他们的领口提起来,他们大都会补发工资。开始,他只是跟在别人后面捡死鱼,跟了两次后胆子就练大了。为什么胆子会练大？因为他有底气，杀人偿命，欠债还钱，千百年来人们都遵守这一规则，凭什么现在被欠的反而怕欠债的？他越说越亢奋，仿佛捏着成功的钥匙。汪长尺不得不对他刮目相看。当晚，他就立了委托书，第二天就跟着刘建平去医院要阳痿证明。拿到这两份材料后，刘建平就从工地消失，说去做大生意了。汪长尺每天还继续上班，但手里的砖头不时脱落，在地板上粉身碎骨，墙壁也砌不直了，砌墙的速度一天比一天慢，心里慌慌的总觉得要出事。

果然，安都佬把他叫到工地办公室，说你要么停止，要么滚蛋。他的双腿一软，吓得当场飙尿。安都佬看着他热气腾腾的裤脚，说既然你没胆子，为什么还要闹事？他说我老婆快生了，连住院费都不够，更何况还要给孩子准备奶粉钱。

"不是刚赔过你两万吗？"

"都给父母了。"

"那也不能敲诈。"

"两万块钱就能弥补我的阳痿吗？"

"谁说你阳痿了？"

"医生说的。"汪长尺掏出复印件。

安都佬看了看，把隔壁管收发接电话的荣荣叫过来，说你给他撸撸，我倒要看看是真痿还是假痿？荣荣是安都佬的同乡，也是安都佬的相好。一听要给汪长尺撸，她的脸顿时像刷了一层红漆。安都佬说你撸还是不撸？荣荣摇头。

安都佬说你要是不撸,明天就给我跑路,整天吃老板的用老板的,关键时刻却不为老板验货,你还想不想在这里混呀?荣荣吐了一口气,仿佛要吐掉自己的羞涩。她拿起一副新手套,刚要戴,安都佬就夺过来,说戴这么厚,撸谁谁都不硬。荣荣又吐了一口气,仿佛要吐掉自己的怯弱。她走到汪长尺面前。汪长尺比她还紧张还害羞,双手捂住裆部,全身筛糠。安都佬说害怕检查,说明是假瘘。

"医生已经检过了。"汪长尺说。

"丢,这年头,送包香烟都能开出假证明,谁信呀?"安都佬说。

"不信你就重检呗。"说着,汪长尺放开裤裆。荣荣把手伸过来。汪长尺一躲,"你还真撸呀?大家都是农村出来的,有点同情心好不好?"

"谁规定农村人必须同情农村人?"安都佬说。

荣荣一把扯开汪长尺的裤头,裤头滑落的瞬间被汪长尺护住。荣荣的手伸进裤裆。汪长尺一声惨叫,仿佛死了,仿佛裤裆里忽然钻进一只小白鼠。小白鼠热乎乎的,上下蹿动。汪长尺有硬的愿望却没硬的实力。他羞愧地低下头,说安都佬,如果将来我杀了你,那也是你逼的。荣荣撸了一会,把手抽出来。安都佬看着她。她摇摇头,走到水池边,抓起一大把洗衣粉放到手上。她的两手搓着搓着,池子里就浮满了泡沫。泡沫浮满了,她还觉得脏,又抓起一把洗衣粉,好像不搓烂手上的皮肤就不足以洗掉肮脏。汪长尺系好裤头,再也忍受不了这种污辱,走到安都佬面前,照着他的左脸举起拳头,但临下手时却按了"暂停",继而按了"后退"。他从来没打过人,到现在都还没存够胆量。

出了工地,汪长尺顿觉两腿之间空空荡荡,空得就像擦了清凉油,旷得就像冷风吹拂的一片原野。他走过一条街又一条街,两腿始终没合拢,仿佛中间被谁一刀切割,留下了永久不能弥合的海峡。他不停地走,好像只有不停地走两腿才有统一的可能。走着走着,他来到了刘建平的住处。敲敲门,刘建平竟然在。他把汪长尺迎进门去。这是一间三十平方米的两室,带厨房和卫生间,还有一个小阳台。房子旧了,但墙壁重新刷过白漆。客厅有个小书架,上面摆着十几本书,都是法律的。茶几上立着一束花,虽是塑料,却没沾灰尘。窗帘竟然两层,一层白纱一层布。卧室里的被子叠得四四方方,床头两边有小柜,左边的小柜上放着一本翻开的倒扣的书,也是法律的。直到现在,汪长尺才发现刘建平跟自己已经拉开了距离。他不是纯粹的打工仔了,而已升级为索赔专业户。他去工地不是打工,而是物色客户,就是去打探谁需要索赔。

"你不用羡慕,我付出过代价,"说着,刘建平挽衣撩裤,分别露出胳膊、后背和腿上的伤疤,"刀捅,骨折,摔破,一样都不少。"

汪长尺撩起衣襟,指指腹部的刀痕,又拍拍自己的裤裆,说还得加上我爹摔断的两条腿。

"只要脱掉衣服,我们都一样。"刘建平说。

因为相似的伤,汪长尺对刘建平的信任迈进了一步,又因为那些法律书,他对他甚至有了一点点崇拜。他拿起一本,机械地翻着,一个字都看不进去,就连那束花,就连刘建平都虚焦了,脑海里全是刚才被污辱的画面。刘建平说你的老板滑得像泥鳅,两次拦截他都逃脱,想从他身上拿钱恐怕比拔飞鸟的毛都难。

"再难你也得帮我拔,已经没有退路了。"汪长尺说。

"除非跳楼,否则老板不会现身。"

"我爹当年用这招威胁过某部门,结果除了把自己搞残废,什么好处也没捞着。"

"这是大地方,运气好会有记者报道。别看老板们平时牛烘烘,但一遇到曝光立刻就吓尿。"

汪长尺摇头,说还是想想别的办法,万一不小心从楼顶滑落,我的整个家庭就会崩溃。我上有老,下有未出生的孩子,这么做太冒险了。你不是在学习法律吗,为什么不用这个试试?说着,汪长尺举起手里的书。刘建平冷笑,说你以为我真看得懂呀?不过是拿来壮壮胆,像我们这种出身,只能用耍赖对付耍赖,简称以赖治赖。

"总有个说理的地方吧?"

"有,但你得先交定金,交完定金,别人才会抬抬眼皮。即便官司赢了,区区几万块赔款还不够填打官司的窟窿,到时,你得到的是一张证明自己正确的判决,费尽周折只不过讨来一段加盖公章的评语,好比拿了奖状却没有奖金。"

汪长尺沉默了。沉默一会,他把书轻轻地放下,轻轻地问还有没有别的办法?刘建平说有,你敢吗?汪长尺说也许敢呢?刘建平说绑架。汪长尺又沉默了。沉默了许久,他说就差一把手枪。刘建平说有枪你也不敢,知道你们老板是谁吗?汪长尺摇头。

"林家柏。"刘建平说。

"怎么又是他?在县城时他已欠过我们一次了。"

"知道黄葵是谁害的吗?"

"难道是他?"

"因为他老爸干扰,警察一直没把他拿下。"

"他为什么要害黄葵?"

"可能是黄葵知道得太多了吧。"

"我他妈豁出去了。"汪长尺忽然提高嗓门,把刘建平都震了一下。

35

清晨,汪长尺本想赖一次床,但一到七点,他的生物钟就响了,再也睡不着了,便轻轻坐起来。若在平时,这一刻他得飞快地晃动,穿衣、刷牙、洗脸,动作赶动作,就像勤奋的车轮滚出家门,直滚到楼下的早餐店才停下来买两个馒头,再接着往前滚,一直滚到工地。但是现在,他似乎是滚累了,再也不想滚了,屁股粘住床单,上身一动不动,整个人仿佛凝固在空气里。

一个小时后,小文醒来。汪长尺还坐在床边。小文问都几点了,你还不出工?汪长尺好像没听见,连眼睛都不眨一眨。小文忽然一拍脑门,说你看我这个笨脑壳,差点把跳楼的事给忘了。汪长尺仍然没动,好像连思维都已经停止。小文起床热了稀饭,煎了鸡蛋,一连叫了七八声,汪长尺才离开床铺,刷牙,洗脸,吃早餐。小文说跳楼只是做做样子,目的是引蛇出洞,千万别学你爹真跳。汪长尺没吱声。小文又说上面风大,穿厚一点,别爬得太高,别待得太久,爬上脚手架以后,悄悄用绳子把自己系在上面,小心摔坏了。说着,小文拿出一截绳子。长约一米,很粗很结实,两端都绑着铁扣。汪长尺问哪里来的?小文说买的,凡有工地的地方都有人卖这个,还有卖标语的,什么"我为你受伤,你给我赔偿",什么"该赔不赔,子孙死绝",什么"回家过年,请给工钱",什么"欠钱的,有种你出来走两步",应有尽有,买的人好多,都快做成产业了。

汪长尺出门后的第一个念头,就是想用这截绳子把林家柏活活勒死,但这个念头就像馒头店蒸笼上的热气,风一吹就散。他在工地周边转了三天,也没勇气爬上脚手架。每天傍晚,他都蔫头耷脑地回来,好像自己做了什么对不起小文的事。小文虽然没责怪,但她炒菜的声音明显不对,既急又重,碗也放得比平时响,洗澡的动静也胜过往时,就连水龙头的水开得也比以往大。汪长尺如坐针毡,都不愿在屋里多待。第四天傍晚,他又低着头回来了,发现屋里多了一个人。这人是谁?他竟一下子想不起来,使劲想了几下,脑血管仿佛打通,才想起这不是刘建平吗。刘建平问脚手架到底还爬不爬?他说不爬。小文说不爬,怎么拿到赔款?

汪长尺说我得跟我爹有点区别。刘建平说别的办法都有可能带来后患,要么伤人,要么伤钱,弄不好还犯法,而跳楼相当于自残,害不了别人,充其量也就逼一逼老板。汪长尺说现在的老板个个胆子比天大,跳死都吓不倒他们。刘建平说要不我陪你爬上去,人多力量大。汪长尺说我不想学我爹。小文说有的东西不想学也得学,好比在祖宗面前烧香磕头,你能不学吗?刘建平说索赔讨薪这事很难创新,最好尊重传统。汪长尺说我不想重复。

几天后,他终于想出了一个跟他爹不一样的办法。为此,他像打了鸡血,彻夜难眠。从小到大,他所做的每一件事或多或少都受他爹的影响,唯独这件完全解放。或许仅仅是因为跟他爹不一样,他才这么"嗨"。当然,这个办法不是凭空想出来的,而是经过周密观察,并结合实际情况。首先他从工地的围墙上知道了公司的电话号码,然后他冒充大客户在电话亭给公司拨了一个电话,问到详细地址,再按地址找到公司。他故意说方言,以老乡的名义找林家柏,却被保安挡住。歇了两天,他又以办事的名义来到公司门口,保安问办什么事?他一时竟答不上来,又被保安挡住。第三次,他说找公司的老邓。保安问老邓的全名,他随口编了一个"邓德智"。保安查无此人,又把他推出来。这么一来二去,他就被保安记住了,再也没机会进去了。

他在公司附近蹲守,发现林家柏每天上午都开着一辆黑色轿车上班,车牌号是连着的五个"八"。当轿车从路旁开过,他跟林家柏的最近距离只有五米,但这五米隔着一层车窗玻璃,就像看得见却摸不着的两个世界,就像一个在电视里一个在电视外,而且距离最近的节点只有一瞬,有时是一秒,有时是半秒。公司门口有横杆,有保安,显然在这里不会有所作为。于是,他逆着林家柏驶来的方向走了五百米,发现那里有个十字路口,路口旁便是东宝路派出所。

上午九点十二分,"嘭"的一响,汪长尺扑到林家柏轿车的前盖上,像一具尸体从天而降,逼停林家柏的轿车。由于鼻子磕中挡风玻璃,他酸得太阳穴都要爆裂、耳膜都要穿孔,甚至酸到痛不欲生,好在那股酸劲很快就过去了。路人开始围观,交通瞬间瘫痪。两个警察从派出所里跑出来,一个临时疏导车辆,一个跑向汪长尺。汪长尺坐在车前盖上,拉出一条横幅,上面写着:"工伤致残,请求索赔"。围观者越来越多,他们的叫喊声、口哨声、喇叭声此消彼长。警察指着汪长尺,说你你你给我落地。汪长尺说好不容易才逮住他,一落地他就跑了。警察说别跟我提条件,先把路让开。汪长尺双手抠住车前盖的凹槽。警察抓住他的双腿一拽。他从前盖滑下,仆在地上,下巴磕了一下车杠又磕了一下路面。警察说起来。他双手抱住车轮,半张脸贴到轮子上,仿佛首次跟贺小文拥抱,面肌压得都变了形。警察继续拽他,每拽一下轿车就摇晃一下,好像车震。他的衣袖被拽破了。围观者拥上来,骂警察粗鲁,骂警察不同情穷人,甚至有人青筋暴突、抬手挽袖。警察望了一眼四周黑压压的人群,高冷的脸立刻变得和蔼可亲。他蹲下去,说老乡,只要你起来,我会尽力帮你协调。汪长尺不信,斜眼盯住警察,似乎在评估他说的话到底含多少水分。警察说只要你闪开,我保证不让他车轮抹油。汪长尺仍然怀疑。警察敬了一个标准礼。"这是多么高的荣誉!"汪长尺一边想一边松手,从地上爬起来。警察为他拍了拍衣裤上的灰尘,就像小时候他妈帮他拍灰尘那样拍着。他坚硬的心肠顿时融化。他说不是万不得已我不会这样,我不是天生的刁民,都是他们逼出来的。警察敲了敲车窗。直到这时车窗才迟迟滑下。警察示意把车开进派出所,但林家柏一轰油门,轿车像棍子那样直直地戳出去,根本没把警察的手势放在眼里。汪长尺想完了,白扑了,计划落空了。

　　林家柏的轿车被一辆警灯闪烁的摩托带回派出所。在吴姓警察的帮助下,汪长尺得以跟林家柏面对面地坐着,他们之间隔着一张桌子。这是他们第一次近距离长时间地相互打量。林家柏又白又瘦,鼻梁上架着一副黑框眼镜,板寸头,小眼睛,西装,衬衣雪白,脖子细长,像个女人。汪长尺的皮肤又黑又粗,手指上有几条被砖头磨出的细口,衣服上沾满灰尘,就连头发上也有一撮灰,那是刚才在马路上沾的。最让林家柏难以接受的是,汪长尺的眼睛竟然还大还双眼皮,五官竟然端正,眉毛竟然还浓,牙齿竟然还整齐……林家柏想狗日的要不生错地方,那也算个型男。汪长尺想原来骗子杀人犯也长得这么秀气。林家柏想不管他们长得美丑,其诈骗的用心和手段几乎都一样。汪长尺想人不可貌相,海不可斗量,肉食者毒,塘边洗手鱼也死,路过青山草也枯。林家柏想动不动跳楼,动不动撞车,社会都被你们搞乱了。汪长尺想信誉都被你这样的人破坏了。林家柏想是你们拉低了中国人的平均素质。汪长尺想是你们榨干了我们的力气和油水。林家柏想你们随地吐痰,到处大小便。汪长尺想你们行贿受贿,包二奶养小三官商勾结。林家柏想你是人渣。汪长尺想你是蛇蝎。林家柏想真臭呀,你的鞋子。汪长尺想你撒了什么香水,臭得我都想吐……

汪长尺最先打破沉默,他说的是方言。他以为方言能打动林家柏,没想到林家柏连眼皮都没动。汪长尺表达了自己的诉求,并在桌上摆出诉状和伤残证明。林家柏扭头看着窗外,一言不发。汪长尺盯住他,拳头捏响了,几次想举起来揍过去,但都被自己的意念按住。林家柏对着门外招手。吴警察走进来。林家柏说阿sir,请你转告他,我不是不想赔钱,而是不想赔得不明不白,即使该赔,那也得合理合法,得走程序,得找对口部门,而不是用他这种野蛮的动作,我们是法治国家,每个人都必须遵纪守法,如果人人都想用敲诈来解决纠纷,那就是破坏法治。汪长尺说我连告状费都没有,怎么走得起程序?

"我借给你。"林家柏说。

"能借给我五万吗?"汪长尺举起一个巴掌。

"你没诚意。"

"没诚意是因为我根本告不赢你。"

"没告,你怎么知道?"

汪长尺傻了。强来,显然拿不到钱,而且吴警察也会干涉。打官司，不是穷人的强项。他眼巴巴地看着吴警察，好像能看到答案。吴警察很尴尬，他既不能强迫林家柏，也没能力帮汪长尺，只好把头扭过去，仿佛答案挂在窗外的树上。林家柏说其实还有一种不花钱的办法，那就是去找劳动局，让他们仲裁，该赔多少我赔多少。汪长尺知道林家柏说的每个字都是假的，但他却找不到反驳的理由，眼睁睁看着他走出去。吴警察拍拍汪长尺的肩膀，语重心长地说请相信法律，相信这个世界上大多数都是好人。汪长尺的身上忽然起了一层鸡皮疙瘩。

36

这座城市复杂得就像收音机的电路板，马路就像电线，楼房就像电容电阻，汪长尺既不知道线路怎么接，也不知道每个电容电阻的功能。但为了索赔，他还是把劳动局找到了。接待他的是一位女科长，叫孟璇。孟璇年近四十，五官秀气，身材苗条，声音柔和亲切。她仔细阅读汪长尺的材料后，决定帮他协调。可是半个月里，她打了几十个电话，均找不到林家柏，那颗协调的雄心渐渐冰凉。汪长尺每天都抱着希望赶来，同时也像是为孟璇打气。孟璇的办公室里若是有人，他就靠在走廊上等，一直等到孟璇有空了，才怯怯地走进去。孟璇一看见他就苦笑，就立即按座机的免提，依次拨三个电话，它们分别接通林家柏的办公室、公司的办公室、林家柏的大哥大，三个电话都响着同样的提示音：

"该用户并不存在……"每当提示音响过,孟璇就歉意地摇头,好像销号的不是林家柏而是她自己。

明知没有结果,但汪长尺还是会来。原因是他不来这里就不知道该去哪里。待在租屋,他会愧疚。重新找工作,他心有不甘,再说,即使重新打工也不可能很快就拿到工钱。老板们怕打工仔跳槽,经常是三个月或半年才发一回工资,如果小文到了预产期他的手里还没钱,那就被动之极。所以,他别无选择。只有站在这里,他才觉得自己没有逃避没有放弃没有愧对小文。有时,他会给孟璇带小礼物,比如烤红薯,比如一小袋橘子或一小袋糖果。红薯是小文烤的,橘子或糖果是他买的。这些礼物一旦放到孟璇的桌上,她就满脸堆笑,不停地说谢谢。孟璇出去开会了,汪长尺照样来,比那些公务员还准时,就差打卡了。他靠在走廊的墙壁上,眼睛一眨不眨地看着孟璇的办公室,像一只狗狗等候主人。孟璇一口气出了十天差,回来时看见汪长尺还靠在墙壁上,仿佛他从未离开,仿佛他已经是墙壁的一部分。

孟璇的同情心重被唤醒,她带着汪长尺去林家柏的公司。职员们事先得到了保安的通报,一看见孟璇和汪长尺就纷纷躲闪,好像来的是一阵瘟疫。有的闪进厕所,有的闪进会议室,有的闪进逃生通道。办公室的门一扇接一扇地关上,只有一扇关得稍慢,孟璇飞快地把脚插在门缝里,那扇门不得不停住。孟璇把介绍信递进去,门板仿佛害羞似的一点一点敞开,露出汪长尺仇恨过的一张脸。这张脸的

"注册商标"叫何贵,就是当年在县城里拖欠汪长尺他们工资的那个工头,现在的身份是副总。

何副总掏出钥匙,亲自打开林家柏的办公室。屋里沾满灰尘,以至于他们每行一步,都会留下脚印。孟璇想如果不是故意,那为什么不派清洁工打扫?汪长尺用手在桌上一抹,就抹出了一道杠杠。何贵说林家柏已经一个月不来上班了,连电话都打不通。孟璇问林家柏住什么地方?何贵说他回家都是自己开车,从不让人知道他的住址。孟璇叫何贵代表公司方与汪长尺谈判工伤赔偿。何贵说我不是法人,只是个打工的,根本不能代表公司。这样的推诿孟璇见过不知道多少,她皱了皱眉头,叫何贵马上联系林家柏。何贵说试试,便点头哈腰地出去,一去就再不回来。

孟璇和汪长尺坐在林家柏的办公室里等,好像这么等下去就能把林家柏等回来。室内静静的,他们彼此都能听到对方的呼吸。孟璇的呼吸轻淡。汪长尺的呼吸粗急。走廊上没有声音,那些躲闪的职工好像瞬间蒸发了。阳光斜着从窗口射入,光线里浮动着尘埃。尘埃仿佛是这间屋子的主人,其他都寂静了,只有它们还异常活跃。透过窗户能看见楼下的树冠。马路上的车流声断断续续地扑来。孟璇看了一会窗外,就闭眼靠在沙发上,似乎在为打持久战而养精蓄锐。孟璇的眼睛闭上了,但汪长尺的眼睛反而睁得更大。他开始打量办公室。沙发是真皮的。办公桌很大,有单人床那么宽,比单人床还长。桌上的笔筒里插着红蓝黑三种铅笔,每一支铅笔头都削得又尖又利。笔筒旁边是电话机,电话机是银色的。电话机旁边是台历,台历架是原木的。台历旁是台灯,台灯的灯罩是绿色的。台灯旁码着一沓报纸和信件,它们的颜色下深上浅,好像树的年轮。办公室的后面摆着一排褐色书柜,书柜上排着管理书籍和世界名著。有几册名著的片段收入了高中语文课本,汪长尺曾经读过,因此,一看见那些书名就走神,思绪一下飞回中学时代,甚至想起供他读书的父母。在书籍的间隙摆着一些小型雕件、石头和照片。照片都是林家柏的,他微笑着站在不同的背景里。汪长尺怒视那些照片,恨不得用目光把它们点燃了。

"长尺同志。"

汪长尺吓了一跳,扭头看着孟璇。这是他第一次听到有人喊他同志,感动得眼睛都湿了。孟璇说我局也不是万能的,也许我能做的就是陪你等这个下午。汪长尺说难道连你们他也不怕吗?孟璇说只要他不出现,我一点办法都没有,即使他出现了,我也只能跟他讲讲道理,而没有更强硬的办法。我局的权力太小了,也许法院才能最终解决你的问题。一席话,说得汪长尺透心凉。他的体内忽然滋生了一股蛮劲。他说孟科长,别浪费时间了,你先回吧。孟璇看了看手表,说必须等到下班,这是我做人的原则。

到了下班时间,孟璇站起来。汪长尺没动。孟璇说难道你不想走吗?汪长尺说我在这里扎根,直到林家柏出现。

"你会吃亏的。"

"我答应过小文,一定要让孩子在医院里出生,没时间再耗了。"

"即便林家柏出现,你又能怎样?"

"如果他不赔偿,我就掐死他。"

"这是犯罪!"孟璇重又坐下,一副恨铁不成钢的表情。

"为什么他可以违法,我却不能犯罪?"

孟璇的胸口像被撞了一下,她深呼吸,然后心平气和地说你可以走法律程序,但千万、绝对不能使用暴力。

"这事与你无关。"汪长尺说。

"是我把你带来的,要是你们俩掐了起来,我撇得清吗?"

"可是,我已山穷水尽。"汪长尺无比悲观。孟璇掏出一支钢笔,又掏出一本笔记。她埋头写了一个名字,又写了一个地址和电话,然后撕下递过来,说这是民庭的张春燕,你直接把诉状递给她吧,懂得用法律的人才是聪明人。汪长尺接过字条,手微微颤抖。

与其说汪长尺被孟璇说服,还不如说他对打官司抱一线希望。十分钟后,他们从林家柏的办公室里出来。离去时,孟璇把门关上,还用力推了推,生怕门没关好。他们下了楼梯,走过大院,出了门口。两人就要说拜拜了,这也许是最后的拜拜。汪长尺忽然想起挎包里装着一袋粽子,那是小文亲手做的。她腆着肚子到市场去买米、买肉、买板栗,每一样都经过精心挑选。米买回来以后,她还过了一遍,生怕里面混着沙子。每个粽子的米她都用杯子量过,让它们看上去完全大小一致。她在粽子里尽量放更多的肉和板栗,尽量把盐放得恰当。煮粽子时,她用闹钟定时。闹钟一响她就断火,一秒不多一秒不少,活生生把做粽子变成了科技活。她这么用心这么认真,不外乎就是希望孟璇帮助汪长尺拿到赔偿。孟璇已经尽力了。汪长尺把粽子掏出来递给她,她笑眯眯地收下,照例不停地说着谢谢。

汪长尺朝右边走去,孟璇朝左边走去。走了几步,汪长尺停下来,心里竟有一点恋恋不舍。毕竟这是他进城后遇到的首个好人,他还想再看她几眼,于是就转身目送。孟璇挺着身板,提着手包,笔直地走去,简直可以用亭亭玉立来形容。她是那么善良又是那么漂亮,背影一下便高大起来,比《一件小事》里人力车夫的背影还高大,比《背影》里父亲的背影还动人。汪长尺生怕冒犯,就把自己藏到树后。孟璇回头看了一眼,没看见汪长尺,就把手包里的粽子掏出来,丢进了路边的垃圾桶。汪长尺的胸口像被谁戳了一刀,他从树后闪出朝垃圾桶奔来。孟璇听到了脚步声,回头看着,满脸尴尬。汪长尺捡起粽子,看着孟璇。孟璇说对不起,这些礼物本来就不应该收的,但是不收,我又怕你怀疑我不肯帮忙。汪长尺自嘲地一笑,剥开一个粽子大口地吃起来。吃着吃着,粽子就变咸了,吃着吃着,他就吃出了眼泪的味道。

37

张春燕用一张传票就把林家柏弄到了法院。毕竟才区区五万元,张春燕不想开庭,跟林家柏商量能不能调解。林家柏说只要私了一个,后面就有一群,要是不增加索赔难度,企业就无法正常运转,像汪长尺这样的人何止一个两个,那些断指骨折胃痛哮喘咳嗽尿血肺部阴影以及免疫力下降的民工数不胜数。张春燕说当鸡蛋碰到石头的时候,我同情鸡蛋,更何况还有媒体,只要开庭,你必输无疑。林家柏摊开双手,说欢迎。

　　汪长尺请不起律师,拿着刘建平为他准备的材料坐到原告席。来了一群记者,都是张春燕通知的。她希望把这个案件弄得响一点更响一点,以震慑像林家柏这样的"老赖"。小文、刘建平、安都佬、荣荣也来了,还来了一群民工。大部分民工都找座位坐下,但一小部分直接从工地赶来的没敢坐。他们站在最后一排椅子的后面,连墙壁也不好意思靠。因为他们的衣裤沾满了花花搭搭的泥浆,他们生怕把椅子和墙壁弄脏了。法官们悉数到位,只有被告席还空着。汪长尺心里慌慌的,断定林家柏又要放鸽子。墙壁上的挂钟震耳欲聋,"滴答滴答"……离开庭还有一分钟,人群里泛起一阵焦躁,扭头的扭头,看表的看表,侧身的侧身,抓耳朵的抓耳朵,就连法官也不能幸免。挂钟"当"的一响,开庭时间到了。汪长尺失望至极。忽然一辆轿车"吱"地停在门口。所有的脑袋都扭过去。车门打开,林家柏西装革履油光可鉴地钻出来,拉了拉西服,耸了耸肩膀,迈着电影里慢动作那样的步伐。他终于还是来了。旁听席上一片喧哗,甚至响起嘘声。

本案由张春燕任审判长,调查,举证,一切都如同汪长尺想象的那么顺畅,事态也朝着对他有利的方向发展。唯一如鲠在喉的是林家柏始终以四十五度角仰望天花板,仿佛大义凛然的英雄,不屑平视,好像在座的跟他都不是同类,即便勉强归为同类,那也不在一个级别。汪长尺想傲慢者最终都会为傲慢付出代价。小文想我终于晓得穷人和富人的区别,那就是穷人输了看地,富人输了看天。张春燕想有钱就是任性……法庭上,除了安都佬和荣荣的表情稍显悲戚,其余的大都喜气洋洋。但轮到林家柏陈述时,气氛立刻就变。他说虽然医院开了汪长尺丧失性功能的证明,但这张证明却不能证明汪长尺性功能是什么时候丧失的,也许他早就丧失了,而不是到了我工地之后。旁听席一片哗然。汪长尺举手反驳,说如果这个功能是以前丧失的,那我老婆怎么会怀孕?话音刚落,小文就挺着肚子站起来,用手抚摸着凸起的腹部,像摸着一块奖牌,信心满满地等待法官裁决。她的脸上洋溢着自豪,甚至还有一丝炫耀。林家柏说老婆怀孕就能证明老公有性功能吗?多少老婆怀上了别人的孩子。响起一片笑声。小文说我×你爸。响起一片更大的笑声。张春燕举槌一敲,说肃静。法庭安静下来。汪长尺说是不是你老婆怀上别人的了?

"我老婆与本案无关。"林家柏说。

"那我告诉你,这孩子百分之千是我的。"汪长尺说。

"证据?"林家柏说。

"如果连这个你都怀疑,那我就可以怀疑地球不是圆的,你不是你妈生的。"

"是不是,可以做亲子鉴定。"

"我没那个闲钱。"

"鉴定费我出。只要证明这孩子是你的,我就一分不少地赔偿。"

"有这个必要吗?"汪长尺扭头看着张春燕。张春燕扭头看着林家柏:"有这个必要吗?"林家柏看着天花板:"当然,万一他用先天的残疾来敲诈我呢?现在碰瓷的人层出不穷,我不得不防。"

汪长尺双手一撑,站起来,想扑过去揍他,但他忽然意识到这是法庭,任何冲动都可能陷自己于被动。尽管林家柏说的每个字都像一口痰,口口喷到他的脸上,但是,他现在要的不是尊严,而是赔偿,是小文住院生孩子的现金。历史的经验告诉他,只要逞一时之强,准会满盘皆输。好像谁谁谁也说过,有人打你右脸,你就把左脸也转过来给他打,有人想要拿你的内衣,连外衣也由他拿去,有人强逼你走一里路,你就同他走两里……汪长尺咬牙切齿地咽下这口恶气,说你不就是想用鉴定来拖时间吗,就算你拖得过初一,也拖不过十五。

"我相信证据。"林家柏说。

"不就是证据吗?说好了,费用你出。"汪长尺说。

"OK,"林家柏说,"一旦法院启动司法鉴定,我马上把费用转过来。"

"到时,恐怕你又变水蒸气了吧。"汪长尺说。

"请法院监督,如果我躲避,那就是认输。"说完,林家柏给张春燕留了一个电话号码。张春燕愣了好久,才宣布休庭,好像她的大脑一度空白。

真的就启动司法鉴定,弄得跟选举似的表面风平浪静,暗里各怀心思。汪长尺和贺小文到医院取样那天,张春燕、法医和林家柏寸步不离,连小文取羊水时门都敞着,以便让林家柏监督。样品取好后,法医当着原告被告的面封存,并加盖公章,仿佛选举之前把票箱举起来,向投票人证明票箱是空的,然后再加一把锁头,严密得滴水不漏。

十天后,张春燕把汪长尺叫到法院。汪长尺在走进办公室之前定了两分钟,目的是冷却一下自己急迫的心情。这一刻他等得太久了,表面上是十天,感觉上是十年。他想越是胜利在望就越需要冷静,越是伸手可及就越要克制。他假装平静,假装低调,假装不着急地走到张春燕面前。

"到底是怎么回事?"张春燕把鉴定表拍到桌上。

汪长尺看了一眼,头皮顿时就木,紧接着木的是整个身子,就连神经末梢都麻痹。经过DNA检测,孩子竟然不是他的!几秒钟之后,面对这样的结论,汪长尺忽然想起他跟贺小文做爱的那个遥远的下午,他甚至都闻见了精子的味道。又几秒钟之后,汪长尺忽然警觉,怀疑这很可能是一个阴谋。他说错了,你们一定是搞错了。

"整个送检过程都在我的监督之下,怎么会错?"张春燕说。

"如果不错在你这里,那一定错在检测中心。"

"安亚平是这方面的权威,他敢签名,就意味着敢负法律责任。"

"可是,为了金钱,很多人也出卖法律。"

"在你眼里,是不是所有的人都可以收买?"

"如果他不被收买,怎么会得出这么荒唐的结论?"

"没有证据都是废话。"

"我申请重新鉴定。"

"那是你的事,但司法鉴定已经完成,"张春燕起身,把鉴定表锁进文件柜,转过身来,"显然,结论对你不利,相反,它却可以帮林家柏的忙。尽管没有生育能力并不等于性功能丧失,但在性与生育还没完全脱钩的阶段,你要辩清这两者的关系,其难度不亚于辩清什么是黑猫什么是白猫。除非你能自证从前你有过性功能,比如强奸过谁,比如让谁怀上了,或者拍有不雅视频,否则我也不敢判林家柏赔偿。"

"胆子也太大了,"汪长尺嘴里喃喃,"我听说过改年龄改民族改档案改性别的,却想不到还有人敢改 DNA。"

"科学,有时很残酷。"

"这不是科学,而是道德。"

"你的意思是……"

"这个鉴定是假的。"

"不会吧?"张春燕又打开文件柜,拿出鉴定表来看了再看,"你为什么总是怀疑?"

"我播的种子我晓得。"汪长尺说。

"你就那么相信你老婆?"

"她怀孕时我们还在农村,我和她几乎寸步不离。"

"既然这样,"张春燕一拍桌子,"本人支持你就鉴定一事起诉,但前提是必须有证据。"

"我再鉴定一次,证据不就有了吗?"

"你是我碰到的最聪明的民工,没有之一,"张春燕竖起大拇指,"但你选择的鉴定机构,最好比我们这里的更具权威。"

"那就得去大城市。"汪长尺想。

38

首先得借到钱,然后才是如何说服小文。汪长尺跟刘建平商量。刘建平掏出两本存折,每本上面的余额都不足三百元。他说扣除房租费、水电费和生活费,自己每月几乎没有结余,帮别人讨薪赚的都寄回老家了。

他只好去找兴泽。兴泽一看见他高兴得又是拍肩又是倒茶,还想留他吃饭。但一说到借钱,兴泽的脸色立刻沉重。他说两三年来,我和老婆从牙缝里确实抠出一点存款,但儿子马上就要进幼儿园了。由于没城市户口,进幼儿园都得托人找关系。托人找关系要送真金白银。汪长尺问大约要送多少?兴泽说好的幼儿园起码要送五万或十万,差的至少也得送一万或两万。汪长尺没想到进一个幼儿园要花这么多钱,简直就是要命。他都不忍心再跟兴泽提钱,但他又没更好的办法,只得厚起脸皮支支吾吾地:"一打赢官司,我就把钱还你。"兴泽说这官司一个套着一个,就像我儿子玩的俄罗斯套娃,即使你打得赢也打不起呀。父母眼泪汪汪地送我们进城,不是要我们跟他们讲道理。讲道理,我们根本讲不过他们。我们的优势是力气,就是用我们的力气去挣他们口袋里的钱。你现实一点,重新找个工地砌墙,别再想那个既花钱又费时间还不一定能够打赢的官司了。

汪长尺只好硬着头皮去找张惠。张惠掰着指头算账,说我们就从近处说起,最近的地方就是广州,两人来回火车票四百块,取样费两人至少两千多块,鉴定费也得上千块,还有住宿呢吃饭呢,跑这么一趟起码要花掉四千多,还没算那些不可预料的开支。医院大得不得了,看病的人多得就像蚂蚁,你们去取样不是说想什么时候取就什么时候取,得排队,得等,这一等谁知道要等多少天?每多等一天就得多开支一天,那都是白花花的人民币。你做个鉴定就要花去差不多五千块,官司还没开始你就花去五千多,天啦,这本钱打得回来吗?为这官司,你已经浪费掉一个多月时间了,这一个多月你要是打工也该有四五百块收入。要是把你打工的损失也算上,那该是五千五百块了。还有诉讼费律师费呢?这些要不要算?如果一并算,那你打这个官司根本就没有利润。谁也说不清这个官司要打到什么时候,别说拖一年两年,就是拖一月两月,你也撑不住。再说,小文都怀孕七个月了,她经得起这么折腾吗?万一在火车上有个三长两短,那才叫得不偿失。

不肯借钱的人,口才都奇好。两天之后,汪长尺都还在回味兴泽和张惠的演讲,他们那么真诚那么推心置腹那么设身处地,几乎就要把他融化。汪长尺不得不停下脚步,站到西江大桥上思考人生。他想如果不重新鉴定,那就等于接受这个结论。这是什么狗屁结论!难道我真不是汪大志的父亲吗?我不是谁是?有那么几秒钟,他跟自己赌气,试图怀疑自己,同时怀疑小文,甚至都想破罐破摔相信这个污蔑,但是他做不到,就算屈打成招,也得有哪怕一点点破绽吧?

太阳已经西偏,霞光把江水映照得金光闪闪波光粼粼。远处青山隐隐,沿岸高楼矮墙错落有致。桥面上汽车轰鸣,偶尔夹杂着自行车的铃铛声。每过一辆公交车,桥面就微微震颤。身边不时闪过行人,他们掀起的凉风直扑汪长尺的后脖子。直视桥下水面,他忽然产生跳下去的冲动。他想只要一咬牙一闭眼一抬腿一松手,几秒钟之后河面就会溅起一簇水花,人间事也就一了百了。突然,他想起了汪槐,想起那个从教育局三楼栏杆上不慎滑落的父亲,就觉得活着光荣,跳楼可耻。

回到住处,小文已经做好了饭菜。汪长尺有说有笑地陪她吃饭。但小文知道他的笑容是装出来的,特别近几天,他的笑容没从前那么单纯了,好像阳光里混入雾霾,米饭中掺进了沙子,皮笑肉不笑,埋藏着不可告人的目的。小文问法院一直没消息吗?汪长尺点点头。小文说我讲的话有用吧,求人不如求己,要是跳楼没准现在都拿到赔款了。汪长尺咬住舌头默不作声。小文说再这么拖下去,别说生孩子没钱,就是吃饭都成问题,难道你没发现碗里的肉越来越少了吗?汪长尺问我们还有多少钱?小文说连毛票分票加在一起,总共就九百二十七块六毛八分,每天我都数一遍,每天都在减少,比漏水还快。汪长尺拍了拍脑门,起身收碗、洗碗、刷锅、拖地板。

趁他做家务的时候,小文把澡洗了。汪长尺让小文坐到床边,自己坐在床前的矮凳上,对着小文的腹部,说要给汪大志唱卡拉OK。他已经好久没做胎教了,业务仿佛生疏了,张了几次嘴,开了几次头,歌声都没起来。他说大志,你听得见爹说话吗?小文咯咯一笑,说他在踢我。

"大志,如果你听得见我叫你,你就再踢一下。"

"他踢了一下。"小文抚摸着肚子。

"大志,如果你想叫我爹,就踢两下。"

"哟哟,他真的踢了两下。"

"你要是我的亲儿子,就踢三下。"

"这话什么意思?"小文拍了一下汪长尺的脑袋。

"他踢没踢?"

"没踢。"

"没踢就不是我的亲儿子。"

"那他是哪个野仔下的种?"小文又拍了一下汪长尺的脑袋。

"大志,你要是我的亲儿子,就踢三下。"

"哟哟哟……"小文双手捂住腹部,五官都扭曲。

"怎么了?"

"他踢得太狠,都痛得我受不了了。"

"他踢了几下?"

"三下。"

"儿子哎,我的亲儿子!"汪长尺把脸贴到小文的腹部,泪流满面。小文问为什么要飙猫尿?汪长尺就把那个鉴定说了。小文气得全身发抖,整个床铺都跟着起伏。她说必须重新鉴定,还老娘一个清白。

"那得花很多钱。"

"花再多的钱也要鉴定,否则别人会怎么说我?"

"我才不会相信他们。我知道这是阴谋。"

"越是阴谋就越要用事实来堵他们的嘴巴。"小文推开汪长尺,站起来,走到墙边打开箱子,说我还私藏了两千块,你看够不够?汪长尺夺过钱压到箱底,说正是用钱的时候,千万别中他们的奸计。小文余怒未消,整个胸腔仿佛都被怒气撑大。她说我舍不得吃,舍不得穿,好不容易省下这点钱,心想只要不出人命,一分都不能花,但为了出这口恶气,我把这些钱捐了,就当捐给鉴定中心,明天你就带我去取样,否则……

刚说到"否则",小文的动作就停止了,连张开的嘴巴都定格。汪长尺一把搂住她,叫小文小文……小文说不好了,孩子好像要出来了。汪长尺一摸小文的两腿,裤子全湿,羊水破了。他抱起她往门边走去。小文说别去,我们没

187

钱,住不起医院。

"钱我想办法。"汪长尺说。

"你把我放到床上,我自己把大志生下来。"

"我说过要让你在医院里生,要让大志出生在产房里,要让你享受城里妇女们那样的待遇。"

"我们都不是在医院里生的,不照样活下来了吗?"

"你这是早产,弄不好会出人命。"

"早产我也不去,你把我放下,死了当狗死,省得让他们侮辱。"

汪长尺没听小文的哀求,直接把她送进了妇产科。一路上,小文的拳头都在打他的后背,每一下都像利刃捅入他的心窝。他紧紧抱住她,两人的衣服都湿透了。医生说你这点钱只够住两天。汪长尺说求求你,先让她住下吧,明天我就去借钱。

到了半夜,小文生了。虽然汪大志是小小的一团肉,但各个器官都正常。护士把他从手术室抱出来,途经汪长尺身边时,说快看看你的儿子。汪长尺凑过来,那对小小的眼睛忽然睁了一下,然后立刻闭上,仿佛是还不适应光,也像是没有力气睁得更久。但就是这瞬间的一睁,汪长尺就明白他是自己的儿子,他和自己一样迫不及待地都想在第一时间看看对方。之后,汪大志被放进了保温箱,这意味着汪长尺将会花更多的护理费。汪长尺想在生命面前,钱算什么?只有爱你的人才会花你的钱,爱得越深花得越狠。汪长尺忽然笑了。

39

  第二天上午,汪长尺看过保温箱里的汪大志,伺候小文吃完早餐,就出了医院。临行前,他跟小文说我去借钱,也许会回来晚点,到吃饭时间,护士会帮你热鸡汤,我已经交代了。小文点点头,眼睛湿湿的。汪长尺出了医院,却没有方向,他不知道谁会借钱给他。走着走着,他就走到了刘建平的住处。

  刘建平一看见他就谈案件。他说如果我们起诉鉴定中心的安亚平,你猜他会怎么狡辩?汪长尺摇头。刘建平说他一定会说是不小心弄错了样本,甚至会把责任推到助手身上,要是他把助手伪造成临时工,你什么也得不到,包括一声道歉。所以,起诉安亚平没有意义。你的目标是拿到赔偿,重点还是林家柏。有钱人打官司可以顺便维护正义,无钱人打官司只能直奔主题……刘建平说得眉飞色舞,连唾沫星子都飞溅到汪长尺的脸上。汪长尺听着听着,就觉得这是一件非常遥远的往事,好像与自己无关,仿佛谁谈论它谁就是它的主人。听着听着,刘建平就远了、小了、模糊了,似乎被玻璃隔开了,渐渐地声音也低了,直到什么也听不见。汪长尺彻底地进入梦乡。刘建平以为他闭上眼睛是为了更专注,因此还继续滔滔不绝。直到出现一个问句,他才开始怀疑。他把问句重复了三遍,汪长尺都没反应,于是,他推了推他的肩膀。汪长尺一激灵,睁开眼,说刚才你讲到重点是林家柏……

"我都翻过五个坡了,你还停在原地。"刘建平略略有些失望。汪长尺打了一个长长的哈欠,说要驳倒林家柏,首先得驳倒那份鉴定。要驳倒那份鉴定,就得重新鉴定。要重新鉴定,必须得有钱。你说的是这个意思吗?刘建平递过一盒清凉油。汪长尺打开,分别把清凉油抹到太阳穴和鼻孔处。清凉油又辣又呛,刺得他的眼泪都滑了出来。他连连打了几个喷嚏,脑子一下就清醒。刘建平哀其不幸怒其不争,说这么重要的事你还开小差?汪长尺说对不起,请你再讲一遍。刘建平看着天花板,像是在倒带,大约倒了一分钟,他说问题是你们的鉴定结果法院不会采信。

"那就让他们再鉴定一次。"汪长尺说。

"你想在同一个地点滑倒两次吗?要是机器坏了,即使鉴定一百回,结论也不会改变。"

"难道这是一个圈套?"

"绝对不是一根棍子,"刘建平敲了敲茶几,"你是在他工地受的伤,既有住院证明,又有伤残证明,这三项证明足以判林家柏赔偿。至于先天性残疾,明显是林家柏的狡辩,而张春燕竟然支持。"

"……原来他们是一伙的。"

"在宣布休庭之前,你没看见张春燕愣了好久吗?她在犹豫,也是想看看旁听席的反应。结果,整个法庭鸦雀无声。"

"所以她的胆子就大了。"

"当时我也没反应过来,否则会当场嘘她。"

"建平,说实话,你觉得这官司能赢吗?"

"理论上讲能赢,实际却不一定。你烧烧脑子,连鉴定他们都敢改,还有什么不敢改的?"

汪长尺忽然沉默,屋子里寂静得就像旷野,只有厕所里的水管,不时发出"嚯"的一响,仿佛是屋里的第三者。刘建平说一开始,我就反对你打这个官司。

"我以为我会跟我爹不一样,没想到还是一样……"汪长尺叹了一声,把茶几上的那杯水"咕咚咕咚"地喝光,就起身走了。

刘建平追出来。他们并排走在人行道上,谁也不说话,好像谁一说话就会漏气泄劲。有时汪长尺走在前面,有时刘建平走在前面,他们谁也没说往哪里走,但都知道是往那里走。中途,汪长尺曾经想拐弯,甚至想回头,但念头一起,他的脑海就闪过保温箱里那团可爱的小鲜肉,就闪过泪眼汪汪的小文。所以,他不能停,即使腿软,也得装硬。

他们来到工地。刘建平说我陪你爬上去。汪长尺说你必须留下,万一我不小心摔死了,孩子、小文和父母都得拜托你照顾。刘建平觉得这话不吉利,连连"呸"了几声。汪长尺在"呸"声中爬上脚手架。刘建平站在下面目送。汪长尺每往上一伸手,就露出系在裤腰上的绳子。那是当初小文为他准备的两头带钩的短绳。也就是说,在来见刘建平之前,他就已经打定了跳楼的主意,否则怎么会随身携带绳子?刘建平还发现,出门的时候他把那盒清凉油悄悄地揣进了裤兜。要说区别,这就是他跟他爹的区别。他爹是毫无准备地跳,而他是有备而来。站在地上,他比刘建平高半个头,因此刘建平从来都觉得他高大、有力。一旦拉开距离,刘建平就觉得他是那么渺小那么可怜,像蜘蛛背着一块铁,逆着巨大的重力上行。重力把他的胳膊和腿拽得像纤细的塑料管,随时都有被扯断的危险。他不是一个人在爬,而是背着一家四口。刘建平双手合十,嘴里喃喃,祈求菩萨保佑,千万别让他脱手。

渐渐地,汪长尺看见了泰安大厦,看见了人民公园的树冠,看见了西江大桥和西江。这是他第一次俯瞰城市,它真的很像收音机的集成电路板,纵横交错,有高有低,在粗有细。部分房顶是红色,大部分是灰色。有的房顶种满了花草和树,有的架满了太阳能热水器……他的视野一下开阔,目光越拉越长,穿透千山万水,仿佛看见了家乡,看见父母正匍匐在丰收的大地上,看见一幢新房耸立在自己的胞衣地。村头的大枫树历历在目,二叔、张五、刘白条、代军、王东与汪冬等人的黑白头像,像烈士的头像那样一一闪过。县教育局局长被烧死了,林家柏中弹身亡,孟璇变成了七仙女,间谍张春燕被抓……整座城市刷地白了,哗地绿了,黑了,红了。他看到了类似于补习时因过度饥饿所看到的色块,于是赶紧在额头上擦了擦清凉油,用那截短绳把自己绑在铁架上。铁是冷的,风是冷的,只有肉嘟嘟的大志是热的。他近在鼻前,豆大的小眼睛眨巴眨巴,熟睡中脸上都挂着浅笑。汪长尺忽然想起还有一事没告诉刘建平,那就是小文生了,自己做父亲了,昨晚一夜都没合眼。

下面的人开始繁忙,有人铺垫子,有人仰脸张望。人头越攒越多,过往车辆卡得不能动弹,喇叭声争先恐后。汪长尺觉得对不起那些忙碌的人,对不起那些被堵的人。我不仅影响了你们的工作,还让你们惊慌、好奇、心理不适、汽车剐碰、暴跳如雷、部分人员血压升高。但是,如果不是走投无路,不是保温箱里的孩子需要拯救和呵护,不是小文的身体需要恢复,不是林家柏不赔偿,那就是爆头我也不会这样。某些事是自己的选择,某些事是别人的逼迫,请原谅。

一位警察举起扩音器喊话,大意是保重身体珍惜生命想想亲人,有什么困难警察会尽量协调解决,既然连死都不怕,为什么还怕活着?死是一件迟早都会发生的事,没必要那么着急……这些深刻的道理经过扩音器放大,仿佛扑棱棱的麻雀,有的飞到了汪长尺的耳边,有的飞到半空就一头栽倒,有的还没起飞就掉地。随便他怎么喊,汪长尺都没有反应。几个记者挤进来,他们取完地面镜头,就转身对着空中仰拍,全景、中景、近景、特写,镜头里的汪长尺瑟瑟发抖,其中一只鞋子不见了。他像家禽栖息在属于野鸟的枝头,面部紧张、惶恐。刘建平很想告诉警察,你要喊他的名字,喊他的冤情,这样也许他就不跳了。但是,刘建平不敢,他知道一旦说出这些主意,警察就会怀疑他们是同伙,汪长尺的索赔计划又会落空。

警察在工地值班室找到了安都佬,问为什么这个人会选择你们的工地自杀?是不是欠人家钱了?安都佬开始说不知道，不认识，后来经不住警察的盘问和吓唬，终于说出了汪长尺的诉求，但他强调这绝对是无理取闹。警察说你必须把林家柏给我找来，否则死了人我拿你问罪。安都佬打了几个电话都找不着林家柏，急得不停地擦汗。警察也联系不上，就派人到公司去找。公司接到了安都佬的电话，全都关门。警察们束手无策，只能疏通车辆，劝离人群。

地面上的车辆开始通行，聚集的人群慢慢散去。出了一点太阳，汪长尺的身体渐渐暖和。再也没有人喊话。汪长尺预感事情不妙，他在考虑自己到底能够坚持多久？手酸了，腿麻了，肚子也饿了，困倦阵阵袭来。

40

"长尺……"迷迷糊糊地，他听到一团温暖的声音。但是，他的眼皮重若千钧，怎么睁也睁不开，仿佛被针缝上了。"长尺……"多么熟悉的声音，眼皮还没睁开，泪水先流了出来。天哪，我竟然睡着了，要不是把自己绑在铁架上，也许早就横尸地面。

"长尺……"

喊一声，他清醒一点。喊一声，他又清醒一点。僵硬的身体像冰河解冻，麻痹的肉身重新有了痛感。他艰难地直起脖子，眼前一片金光，仿佛坐着一尊菩萨，仿佛一轮红日，在他眨眼的时候，火星四溅。渐渐地，烟花散尽。他看见云梯的方斗里坐着汪槐。他想是菩萨派我爹来救我了，要是再不醒,也许真的就死了。于是,他大叫一声:"爹……"

"长尺,你别乱动。"

"爹……"汪长尺泪流满面,"你当爷爷了。"

"男的或女的?"汪槐抹着湿漉漉的眼睛。

"带把的。"

"那你妈赢了。她梦见小文早产,所以我们提前进城。"

"妈呢?"

"在下面看行李。"

"大志长得太像她了,特别是笑的时候。"

"家里的房子已经起好,就等你们回去过年。"

"小文是顺产。"

"知道小文生了,全村人都来送礼,你妈妈的口袋现在沉甸甸的。"

"爹,我们不缺钱。"

他们报喜不报忧,一个想安慰一个,生怕对方有什么闪失。渐渐地,他们的眼泪被风吹干,五官回到正常位置。汪长尺发现汪槐理了一个板寸,穿着一件新衣,胡须刮得干干净净。汪槐说回家吧,长尺。

"你放心,我不是真跳,我只是想吓吓他们。"

"除了自己吃亏,谁你都吓不倒。爹就是一个教训。"

"难道这理就不讲了吗?"

"放弃。"

"我不服。"

"想想大志你就服了,就像我经常想起你。我腿都缩成这样了,为什么还留恋?全都是因为你呀。要不是你,我早就死了一百次。"

"爹……"

"你要培养大志,要看着他长大,让他读书,有出息,娶漂亮的老婆,生聪明的孩子。否则,你没有资格从这里跳下去。"

"我就是为了大志,才爬上来的。"

"再难,也不要给孩子丢脸,不要让他背这么重的包袱。要是将来他知道第一口牛奶是他爹用跳楼换来的,那他什么时候知道,就什么时候吐出来。"

"我给大志丢脸了。"

云梯往前微微一伸。汪槐抓到了汪长尺的手。两双战抖的手像天空中摇晃的拱桥,越抖越结实,越抖越稳,最后一动不动。汪槐说长尺,你的手暖和了,你先揉揉左腿,再揉揉右腿。腿还麻吗?如果麻就再揉揉,像我这样揉。汪槐边说边示范。汪长尺揉了一会,说爹,我的腿不麻了,手也没那么酸了。汪槐说现在你把绳子慢慢解开。汪长尺说我已经解开了。汪槐说那你抓住方斗上的横杠,对,就这样抓紧了。汪长尺说可能会有点摇晃,爹你别紧张。汪槐说你先把右脚跨过来,再把左脚跨过来。方斗一晃,汪槐把汪长尺一把抱住,说孩子,你把爹都快吓尿了。汪长尺紧紧搂住汪槐,他闻到一股浓浓的尿味。不用说,这是来自家乡的久违了的气味。

云梯慢慢下降,背景是天空中的一片残阳。

三个小时前,从汽车站走出来的刘双菊推着汪槐途经此地。他们被聚集的人群吸引。开始,他们并不知道爬在上面的是汪长尺,但听了听人们的议论,又听了听警察的喊话,不祥的预感被无情地证实。汪槐对着空中喊了几声汪长尺。刘双菊跟着喊。可是,汪长尺又累又困,已经抱住铁架子睡着了。刘双菊急得团团转。汪槐眼巴巴地看着。警察问上面的是你什么人?汪槐说是我儿子。警察说你怎么养了这么一个不怕死的?汪槐说一定是被谁逼急了,否则他不会这样。警察把扩音器递过来。汪槐举起扩音器,想喊,忽然放下,说我这么一喊,准会把他吓翻。警察说那你有什么办法?汪槐说能把我送上去吗?

警察给消防队打电话,说是调一辆云梯车。在等车的过程中,汪槐到附近的理发店理了一个发,刮了胡须,换了新衣服。云梯车来了,他们不知道怎样把汪槐固定住。汪槐建议把椅子绑在方斗里,再把他绑在椅子上。正在绑椅子的时候,刘建平发现了他们。他悄悄地告诉汪槐,只要一上去,汪长尺的整个计划就要落空。汪槐说计划赶不上变化,当年我也只是想吓吓别人,但结果还是砸了下来,如果我不上去,长尺会坚持不住的。

汪槐被牢牢地绑在椅子上。刘双菊掏出一沓钱,说你把这个带上,就说是老板赔他的。汪槐说不用,他不是为了钱。警察说他恰恰是为了钱。汪槐说为了钱我也能说服他,我要让他知道这个世界上还有比金钱更重要的东西。消防员要陪着汪槐上去。他不准。他说我的儿子我有把握。就这样,汪槐被云梯送上天空,一直送到离汪长尺一米远的地方。

云梯落地之后,喊话的那个警察把汪长尺训了一顿。他说你知道这一趟动用了多少警力吗?你瘫痪交通,惊动市民,浪费纳税人的钱财,要不是看你爸可怜,我就起诉你犯了扰乱公共秩序罪。汪长尺被训得脸红了,头低了,像做错事的孩子屏住呼吸。汪槐不停地说对不起。警察说不是我没同情心,而是像你这样动不动就跳楼的人实在是太多了,吓谁呢?汪长尺想要是还有针尖那么大一点希望,我会走到这一步吗?不会。但是,看在警察曾经试图救他一命的分上,他没有反驳。他硬着头皮一直听,直到警察说累了,才推着汪槐离去。

一路上,刘双菊都在抱怨,她说你这个蠢货,怎么蠢得像你爹一样?有什么样的猪圈就养什么样的猪,有什么样的爹就生什么样的仔。你是七窍开了六窍,一窍不通。钱没了可以再挣,命没了就没了。哪怕是做乞丐,你也不能拿命来开玩笑。你知道我怀你的时候有多辛苦?连黄疸都吐出来了,更别说那个盼望,整天提心吊胆,生怕你缺胳膊少腿。你以为你的命只是你的命吗?它也是我的命。幸好我有预感,幸好我做了那个梦,要不然今天我们就碰不上你。算你命大。要是我们没碰上你,你又坚持不住,手一松,那我们就没孩子了,大志就没爹了。你真得好好感谢命运。

"要是你跟我爹没碰上,那会有我吗?"汪长尺打断了刘双菊。

第五章　篡　改

41

汪大志在温箱里待了一个月,治疗哮喘一个月,长痱子两个月。这期间,他把爷爷汪槐带来的钱几乎花光。汪槐那一度取之不尽的钞票是怎么挣的?大家都避而不谈,好像是个敏感词,好像一谈就伤自尊。但汪长尺和小文心里都明白,那些钱是汪槐一路走一路磕头得来的,否则不会有那么多毛票和硬币。汪长尺一直反对汪槐乞讨,现在却不得不花他的钞票,心里一个劲地难受,就像卖身之后害羞,贪污腐败后害怕,甚至更难受,类似于偷钱被别人发现,绑起来游街示众,还脱得一丝不挂。每花一分钱,他就增加一分羞耻;每吃一口饭,他就有呕吐的欲望。他觉得浑身上下包括心灵都沾满了鸡屎,都发霉长毛臭不可闻。所以,每次抱大志之前,他都把手洗得干干净净,连指甲里的污泥也剔得一滴不剩,连胡须也要刮得光溜溜的,还用热水漱口。

他在解放路的工地上重新找了一份工作,还是砌墙。但砌着砌着他就恍惚,就觉得自己还在帮林家柏干活,脑海里无数次回放跌伤的那一幕。越是回放他就越恨林家柏,越恨姓林的他就越觉得自己干净。仇恨释放他的心理压力,减轻他的耻感。他不许汪槐出门,生怕他去大街上丢人现眼,也不许刘双菊捡废品,以免污染房间。小文、汪槐和刘双菊除了照顾大志,就是做饭。饭做得非常简单,有时是稀饭配咸菜加馒头,有时是一大碗米粉,有时炒盘肉配盘素菜,工作量少之又少。没事的时候,三个人眼睛对着眼睛,屋子都好像变小了。

刘双菊闲不住,趁汪长尺上班便溜出门去捡废品。但是,她捡的废品必须当天卖掉,半片也不敢带回屋来。由于捡废品的人多,刘双菊捞不到什么大件,运气好的话一天能挣几毛钱。几毛钱,她已经看不上眼了,因为她跟着汪槐挣过大的。乞讨时,他们最多一天能挣几十块。所以,她捡的不是废品而是寂寞。开始她捡到中午就回一趟租屋,后来越捡越远,她就忘记或者懒得回了。她不回,又舍不得花钱,就省略了中餐,就得忍饥挨饿。她忍饥挨饿不要紧,要紧的是她不回来,汪槐就没法上厕所。有时,汪槐憋得脸都青了。小文实在看不过去,说爹,我抱你上厕所吧?汪槐摇摇头,仿佛在坚守最后的尊严。他想现在自己对这个家庭的唯一贡献就是"憋"。为了憋得不是很痛苦,他少喝水,少吃饭,少说话。如此一来,不仅刘双菊每天为整个家庭省了一顿饭钱,就连汪槐的饮食每天也省了约百分之三十。

这一省,相当于勤俭持家,相当于开源节流,哪一个负责任的家长不是这么做的?想着想着,汪槐竟然憋出了快感,憋出了悲壮。

但是,汪槐清楚再怎么"憋"也憋不出 GDP,一家五口,仅靠汪长尺的收入,就算是憋出一脸青筋,那也难以为继。所以,他跟小文商量,说你能保密吗?小文忽然想起谷里,想起当初张五叔在说出张惠的收入之前,也问了一句:"你能保密吗?"那时,她对城市充满神往,满脑子都是无边无际的想象,像阳光那么炫彩霞那么美山花那么灿烂……汪槐说你在听吗?小文回过神来,说听着呢。汪槐说只要你睁只眼闭只眼,我每天都能给家庭创收。

"长尺会怪我的。"

"你不说,他不知。"

小文点头,算是默认。从此,汪槐、刘双菊和小文就多了一份秘密。只要汪长尺一出门,刘双菊和小文就把汪槐连同轮椅抬到楼下。小文在家照顾大志。刘双菊推着汪槐出门乞讨。他们去过广场、火车站、汽车站、学校门口、电影院、百货大楼,哪里人多他们就往哪里钻。快下班的时候,刘双菊就把汪槐飞快地推回来。为了赶时间,有时刘双菊身上的挎包都飞起来了,有时汪槐头上那顶用来装零钱的帽子都被吹落了。每天,汪长尺下班回来,准会看见一家四口整整齐齐地待在屋子里,出门时他们什么姿势回来时他们还什么姿势。他们就像待在巢里嗷嗷待哺的幼鸟,不同的是他们没有张嘴而是报以微笑。这样的景象天天重复

201

着,汪长尺就觉得屋子里太挤,就想长长地叹一口气,就想他们为什么不出去溜达溜达?哪怕是出去捡废品做乞丐,也比一动不动让人透气。

一天,汪长尺提前下班,原因是老板高兴,老板高兴是因为他签了一个大合同,所以特地给全体民工放了半天假。回到住处,汪长尺只看见一家两口,原先摆放另外两口的地方忽然空了,没想到看见屋子里空比看见拥挤更让他紧张。他问爹妈呢?小文说玩去了。他洗了一个澡,就在床上逗大志。小文把一本存折摔过来,说就算大户人家也会坐吃山空,何况我们小户。他翻开存折一看,说少得确实像个笑话,但过几天我就领工资了。小文说有个成语叫未雨什么?

"未雨绸缪,是在县医院时我教你的,没想到你还记得。"

"你那点工资也就勉强维持大家的伙食。"

"那你还想怎样?"

"你能保证没人生病?再说,也得给大志存点钱吧,否则将来他拿什么上学?"

汪长尺叹了一声,这是汪槐他们到来之后他第一次叹息。小文说唯一的办法就是让我出去打工。

"那大志怎么办?"

"不是有爷爷奶奶吗?"

"他们会把大志带成乞丐。"

"那我也会把大志带成文盲。"

"……又是去帮人按脚吧?"

"除了这个,别的我也不会。"

"用这样的钱来供大志上学,你心里舒服吗?"

"哪一根玉米不是猪粪喂肥的?哪一朵鲜花下面没有烂泥?"

汪长尺没有反驳,他似乎被小文说服了,呆呆地看着大志,好像看着一朵鲜花或者一株玉米。大志他五官端正,眼睛大耳朵大,笑的时候脸颊上有两个浅浅酒窝,不仅初具帅哥雏形,还有富贵相。刚刚三个多月,他的眼睛就懂得跟人交流。每当汪长尺的眼珠子一转,他的眼珠子也跟着转。汪长尺看左边,他跟着看左边。汪长尺看右边,他跟着看右边。只要大人一说正经话,哪怕他正哭着,也会停下来,一抽一抽地等大人把话说完了又再接着哭。一旦汪长尺唱歌,特别是唱胎教时给他唱过的那些歌,他的耳朵立刻就竖,两个小拳头跟着歌声晃动,好像在打拍子。真是百看不厌啦。

忽然楼下传来喊声,小文应声而出。"咚咚咚……"不一会,她们就把汪槐抬上来了。汪长尺扭头看着他们,发现他们的表情都有些怪异,特别是汪槐,似乎在刻意躲避他的目光。他说你们是不是出去讨钱了?汪槐摇摇头。刘双菊说我们只不过是去了一趟公园。汪长尺说如果你们去讨钱,那就不配做大志的爷爷奶奶。小文说没讨就没讨,你瞎猜什么?小文一帮腔,汪长尺就更加怀疑。他说没讨你们敢让我搜身吗?汪槐举起双手说搜就搜呗。汪长尺走过来,蹲下去把汪槐的每一个衣兜都翻了过来,除了翻出半个硬馒头兜里什么也没有。汪长尺盯住刘双菊。刘双菊说难道你还怀疑我？汪长尺搜刘双菊的衣兜，除了搜出一沓纸巾，什么也没搜到。小文说现在你信了吧？汪长尺说都给大志做个榜样，别整天想着干那些丢人现眼的事。小文一听就知道他在指桑骂槐，说什么是丢人现眼？穷。

半夜，汪长尺睡熟了。刘双菊轻轻拍了一下小文。婆媳俩悄悄爬起来凑到窗边数钱，一块两块三块……一共二十二块七毛五分。小文问搜身时，你把钱藏在哪里了？刘双菊说鞋垫下面。小文说差点就让他识破了。两人为侥幸逃脱而发出"喊喊喊"的笑声。但汪槐觉得一点也不好笑，他睁眼看着天花板，心里非常矛盾，就像汪长尺的心里那样矛盾。

42

小文重新到张惠的洗脚城去打工，每天晚饭后出门，凌晨两到三点回来。出门前她要化妆，回来时她要卸妆，化妆很潦草，卸妆很迅速，每次都不超过十分钟。但正是这短短的十分钟，全家人都屏住呼吸，聆听她的一举一动。而她则尽量把自己收缩为零，甚至想收缩为负数。她不敢大声说话，不敢大口出气，轻轻地走路，小心地开门关门，恨不得把自己缩成一只蚂蚁或变成一片透明。

汪槐忍不住，说小文帮别人按脚，为什么要画口红？汪长尺反问，为什么不能画口红？刘双菊阴阳怪气地："她要是去按脚那就是造化。"汪长尺说不是去按脚那她去干什么？刘双菊以为汪长尺会顺藤摸瓜，没想到他这样回答，心里一愣，说你是真不明白还是故意糊涂？汪长尺说我真不明白。刘双菊扭头看着汪槐。汪槐清了清嗓子，说如果小文是去帮别人按脚，那她每晚画一次口红就够了。汪长尺说你怎么知道她每晚不是画一次？汪槐说你没长眼睛吗？有时她出门画的是红色，回来却是紫色；有时她出门画的是紫色，回来却是橘色。汪长尺说她要喝水要说话，就不允许人家补妆呀？

"那么这个呢，你怎么解释？"刘双菊突然举起一个避孕套，"这是我从她包里搜出来的。"

"这么小的屋子挤了五个人，她要不把工具带在身上，难道我们还好意思叫你们回避吗？"汪长尺说。

汪槐拍了一下扶手，欲言又止。刘双菊说原来是帮你带的，那算我错怪她了。汪长尺说你当然错怪她了。她在我们最困难的时候嫁过来，没享过几天清福，过的都是又苦又累的日子，容易吗？别的女人有专门的梳妆台，而她，每次化妆都偷偷摸摸地躲到卫生间里。为了不影响我们睡觉，有时她回来连灯都不开，是摸黑洗的澡。洗澡时怕水声太响，她只扭开一半的水龙头，让水流量小一点更小一点。她完全可以以照顾大志为借口不出去打工，但她没有，而是半夜三更地去帮别人按脚。她按了那么多脚，却没有人帮她按过一次脚。凭什么她要去折磨自己？还不都是为了这个家吗。这个家和她有多大的关系？要是她没生下大志，

205

我们家跟她连血缘都没有。有时我百思不得其解,她为什么不离开?为什么不跟有钱人跑了?

某天深夜,租屋的门板被拍得"砰砰砰"地响,一屋子的人全被震醒。汪长尺开灯,开门,发现拍门的是楼下卖日用杂货兼营电话生意的老徐。老徐说你老婆是不是出事了?要不然不会现在打电话。汪长尺披了一件衣服,跟着老徐跑下去,抓起话筒就听到了小文的哭声。她说挨抓了,现在正蹲在洗脚城楼下的大堂,要他马上带五千块现金去取人,钱在箱子里的那件格子衬衣里。汪长尺像被谁点了穴位,一动不动地站着,虽然对方已挂电话,但他还保持着接电话的姿势,只有肩上披着的那件衣服没有跟他步调一致,慢慢地滑落。老徐捡起衣服,说你怎么突然傻了?汪长尺这才回过神,接过衣服往楼上跑。

他打开箱子,找到那件格子衬衣,发现口袋里只有两千八百块,就问汪槐还有没有钱?汪槐说如果是救命,那我这里还有一点,但不是救命一分你也别想拿。汪长尺不回答,把钱数了一遍又一遍,好像不停地数就能把一张数成两张。汪槐问到底出了什么事?为什么需要那么多钱?汪长尺不好意思说,还在用数钱来掩盖真相。汪槐说是不是光着身子被扫黄的捉住了?汪长尺数钱的手突然一抖,地板上飘下几张票子。汪槐说这事可以讲价的,你别拿那么多钱去糟蹋。汪长尺说你怎么知道可以讲价?汪槐说张五在县城被抓过一回,人家要罚他五千。他把衣兜全翻过来,说只有一千块,还是卖牛得来的,短短五分钟,我给你们一头牛还不够吗？扫黄的不答应，要拘留他。他一把鼻涕一把泪，说自己上有老母下有小孩，母亲眼瞎了，孩子残疾了，老婆得癌症了……他把自家祖孙三代咒了一遍。扫黄的说既然你家这么凄惨，为何还有心思嫖娼？他说老婆得的是宫颈癌，这事已经几年没做了，就想回忆回忆，你们后生家哪里知道，人的年纪越大就越喜欢回忆。扫黄的心一软，没收了他的"牛"，就把他放了。像他那样既不缺钱又不凄惨的人，都能博得同情，哪像我们这种真凄惨真缺钱的人，不是更应该获得同情吗？要不你把我带上，让他们看看我的腿，再让我帮你哭一场，我就不信他们不打折。汪长尺骂了一声不要脸，捏着那两千八百块跑出去。汪槐对着他的背影喊傻瓜，你是不是富得流油了？你是不是穷得都不想钱了？

　　汪长尺来到大堂外，看见几个女的和几个男的蹲成一排，被一群扫黄的看管着。男的只穿裤衩，女的衣冠不整，都抬头盯着门口，就像孤儿那样眼巴巴地等人认领。汪长尺冲着里面招手。小文说我家男人来了。扫黄的说让他进来。小文对着门外招手。汪长尺对着门内招手。两人比赛着招手。小文说大哥，我家男人不好意思，你让我出去拿钱吧。扫黄的对着门外用力地招了几下。汪长尺不得不迎着目光进来，每一步都像赤脚踩在钉子上，恨不得此刻突然停电。扫黄的问你是贺小文的什么人？

　　"丈夫。"

　　"叫什么名字？"

　　"汪长尺。"

"根据《治安管理处罚条例》第三十条,A 罚款,B 拘留,你到底是选 A 或是选 B?"

"你是在问我吗?"

"问她,你老婆?"扫黄的指着小文,"是不是你让她出来做的?"

"你会让你老婆出来干这个吗?"

"我老婆要是做这个,一枪就把她毙了。"

汪长尺一哆嗦,好像自己真被枪毙了似的。小文不停地眨眼睛、摇头,好像在暗示什么。但汪长尺弄不明白,也不想跟小文说话,就把钱掏出来递到扫黄的手上。扫黄的数了一遍,说还缺两千两百元。汪长尺把两个衣兜两个裤兜全翻出来,四个兜像四个干瘪下垂的乳房。他说挖地三尺也就这么多,要不你拘留她吧,拘留十五天节约两千八,平均一天能赚一百八十多块,我做一天泥水工都挣不了这么多。扫黄的把他从上到下扫了一遍,发现他的裤脚和鞋面上斑斑点点,沾满了水泥灰浆,估计钱包真的不鼓,就说你们走吧,今后别做了,穷也要穷出尊严来。汪长尺转身走去,几步出了大门。小文站起来,揉了揉发麻的双腿,一瘸一拐地跟上。

他们走在深夜的大街,一个在前一个在后,中间相隔五米。小文快汪长尺就快,小文慢汪长尺就慢,他们始终保持五米的距离。小文说我有话要讲,你能不能慢点?汪长尺没慢。小文就对着大街喊你这个笨蛋,为什么要交那么多钱?虽然街道行人稀少,但喊声还是惊动了周围的居民,有几扇临街的窗门响亮地推开。汪长尺不得不放慢脚步。小文跟上来,说没看见我眨眼睛摇头吗?

"谁知道你什么意思?"

"意思就是叫你别交那么多钱。"

"电话里你说五千,我才交两千八,差不多对折,知足吧。"

"五千是他们逼我说的。在你来之前,有个母亲来领她的女儿,实在没钱,只交了八百。"

"反正这钱也不干净,全部交了心里舒坦。"

"那你爹挣的钱就干净了?"

"比你这个干净。"

"我也想干净,但你养得活全家吗?你要养得活全家,我就买一水缸酒精来消毒,从此做个幸福的人,劈柴喂马周游世界,面朝大海春暖花开。"

汪长尺一惊,万万没想到她会背诗。记忆里他从来没教她背过这一句,那么这一句是从哪里来的?嫖客,一定是某个喜欢诗歌的嫖客,一边嫖一边教她背诵,一边嫖一边启蒙,太他妈荒诞了。汪长尺越想越心塞,于是加快步伐,把他们的距离再次拉开。

43

汪槐和刘双菊不跟小文说话,他们把交流变成了哑剧模式。不管是递尿布,洗衣服,拖地板,或是买菜,煮饭,或是给大志洗澡,放爽身粉都是看对方的眼神和肢体动作行事,谁都不愿率先打破沉默。小文觉得自己先开口那是认错,汪槐和刘双菊觉得他们先开口就是原谅。一个不想认错,两个不想原谅,三个过着没有语言的生活。只有汪长尺下班回来,屋子里才有说话声。但他们表面上跟汪长尺说,实际上却是说给另一方。汪长尺只是一个媒介或一个平台,他们甚至都不需要他回答,只需要他戳在那里做声音折射器。因此他们滔滔不绝,而汪长尺却默不作声。

"长尺,是个男人都咽不下这口气。"

"女人也咽不下呀,儿子。"

"汪长尺,咽不下就别强咽,免得卡喉咙。"

"长尺,这事要传回村里,别说你抬不起头,就是我和你妈也得把脸埋进裤裆,丢不起这个人呀。"

"别的妈都能原谅,唯独这个妈的胸怀不够,儿子,你掂量掂量吧。"

"别人怎么说我不在乎,我贺小文就看你汪长尺的态度。"

"知道吗?长尺,这事要发生在万恶的旧社会,那是要写休书的。"

"现在叫离婚,儿子。"

"离就离,谁怕谁呀?是个男人,你汪长尺就先提出来,我立马跟你回去办手续。"

"长尺,不需要办手续,当初我们只在村里请了几桌酒席,你和她根本就没领证。"

"你争点气吧,儿子,总这么低着头,哪个女人会把你放在眼里?"

"汪长尺,你哑巴了吗?你挺起腰杆帮我说句公道话。我这么不要脸到底是为谁?是为我自己吗?要是嫁给有钱人,要是还有别的挣钱门路,那我贺小文会去丢这个脸吗?就像你爹讨钱,都是逼出来的……"

"长尺,我可没逼她。"

"儿子,你说谁会逼她去干这个?"

"都是他妈的林家柏逼的,"汪长尺一声暴吼,"呼"地站起来,抓住菜刀,"老子这就去劈他。"三个人都惊呆了。汪长尺一边挥舞菜刀,一边朝门口走去,由于屋子太窄,他的菜刀险些砍到小文的鼻子、刘双菊的胳膊、汪槐的轮椅。眼看他就挥着菜刀出门了,汪槐呵斥:"站住。这和林家柏有什么关系?"

"不是林家柏那是谁?"说着,他下了楼梯。刘双菊赶紧追出来,近乎哀求地:"儿子,你疯了吗?你嫌我们家的事还不够多,还不够凌乱吗?"汪长尺回头对着刘双菊的方向挥了一下菜刀。刘双菊吓得退回来。汪长尺一边骂一边劈,好像仇人就是菜刀劈着的空气。一直劈到西江桥,他才停下来,对着水泥栏杆一阵乱砍。因为用力过度,他的手震麻了,菜刀的刀刃也卷了,栏杆被砍出一道道口子。他一边砍一边痛骂,汪长尺,你他妈就这点本事,别人睡你老婆,你却来砍栏杆。别人把你弄残,你只能骂几句他老娘。你他妈没本事在这个世界上混,当初为什么要从你爹的睾丸里跑出来？你靠爹妈讨钱来付老婆的住院费,你靠老婆卖身来为儿子存钱,你活得像个人样吗？还不如一头栽下去算了……他伸头朝桥下看了一眼,然后把菜刀扔出去。很久他才听到"咚"的一响,那是菜刀扎进水里的声音。他打了一个寒战。

以前,汪长尺一下班基本上是跑着回到住处,他想大志,想小文,担心爹妈,但现在,下班之后他磨磨蹭蹭地都不想离开工地和工友。直到天黑了,路灯都亮了,工友们都端起饭碗了,他才慢吞吞往回走。即使回到住处他也板着脸不说话,就连大志哭了他也好像没听见。刘双菊不厌其烦地问这事你到底什么态度？他说没态度。汪槐说这么重要的事怎么能没态度？即便再懦弱的人也要口头抗议严正声明坚决反对予以警告,你要是不会说狠话那就跟你妈现学。"都给我闭嘴。"汪长尺说,"这事到此为止了,小文下不为例,你们也别再嚼舌头。要怪就怪我,怪我考不上大学,怪我没本事,怪我贫穷。"小文感动得泪光闪闪,马上多炒了一盘菜。她指着那盘菜说这是专门炒给长尺的,你们谁也不许吃,他一天到晚都在工地上卖力,理应多吃几口。于是,那盘菜谁都不吃。汪槐和刘双菊不吃是真心同意小文的说法。汪长尺不吃是觉得小文把他跟爹妈区别对待了。

汪槐、刘双菊和小文都把自己的工作停了,每天干坐在屋子里做道德模范。刘双菊坐不住,想推汪槐出去透透气,但她一个人无法把汪槐从二楼连人带轮椅抬下去。小文看在眼里,却假装没看见,整天竖起耳朵等刘双菊申请帮助。

刘双菊不想求小文,就想了一个办法,先把汪槐背下来,放在楼梯口,然后再上楼搬轮椅。每次下楼或上楼,刘双菊把汪槐和轮椅分开搬运。尽管小文就在身旁,却从不伸手相助。搬的和被搬的都一腔怨气,觉得小文变了,变得不那么善良了。而小文的态度始终是冷冰冰的,成心要给公婆一点颜色。

傍晚,汪长尺从工地里出来,看见尘土飞扬的马路边戳着两个熟悉的身影。他们都扭头看着工地出口,也许是因为看久了看麻木了,即使汪长尺已经出现在眼前,他们也没反应。他们像一组雕塑,其中一个还是罗丹《思想者》的造型。"思想者"是汪槐,用毛巾捂住额头,脸上手上全是血迹。汪长尺问谁干的?刘双菊说讨钱的呗,没想到在城里讨钱还要分地盘,要不是来了两个警察,你爹就被打死了。汪长尺说谁叫你们去讨钱了?

"我说不讨不讨,可你妈说反正闲着也是闲着。只要我一反对她,她就不帮我上厕所,不背我上楼。上不上楼我倒无所谓,但不让我上厕所,那就得拉到裤裆里。"

"没一个干净的,"汪长尺剜了刘双菊一眼,"流了这么多血,为什么不去医院?"

"何必花那个冤枉钱,过两天伤口就愈合了。"汪槐说。

汪长尺想掰开汪槐的手看看他的伤口,但汪槐紧紧地捂着,说没事,就一点小伤。

"灰尘这么大,你们跑到工地来干什么?"

"我想跟你开个三人会。"汪槐说。

"回去开吧。"

"回去就是扩大会了。"

汪长尺喘了几口粗气,扭头看着别处:"说吧,什么屁事?"汪槐没有马上说,而是在调整情绪,在寻找"会议"的开场白。忽然,他用另一只手指着工地:"你愿意在这种地方混一辈子吗?"

"那又能去哪里?"

"我马不停蹄地想了几天,觉得你这么干下去,充其量也就挣点生活费,而丝毫改变不了你的命运。"

"能捡一点别人的鼻屎就不错了,还改变命运?"

"必须改变,否则连大志都得熄火。"

"你从农村喊到城市,从父辈喊到子辈,除了把自己搞残,结果什么也没改变。"

"那是因为你不够努力。"

汪长尺把双手伸出来:"你看看吧,我的十根手指都变形了,这还叫不努力吗?"

他们看着他的双手,手指弯的弯,黑的黑,肿的肿,布满了无数的裂痕,它们就像闹了矛盾的亲兄弟,再也无法整齐地合拢。刘双菊看得眼眶都湿了。但汪槐不为所动,说你还没有凿壁偷光,没有映月读书,没有悬梁刺股,没有……

"可我曾经读得两眼发花,晕倒在教室里。"

"只要没读死,那就不叫努力。你能不能重新复习考大学?只有考上大学,当了干部,你才可能脱胎换骨,要不然永远就是个打工仔。"

"除非考砖头水泥,现在我连笔都拿不稳了。"

"当年多少知青多少工人,不都咬牙考上大学了吗?你不缺胳膊不缺腿,不缺鼻子不缺嘴,别人做得到的事,你为什么做不到?"

"因为我的基因里缺大学。"

"那你一辈子就得吃灰尘。"

"既然是吃灰尘的命,又何必操干部的心。"

"错。你才多少岁?你还有时间。"

"连你都做不到的事,凭什么我能做得到?"

汪槐恨石不成玉,哀其辛苦怒其不变,觉得汪长尺就像烂泥巴糊不上墙,野猫出不得火烧地。一股血直冲他的大脑,凝固的伤口忽然一热,毛巾再次打湿,冰冷他的手掌。他失望到出血。

44

小文买菜回来,发现屋子里没人。出门前,汪槐、刘双菊和大志还在床边玩耍,但回来时他们就不见了。小文的胸口忽然一堵,额头上莫名其妙地冒汗。她下意识地朝墙角一瞥,刘双菊从家乡背来的那个布包不见了。饭桌上放着一个信封,信封上压着一把钥匙。一看就晓得,那不可能是个好消息。小文打开信封,没怎么看懂,于是就拿着信到工地去找汪长尺。

汪长尺把信看了一遍,说他们把大志带回乡下了。小文说我的儿子,他们凭什么带走?汪长尺说因为他们觉得我不思进取,你甘于堕落,这样的家庭就像有色染缸,再白的孩子也会洗黑,如果我们想要大志出污泥而不染,濯清涟而不妖,中通外直,不蔓不枝,香远溢清,亭亭净植,唯一的办法就是把儿子交给他们培养。小文说放屁,他们要是能培养人才,你怎么会在这里?汪长尺指着信件:"他说至少他有失败的经验。"

"失败也能成为理由?你就不怕他再失败一次?"小文急得直跳脚。

"也许……也许他能创造奇迹。"

"他连生活都不能自理,你还指望他创造奇迹?我看你们都疯了。"

"那你说怎么办?"

"快去把大志拦下来。"

他们跑下楼,跑出工地,在马路边拦了一辆的士,直奔东客运站。到了站里一打听,开往天乐县的汽车十分钟前已经出发。检票员确认,有一位坐轮椅的中年男人和一位抱着孩子的中年妇女上了这趟汽车。小文瘫坐在条凳上,好像儿子被人拐卖了,眼泪汪汪的。汪长尺说哭什么哭?你要不放心,现在就买两张回乡的车票,直接把大志接回来。小文说那你去买呀。汪长尺朝售票窗走去,但走了几步又回头。他说你确定要买车票吗?小文抹着眼泪:"那你说呢?"汪长尺坐下,说让我想想……

"我首先想到的是大志太小了太娇嫩了,他能适应农村的环境吗？农村没有牛奶，没有医院，经常断电，猪圈牛栏跟住房相连，跳蚤蚂蚁川流不息。地板上全是尘土，鸡屎牛屎狗屎混杂其中。饿了，大志只能吃米浆。渴了，他只能喝生水。他们除了烧茶很少烧开水。晚上睡觉他顶得住蚊虫的袭击吗？在地上爬行时，运气好的话满身是泥，运气不好那就满身是屎。这样的环境能培养出天才？方圆一公里没一个说普通话，连读书的声音都听不到。屋前屋后都是高高的土坎，谁能保证大志不摔下去？万一摔下去了，谁又敢保证不把他摔伤摔残摔傻甚至摔得一命呜呼？但是，我也是喝米浆长大的，现在一只手可以举五十斤，不是很壮实吗？地板脏是脏点，不过我相信大志爬的时候，他们一定会为他铺一张干净的席子。喝生水也不要紧，那是山泉，比城里的开水还干净。至于读书声，你放心，我爹正闲得没事干，每天一定会给大志读唐诗宋词。他在留下的这封信里，大量地引用了宋朝周敦颐的《爱莲说》。他竟然还能默写《爱莲说》？我都差点忘了。他这是在向我炫耀记忆力，也有可能是在督促我。再说，大志远还没有到上幼儿园的时间，先让他们托管托管。现在外出打工的年轻夫妇，哪个不是把子女留在农村给爷爷奶奶照顾，这样才能解放打工者的生产力。而且，爷爷奶奶对孙子的那份爱，好像基本上都超出了父爱母爱，直接赶超溺爱。你不是没看见过，我爹一早到晚都抱着大志，小心得就像抱着一篮生鸡蛋。多少次他坐在轮椅上睡着了也还抱着，一刻都舍不得放手。为什么他抱得那么深沉？因为他对我彻底失望。他已经把希望转移到了大志身上。所以,我认为大志在他们手里比在我们手里还要稳妥。"

小文一抹眼眶:"那他凭什么在信里说我堕落?"

"说错了呗。"

"呸,你心里才不是这样想的。"

"那你说我是怎么想的?"

"你和他们想得一样。"

"我比他们想得更复杂。"

"复杂到什么程度?"

"复杂到没法概括。首先,我总是喜欢说首先。首先,我是这么想的……我的下体不行了,如果不让你出去跟别的男人,那我们迟早都得离婚。尽管你跟了别的男人,也不能保证我们的婚姻就铁板钉钉,最多缓解一下。我的策略是能拖一天算一天,至少把大志拖大一点。这也是为什么现在我不想买票的原因。因为迟早你会离开我,而我要打工不能照顾大志,所以,大志最终都得由爷爷奶奶来照顾。如果现在不让爷爷奶奶练练手,不让大志适应他们,那将来你突然走了,他们就会措手不及。我明知道你晚上出去干什么,但我一直忍着,甚至还帮你隐瞒,甚至都不想去碰这个话题。每次半夜你回来的时候,虽然我闭着眼睛,但其实我是醒的。有时我整夜整夜地醒着,都在回忆家乡的夜空,真是繁星满天呀,好看呀,美呀……有时,我暗暗为你祈祷,祈祷你千万别染上什么病,千万别惹出什么乱子。有的事不摊开大家面子上都过得去,但一摊开,就够呛了,就顶到死角了,不好回旋了。我是男人,是你的丈夫,有强烈的自尊,也需要尊严。你做就做了,为什么偏偏让他们抓个正着?"

"那我从此不做了好吗?"

"你可以做,但最好别拿来换钱。你还年轻,看上中意的也可以走,但最好提前打声招呼,让我的小心脏别跳得那么急。"

"……虽然我做了,但那是生意,心里带着仇恨。每次做,我都难受。只有把他们想成你,我心里才舒服一点。不管他们是谁,在我心里都是你。"

"真没想到还有人为我打工。"

"谁叫你不争气?"

汪长尺一下就想到了林家柏,就觉得自己的所有苦难都是他的馈赠。他恨不得把他宰了。但是,想着想着,他又深挖自己的灵魂。他问自己当初摔伤是不是故意的?那时小文正被张惠蛊惑,要打胎先挣几年工钱。是不是自己想阻止小文打胎,想钱想急了才故意摔伤,以图老板的赔偿?想到此处,汪长尺停了许久,就像任何一次遇到困难时的犹豫彷徨,就像做出重大决定之前的徘徊。结论是否定的,谁都不会拿自己一生的性福来博几万块钱,更何况他早就领教了老板们的奸猾耍赖。谁能保证一摔伤就能拿到赔偿?除非那是童话。因此他更坚定了仇恨林家柏的信念。汪槐从希望中吸取勇气,而汪长尺则需要仇恨来补充能量。

45

　　回到谷里,汪大志一直在哭,哪怕是睡着了,也时不时地抽一下,仿佛惊魂未定。他的哭像喇叭声,像发动机的轰鸣,像音乐像歌唱,像冰箱和空调的微响,像自行车的"叮当叮当"……仿佛,他把整个城市的声音都带来了,让原本寂静的村庄变得不再那么寂静,让那些长期以来倒在床上就能做梦的村民开始失眠,甚而胡思乱想。刘双菊除了喂他喝米浆、牛奶,就是不停地在神龛上烧香,祈求祖宗接纳这个孙子。

　　而那些奶汁饱满的留守妇女们则认为他是饿奶了。张鲜花、汪冬、宝庆妻、江坡妻和义龙妻等等,她们一个个前仆后继,着急地撩起上衣,抓住雪白坚挺的乳房,把或红或黑的乳头准确地塞进大志的嘴里。但是,大志不吸,他无一例外地把乳头吐出来。尽管他不买账,但她们仍然热情。她们在展示善良、同情和怜悯的美德,同时很可能也在炫耀乳房的饱满和奶水的充沛,更可能是渴望自己的奶头被这张城市的嘴巴接受。多次被拒之后,她们狠狠地扯下上衣,盖住长年无人抚摸的胸膛,说你嫌什么嫌?你爹你妈的裤脚上还沾着这里的泥巴,牙缝里还塞着这里的菜叶呢,不信乌鸡这么快就变成了凤凰!

　　夜晚,哭累了的大志往刘双菊的怀里拱。刘双菊下意识地把自己干瘪的乳房塞到大志的嘴里。大志没有拒绝,竟然用力地嘬了起来,嘬得刘双菊全身酥麻,嘬得她忘记年龄混淆辈分,又有了做母亲的自豪感。次日,她炖了一锅鸡汤,就像当初汪槐服侍她坐月子那样服侍自己。几天后,她干瘪的乳房渐渐鼓胀,大志终于嘬出了奶水,再也不哭了。看着刘双菊喂奶的模样,汪槐仿佛看见汪长尺再次出生。他想老天终于又给了我一次机会。

"我一定要把他培养成大学生。"汪槐跟刘白条说。

"我要把他培养成一个干部。"汪槐跟张五说。

"他要当了干部,就能当领导。"汪槐跟代军说。

"当了领导他就能让我们汪家出头。"汪槐跟二叔说。

"他要是出头了,就能拨款给我们村修公路……"汪槐逢人便讲。

大家忍住没笑,都认为汪槐已走火入魔。他怎么能培养出大学生?他要能培养出干部为什么不先培养汪长尺?但是,汪槐有汪槐的计划。一天深夜,他把熟睡中的刘双菊拍醒。刘双菊嘟哝:"你又抽什么风?"汪槐说我听到脚步声,你出去看看是不是有小偷。刘双菊吓了一跳,屏住呼吸听着,除了听到夜虫的鸣叫什么也没听到。汪槐认为她还在梦中,听觉能力尚未完全恢复。刘双菊不服气,又竖起耳朵听了一会,这次除了听到邻居们的鼾声什么也没听到。汪槐说就像坐长途汽车,有尿没尿都要先上一趟厕所,这样心里踏实。刘双菊说门外就几捆柴,即使有人想偷也没什么值钱的。汪槐说你就不怕他偷我们家大志?刘双菊掀开被窝,说大志在我怀里。汪槐抱起大志,紧紧地抱住,睁眼看着窗外。刘双菊问你不困吗?汪槐说我总觉得门外有人。刘双菊只好穿衣起床,打着手电筒绕屋一周,把门窗重新闩了一遍,才又回到床上。

汪槐问你确定外面没人?刘双菊说你能不能消停一下?明天我还要下地干活。汪槐说既然没人偷听,那我就跟你讲讲我的计划。刘双菊似乎没兴趣,倒下就睡着了。汪槐又把她推醒,说他们都在怀疑我的能力,都认为我培养不了大志,真是鼠目寸光啊。刘双菊打了一声哈欠,又想睡。汪槐说这么大的事,你就不能坚持一下?刘双菊的右手在枕边摸来摸去,摸出一盒清凉油。她打开盖子,把清凉油抹到太阳穴上。这下,她似乎彻底地清醒了。汪槐说小学部分我打算自己教大志,所有的课本我都搜齐了。初中,我们送他到乡里去读。按说乡里教不出什么人才,但可以搞双保险,就是他上课的时候我坐在教室后面跟着,他学我也学,像陪太子读书。白天老师教,晚上我教,一节课给他上两遍,每个问题让他倒背如流。要是用了这个办法,不信他考不上县中。到了县中,我再陪读,每节课照样给他讲两遍,每道难题照样让他倒背如流。到那时,恐怕考清华北大都不是问题。刘双菊揉揉眼睛,说天啦,这么好的主意你是怎么憋出来的?汪槐说这就像我们家的存折,千万千万别告诉任何人,否则他们依葫芦画瓢,我们家的核心竞争力就没了。刘双菊说我有那么傻吗?汪槐说每当我一琢磨这个计划,脑海里就一阵翻卷,像刮十二级台风,连人带轮椅都飞到了天上。刘双菊说眼瞎的人靠耳朵,腿瘸的人靠脑壳,想不到你下半身废了上半身反而更聪明。汪槐说我什么时候笨过?

大志又哭了。这次不是饿奶,而是全身起疙瘩,一颗一颗灿若桃红,在他手臂上背上屁股上腿上星罗棋布地绽放。开始,汪槐并不重视,觉得那只不过是跳蚤的恶作剧,抹点清凉油就会消散。没想到,他往大志的那些红疙瘩上抹了两盒清凉油,疙瘩不但没收缩,而是各自扩展,把大小不一的红连成一片火烧云。草药水、鸡胆汁,汪槐都试过了,但均无疗效。大志全身通红,红得像一坨正在燃烧的火炭。把他放在被窝里,被窝就燃了。抱他,他就把抱他的人烧痛。他哭哑了,哭得只剩下气息。刘双菊吓得走路都绊脚,赶紧把邻村的光胜请过来。

光胜的主业是做魔公,兼营小本生意。魔公就是鬼师或巫师,即通灵的人。他们脚踏阴阳两界,有时代表阳间询问祖灵,有时又代表祖灵吩咐阳间,其主要功能就是修复后代与祖先的关系,并驱魔赶鬼,为阳间人求健康太平。刘双菊在方桌摆上供品,供品包括一只活雄鸡、一碗大米、一块熟刀头肉和一壶米酒等。这些摆好了,汪槐才点香烧纸。堂屋里烟雾缭绕纸灰飞舞,熟肉与活鸡的气味混杂,香纸与米酒的气味纠缠。光胜坐到神龛前问卦。问卦就是找原因,本场主题:"大志身上的疙瘩为什么这样红?"

因为长期没人打理祖坟?抑或是香火前无人烧香点灯?是不是在不该拉尿的地方拉尿了?比如神庙前,比如香火边。难道是冒犯了某路神仙或是拆桥挖路坑人?是不是说了某个祖宗的坏话……光胜从南问到北,从白问到黑,扔出去的卦象全都是"No",急得满头大汗。汪槐说各行各业都与时俱进了,你这一行能不能也进一步?光胜脑洞大开,问是不是得罪了领导?是不是扎了谁的轮胎酿成车祸?难道是吃了黑钱抑或是制假卖假?难道是污染河流或是滥砍滥伐?是不是感情出轨养小三?是不是超生骂政府或上访?难道是吸毒卖淫嫖娼?

"哐"的一下,顺卦,也就意味着刚才最后一问问对了地方。挤在旁边看热闹的村民全都惊呆,窃窃声像阵雨此起彼伏。汪槐抱拳,说大家都出去吧。可是,大家都不愿出去,就像看电影看到关键时刻谁都不希望停电。光胜起身清场,闩上大门,堂屋里只留下汪槐、刘双菊和二叔。光胜又开始问卦,到底是吸毒或是卖淫嫖娼?他得从这三项中问出一项,结果只问到第二个,卦象就是"Yes"。光胜终于找到了原因,但找到原因并不是目的,目的是要向汪家的祖先请示如何解决问题。他拿起雄鸡绕场转了三圈,咬下小小一块鸡冠丢在神龛前,然后坐到凳子上闭着眼睛,嘴里喃喃,双腿不停地抖动……现在,他就像一个骑上快马的邮差,直奔另一个世界的汪家大本营。他的汗水从额头上滚下来,他的内衣湿了。如此一刻钟,他才回到人间,忽地睁开眼睛,说你家儿媳妇的身体脏了,她的身体脏了奶就脏了,她的奶脏了就把大志污染了。因为大志身上带着脏东西,所以一进家门祖宗就生气。这次生气的不是别人,而是大志的曾祖父,你汪槐的亲爹。你爹要你杀一头小猪拿到坟头去供,多倒米酒,多烧纸钱,还要你带上大志去说好话。你爹生前爱面子,因此还得多烧鞭炮,弄出点动静让他高兴。只要他一高兴,就会原谅大志。他一原谅大志,大志的病就好了。

　　光胜的仪式完毕,汪槐一回首,发现窗外和门缝里全是人头。

46

　　汪槐说爹,你的心肠是石做的吗?这么可爱的重孙你都不心疼,你脑子进水了吗?猪我供了,酒我供了,纸钱和鞭炮也烧了,都四十八小时啦,你不仅没帮大志消肿,反而让他的疙瘩越长越多,越来越硬,现在连脖子上都有了,难道你想逼死他吗?你还有没有同情心?你还知不知道谁是你最亲的人?我是你的小鼻涕呀,爹,你还认不认得?你还记不记得……我看你是糊涂了,不作为了。多少年,我一直忍着,一直等着,以为你会保佑我,没想到你把我忘了,把最孝顺你的人甩到后脑勺了。你有那么忙吗?看看吧,我现在都混成什么样了?腿不行了,干不了活了,也没把长尺培养成才,将来我就指望大志。可是你,不但不保佑他,还生他的气,还惩罚他。他来到这个世上才几百天,凭什么要他承担他妈的罪过?他干净得就像一张白纸,可爱得就像你当年的小鼻涕,你为什么不放他一马?说真的,你越来越不像话了,一点也不像我爹了。你还是我爹的时候,人家送你一块饼干你都会揣在怀里带回来,汗水把饼干湿透了你还舍不得吃。为什么活着时你对孩子那么慈爱,死后却要刁难后代?难道社会上的风气都吹到阴间里去了吗?你跟光胜说要一头猪,当时我就震惊了。你不知道我们家困难吗?竟然还要一头猪,听上去怎么就像公开索贿?索就索吧,反正我也想你了,也想趁机表达我的孝心。可是,你拿了猪拿了酒拿了纸钱,却不帮我办事,这不像你的风格呀。莫非你到阴间当了大官,腐败变质了?难道我送得还不够多?难道祖爷爷给重孙去病也要收礼?真是六亲不认的节奏,我百思不得其解,吃不下饭,睡不好觉,所以才爬了三里地,专程来骂你。不信你看,我的手爬出血了,裤子磨破了。夸你时,我可以请人把我抬过来,但骂你时,我只能一个人悄悄爬过来。这不是什么值得炫耀的事,我也不想让别人知道我们吵架。如果你还认我这个儿子,还记得我为你披麻戴孝跪破膝盖,那就马上帮大志消掉疙瘩。否则,我再也不理你,就是清明节我也不理。万一到了那步,我宁可去拜别人家的坟头,去拜那些孤坟野鬼也不拜你。你都听见了吗?汪上成,我没求你帮我升官,也没求你帮我发财,就求你帮帮你的重孙。

  骂过之后,汪槐没有马上离开,而是在坟头又坐了半天。四周静悄悄的,汪上成仿佛被他骂得哑口无言了。天上的云一团一团飘过来,又一团一团飘过去,偶尔飘过头顶,他和那座坟就罩着一片阴凉。坟前的稻田已经耙好,水汪汪的像一块块玻璃。一腔怒气顶在他的胸口,许久许久才消化。他终于听到四周的虫鸣像细雨那样漫上来。草丛里的蚂蚱不时振动一下翅膀。水田里有蛇快速游过,惊起一线波纹。这就是人们在冬天里盼望的春天,草青青,花艳艳,鸟儿飞上天。然而,这个春天是现实的,它不是比喻,也不是象征。汪槐还得沿着他爬来的小路爬回去。爬着爬着,他看见来时留在路面的印痕,那是两条腿拖出来的长长的不间断的印痕,就像两截木头拖出来的,把整条路上的脚印都抹掉了。

当晚,大志口吐白沫,体温忽然升高。二叔说再不送医院,恐怕就有生命危险。窗外漆黑一片,伸手不见五指。汪槐赶紧吩咐二叔和刘白条把自己的轮椅绑在滑竿上。他们抬着汪槐分别打着火把和手电筒出发了。本来刘双菊想背着大志走,但汪槐不允许,他要紧紧地抱着,以便随时掌握大志的体温和呼吸变化。大志像一个火炉依偎在他的怀里。一路上,他不停地呼喊,生怕大志睡过去再不醒来。他说大志呀大志,爷爷是死过一回的人,但阎王把我放回来了。阎王放我是因为我不想死,人只要不想死他就死不成。都说我们汪家人命硬,你要是汪家的后代,就把这病顶回去。大志呀大志,你可千万别睡着了,你还要考大学,还要当干部,还要拨款给我们村修公路。要是有一条公路,你二爷爷和刘爷爷就不用这么辛苦了,那我们村看病就方便多了。大志呀,为了这条公路,你无论如何也要给我挺住……

火把和手电光在漆黑弯曲的山路上慢行,夜风把沿途的草树吹得"稀里哗啦",同时也吹乱了火把。虫鸣被他们的脚步声打断。汪槐喊着喊着，竟然睡着了。但滑竿一抖，他马上醒来，摸摸大志的脑门，探探大志的鼻孔，高烧还在，气息还在。他惊出一身冷汗，想怎么就睡着了？印象中他只睡了几秒钟，但却做了一个长梦，仿佛"当"的一下，他爹就把梦托给他了。他爹在梦里跟他说你怎么可以骂我？爹是不可以随便骂的，即使我霸道专横腐败好色贪婪你都得忍气吞声，谁叫你是我的仔？谁叫你几十年前从我尿道里钻出来？大志病情恶化，就是对你骂我的惩罚。我们汪家曾经多么体面，个个讲礼义，人人知羞耻，可现在被你们给糟蹋成什么样了？讨钱的讨钱，卖身的卖身，再不改正我就把你们从汪家的户头上划掉，来一个病一个，生一个死一个。汪槐依稀记得他在梦里有过争辩，大意是我也想过体面的生活，可现实就像一把尖刀架在脖子上，逼得我们不得不这样。他爹说我不管你有多难，我只管你对得起列祖列宗。汪槐感觉腹背受敌，两面出汗。同样都是汗，但胸前的热，后背的冷。

到了乡医院，大门是紧闭的，病房里没有灯光，好像无人留医。二叔拍了一会大门，里面没有反应。汪槐说你搬起石头砸吧，你不砸，他们就假装听不见。二叔真的搬起石头，"哐"地砸到门上。门忽然开了。马医生站在门里呵斥："干什么干什么？想打还是想抢？"汪槐说孩子快不行了，求求你赶紧抢救。马医生蹲下去仔细察看门板，说你把我的门都砸破了，还想抢救？是你的孩子重要还是我的大门重要？汪槐说只要你立即抢救，这门板我全赔。马医生说你先赔五百吧。汪槐毫不犹豫地掏出五百块钱。马医生接过来数了一遍,把每张钱都对着灯光照了一下,确认不是假钞,脸上才露出一点活的表情。他已经在乡医院待了二十多年,因为舍不得给领导送礼,年年打报告年年调不回县城。汪槐说你能快点吗?马医生才回过神,慢吞吞地给大志量体温,听心脏,看舌头,把脉搏,照瞳孔。汪槐不停地问这问那,马医生一言不发,活活一个沉默寡言的理科男。从检查到开药、取药、剃头和吊针,全是他一个人在匀速运动。汪槐急得都想骂娘。终于,他把输液管里的气泡一个一个地弹掉,眼看就要拿起针头了,却不想他忽然一转身,出去上了一趟厕所。从厕所回来,他又洗了一次手,洗手的时间比上厕所的时间还要漫长。终于,他拿起针头往大志的头部扎去。由于他的视力不好,一共扎了八次才扎对血管。为此,汪槐连续"呀"了八声,好像每一针都扎在他的心尖尖。

"现在你着急抢救,当初你在干什么?"马医生终于说话了。

汪槐竟一时答不上来,这给了他滔滔不绝的机会。他说本来就是小病,也就是跳蚤咬了几口。一个农村的孩子,跳蚤咬几口比什么都正常。汪槐说可这孩子他不是农村的。马医生说就算他出生在纽约,也不至于严重到这种地步,如果及时放药,全身就不会过敏。

"乡下除了清凉油,没别的药。"

"那你为什么不及时送到乡里来?正是因为你不及时

送来就医,才弄得他全身过敏,免疫力下降,高烧,肺炎,慢一步小命就没了。"

"腿脚不便,来一趟不容易,就想在乡下自己解决。"

"你解决了吗?没有。最后还不是把皮球踢到我这里来了。我有失眠症,好不容易睡着了,你们就来了。"

"我赔礼道歉。"

"你是他亲爹吗?"

"不是,是爷爷。"

"原来不是亲生的啊,我×你妈的爷爷,不是亲生的也是一条生命吧?你怎么一点都不珍惜。我要是你儿子,一巴掌就把你扇到太平洋里去了。全世界有你这么对待孙子的爷爷吗?绝无仅有。"

马医生把一肚子的怨气,像倒垃圾那样,一股脑儿倾泻到汪槐的头上。只要大志得到抢救,多少骂,再狠的骂,汪槐都不在乎,他甚至觉得还远远骂得不够。每当马医生睡着了,汪槐就把他推醒。每当马医生没有骂声了,汪槐就提醒我是不是应该早点把大志送来?马医生于是又把刚才骂过的话再骂一遍。他们一个等骂,一个开骂,两人骂骂咧咧地过了一夜。

47

吊了三天针,大志的病情未见好转,连体温也没降下来,身上的疙瘩仍然绯红,咳嗽声比进院之前还密集。汪槐就皱眉头了,问马医生到底会不会治病?马医生在乡里基本没失过手,像大志这样的"小儿科"更不放在眼里,但高烧不退却是事实。他的脸上挂不住了,阴阳怪气地:"你想想,上面十年没给乡医院拨款了,医科毕业生宁可在城里进私人诊所,哪怕是去卖药,也不愿到我们这种小地方工作。新的血液不肯来,旧的血液只要有关系纷纷调走,只有我这种老屁股还原地不动。你看看人家县医院,起楼的起楼,添设备的添设备,发奖金的发奖金,收红包的收红包,乡里能跟县里比吗?区别就像手指跟脚趾。"虽然马医生的这段牢骚跟大志的病情无关,也没回答他到底会不会治病,但汪槐却听出了言外之意。他结完账,抱起汪大志,叫刘双菊和二叔把他抬上班车。

　　大志住进县医院儿科,仍然是吊针,用的是一样的药,与乡医院不同的是这里的扎针水平明显高于马医生,每回汪槐只需要"呀"上两声,护士就扎对血管了。还有一点不同,就是收费远远高于乡医院。连续吊了五天针,大志的病情不见好转,汪槐就跟吕主任吵了一架。他说是不是我没送红包,你们就不重视大志的治疗,或者你们根本不关心穷人的死活,难道你们用的是假药吗?为什么五天了大志的烧还不退?莫非是误诊了?吕主任立即组织医生会诊,五个医生个个眉头紧锁,竟然找不出原因。吕主任一脸歉意,先是给大志掖掖被窝,然后再拍拍汪槐的肩膀,说县医院人才奇缺,解决疑难杂症的实力不足,设备也不好,药品也不足,不如你把病人转到省医院去吧。

汪槐抱着大志,跟刘双菊坐上了开往省城的长途汽车。汪槐用床单在胸前系了一个兜,大志就放在兜里,这样既能避免汽车颠簸时影响大志睡眠,又能保证自己打盹时不至于让大志脱手。看一程,睡一程,汪槐感觉大志的体温有了变化,好像变凉了,不再那么烧了。他叫刘双菊拿体温计测量,没想到大志的体温竟然降了半度。汽车又走了一百公里,再测,大志的体温又降半度。两百公里降一度,那还要医院干什么?今后发烧的病人都来坐长途汽车算了。汪槐和刘双菊都怀疑体温计出了问题。汪槐捏住体温计甩了又甩,直把水银甩至摄氏三十度以下,才放到自己的胳肢窝夹住。五分钟后,体温计显示摄氏三十六度七。他不信,又测刘双菊,体温计显示摄氏三十六度五。刘双菊把手掌放到大志的额头,说即使不相信体温计,也应该相信手掌吧。汪槐推开刘双菊的手掌,在大志的额头放上自己的,他第一次对手掌产生了怀疑。

到了省医院儿科,大志的体温正常,肺部无杂音,身上的红疙瘩消了一半,还没消的正在萎缩,疙瘩再不是一片一片,而是一小点一小点。汪槐要求给大志拍片,医生说没必要。汪槐一再要求,医生就开单。拍完片,医生说大志的肺部没有阴影,气管没增粗。汪槐皱痛了眉头也想不明白,为什么大志一到省城病就好了?医生说可能是水土不服。汪槐想仅仅隔了一代人就水土不服?简直是忘本,简直是背叛。见过忘本背叛的,没见过忘本背叛得这么快的。要是医生的说法成立,那大志就是农村过敏体,就不能跟他们待在乡下。他们就得完璧归赵,就得把他交还给汪长尺和小文。也就是说,他们重做一次父母的欲望刚刚萌芽就要掐灭。而大志带给他们手里和怀里的快感、听觉和嗅觉的愉悦也将随之消失。从医院出来,他们没有直奔汪长尺的住处,而是坐在公园里发呆,就像贪恋权力的人舍不得交权,能拖一秒算一秒。当初汪槐把大志带走,培养排在其次,首要任务是让他与"肮脏"隔绝。汪槐觉得没有什么肮脏能脏过小文的职业,但在大志这里,最肮脏的却是一群跳蚤。汪槐不服气,不愿意这么快就举起双手。

刘双菊说太阳快落了,走吧。汪槐没动。刘双菊说路灯亮了,走吧。汪槐还是没动。刘双菊说公园就要关门了。汪槐这才转动轮椅。他们来到楼下时,汪长尺和小文正在看电视。听到刘双菊的喊声,他们跑下楼来,一个抱大志,一个协助刘双菊抬汪槐。大志一落在小文怀里,就迫不及待地嘬奶,一口气从楼下嘬到屋里,像蚂蟥叮血,紧紧地巴在小文的胸口。这幅画面,彻底颠覆了汪槐的是非观。汪槐想在孩子嘴里,最甜的就是母亲的奶,才不管母亲是干什么的。汪长尺没让他们喘口气,就忙着介绍,这是彩电,这是煤气灶,这是热水器,今后煮饭不用冒烟,洗澡可以直接喷热水,闷了就看电视。刘双菊将信将疑。汪长尺手把手教她开煤气灶,"叭",一簇蓝色火苗从灶口升起,又"叭",火苗不见了。刘双菊惊得站在灶前都不敢动。

"啊,怎么长了这么多疙瘩?"小文撩起大志的衣服。汪长尺的脸色突变,问到底发生了什么?刘双菊就把大志生病的过程讲了。小文听着听着,红脸变成了猪肝脸。汪长尺听着听着,气不打一处喷。他说你们这样折腾,差点就断了汪家的后。我一直没敢讲,我受了工伤,已经不能播种了。大志是我的独苗,也是我们家的唯一血脉。汪槐倒抽一口冷气,整个肺部就像被速冻。他说你受这么大的伤,为什么不告诉我们?汪长尺说现在不是告诉你了吗?刘双菊忽然就哭。她哭汪长尺的痛,哭他的可怜,哭自己帮不上他的忙。汪槐说别哭了别哭了,越哭它就越觉得我们好欺负。汪槐说的这个"它",既指命运,又指上苍,还指汪家的列祖列宗。总之,他觉得"它"一直在跟他作对,否则一家人不会出两个残疾。

直到大志身上的疙瘩全消,小文也没原谅汪槐和刘双菊。她没有笑脸。刘双菊说她把笑脸都给了嫖客。她的动作幅度很大,她制造的声音很响。买菜回来,她把菜重重地摔在桌上。切菜时,她手里的菜刀比平时扬高一倍。炒菜时,她故意用铲子敲打锅头。吃饭时,嘴里"呱哒呱哒",每一口都像在嚼黄瓜。即使半夜回来,她也把水龙头开得"哗啦哗啦",有时水都溅出了卫生间,溅到睡在地铺的汪槐和刘双菊的脸上。锅碗瓢盆都是她表达愤怒的工具,手脚眼鼻口都传递着她的不满。但汪槐和刘双菊都捏着鼻子忍了。他们忍,是想陪长尺说说话,陪大志在席子上爬一爬。他们忍,还因为他们没有进账。没有进账就没有发言权,没有进账就没有是非观,甚至没有道德优势。他们享用的大件,即电视机、热水器和煤气灶,都是小文挣钱买的。

他们表面端着,内心却腿闪打漂,常常被小文的肢体语言弄得胆战心惊。

小文又去上夜班了。汪槐说长尺,你能把裤子脱下来让爹看看吗?汪长尺装聋,想这像什么话?刘双菊说脱吧,妈也想看看那地方到底伤成什么样了?汪长尺想为什么还要我丢一次脸?

"只要看一眼,爹就知道能不能治。"汪槐说。

"怕什么呢?爹妈是看着你长大的,过去能看,现在也能看。"刘双菊说。

汪长尺明显感到不适。汪槐说我忍气吞声地待在这里,就是想找机会看看你的伤口。不看,我心里一直吊着。看了,我才放心回家。你是我们身上掉下来的肉,你痛,我们也痛,你的伤也是我们的伤。汪长尺忽地站起来,脱下裤子,近乎咆哮:"那就看吧看吧看吧……"说着,他把头叩在墙上,全身像打摆子那样战抖。汪槐和刘双菊隔空看着。汪长尺的鸡鸡也在哆嗦。刘双菊走过来,帮他提起裤子,就像小时候帮他提裤子那样提起来,扎紧。汪槐说形状完好,拉尿痛吗?汪长尺摇头。汪槐说那就不是病,而是一时半会被吓住了。记住,只要还有一口气,你就不要放弃。

"我都输得一丝不挂了,还有什么可以放弃的?"汪长尺说。

"好好培养大志吧。"汪槐说。

48

汪槐和刘双菊回乡下去了。小文上夜班去了。屋子里就剩下汪长尺和大志。大志没睡之前,汪长尺还可以和他说说话,虽然他不一定听得懂。但大志睡了以后,汪长尺就哑巴了。他关掉灯,睁着眼睛躺在床上,想小文在干什么?在和谁说话?是不是已经?或者……每当想到"或者",他就闭上眼睛。可他把眼睛闭痛了,"或者"还是"或者",那些不堪的画面,在他脑海里怎么也挥之不去。他曾无数次地关灯、开灯,摊开高中课本复习,想再参加一次高考,以期改变现状。他以为一手抱着大志一手做试题,就能增加成功的概率,因为当时报纸宣传的成功者,大都来自逆境。他们要么身患绝症,要么缺手断腿,要么晕倒在工作岗位,要么家破人亡妻离子散。汪长尺完全具备以上条件,就差成才。可是,他复习着复习着,课本上的字就跳起来,它们跳成了水珠、砖头、沙石,甚至跳成汪槐的眼睛,最终一片模糊。一看课本他就想睡,一躺到床上他就清醒,两边不到岸,两头不讨好。

小文深夜回来,余兴未了,洗完澡便挑逗汪长尺,好像外面的大餐没吃饱,回来后再煮一小碗面条。她挑逗的方法越来越多,但他的下体始终没反应。他羞愧得不敢睁开眼睛,觉得这是她的好意,目的是想把他唤醒。但他又觉得这是她的习惯性动作,只不过从 A 身上换到了

B身上。或者,这是她表达歉意的一种方式?也许是同情?也可能是施舍?有时挑逗着挑逗着,她睡着了。他把她的腿从身上拿开,就像拿掉一截木头。他想难道我要这么煎熬一辈子?我这么过一辈子自己可以糊弄自己,但将来怎么糊弄大志?那么,离婚吧?抱上大志离开,趁他还没记忆就把母亲删除。这样做是不是太狠心?但不下狠心,那这个不干不净的背景,就会像牛皮癣广告终身贴在大志这根电线杆上,撕不脱,擦不掉,弄不好他就混成反面人物。想着想着,汪长尺恨不得马上起身,来一次说走就走的切割。他的手臂一撑,竟然没把自己撑起来,好像身体很沉重,也仿佛"起来"只是一个念头。他想要是现在离开,那我就得公鸡带仔,就没法打工挣钱,总不能带着大志去砌墙吧?别说工头不允许,就算他允许,我也不会把大志带到那种破地方。先别讲搅拌机的噪音有多刺耳,也不讲掉砖头落钢筋有多危险,光那些灰尘就得把大志呛死⋯⋯

汪长尺翻来覆去,发现他想到的每条路都是断头路,不仅走不通,还撞痛他的脑门。他捂着脑门想,就这样得过且过吧,堕落谁不会?越堕落越美丽,越堕落越快活,只要敢把尊严像痰一样吐掉,只要敢降低对大志的期待,这么过下去不是不可以。真的可以吗?汪长尺心有不甘。他把小文摇醒,说你能不能改行?小文睡眼蒙眬,说改行可以呀,除非你能上我。话音未落,小文又睡着了,留下汪长尺一个人脑游。

几天后,汪长尺跟小文又谈了一次改行的事。汪长尺说我是郑重的。小文说我也是郑重的。汪长尺问你的郑重是指什么？小文说我的郑重就是除非你能上我,否则别跟我谈改行。我是一个活人,需要正常的夫妻生活。汪长尺的虚汗一下就飙上来。他说不改行那就离呗。小文说随你的便。没想到小文这么爽快,连眼皮都不眨一下。汪长尺说你还真同意离呀？

"不是你提出来的吗？"小文说。

"我以为你会留恋。"

"谁会留恋坏的？"

"这么说婚迟早得离？"

"我还以为你说马上。"

"如果离了,大志跟我。"

"跟谁都可以,就是不能跟他妈。"

"原来你不爱他？"

"你说呢？"

"我怎么知道？"

"你也就这点优势了,何必拿来欺我。"

"怎么又变成我欺你了？"

"你不就想炫耀你干净吗？我承认我脏,不配做大志的妈。这下你舒服了吧？"

汪长尺不爽。小文也不爽。两人憋了一肚子怨气,走路都飘着。虽然离婚是他提出来的,但他还是觉得来得太快。汪槐好像知道他的想法,给他寄了一个包裹。他打开

一看,里面全是草药,夹着一封信:

长尺:

　　这些药都是光胜配的,我担心草药伤身,也怕它没疗效,先试吃了两个月。原本只是帮你试吃,没想到在我的身上有了反应。它竟然把我的下体治好了。怕你不信,我叫你妈也签了一个名。她说好,那才叫真好。这是我们家的救星。你放心吃,两个月保证见效。

　　另外,你爷爷又给我托梦了。他叫我转告你,赶紧让大志离开他妈,否则必有灾祸。

保重!

爹汪槐　妈刘双菊

在刘双菊的名字旁,有一个红红的手印。汪长尺怎么看,都觉得那个手印是他爹的托,像包医百病的假广告。省医院的药都治不好,凭什么光胜的药就能治好?光胜又不是不认识,从小就看过他哄鬼,现在又来哄我。汪长尺随手把包裹丢到屋角。

他根据电视上提供的地址,找到了一位心理医生。心理医生说你这个病不是生理上的,而是心理上的,最大障碍就是你嫌小文不干净,心理排斥。他问能治吗?

"能治。"

"怎么治?"

心理医生让他躺在床上,叫他闭上眼睛。这下,他不光排斥小文,连心理医生也排斥了。心理医生请他用最快的速度,说出十种他认为最肮脏的东西。他说大便、鼻涕、灰尘、跳蚤、腐败、局长、林家柏、泥巴、手、荣荣、臭脚、农村……他一口气说了十二个。医生叫停,又请他用最快的速度说出十个最想感激的人。他说爹、妈、大志、小文、二叔、班主任、刘建平、张惠、刘白条、张鲜花。医生说其实在你的潜意识里,你没觉得小文脏,但你的表意识却排斥她。表意识不是你的真实意图,而是外部环境或者说集体意识强加给你的。你看《水浒传》里的潘金莲,表面人人喊打,但内心个个都想跟她睡。"秦淮八艳"知道吧?她们要是放在今天,个个都是女神。杜十娘你懂不?就是怒沉百宝箱的那位。只要一总结,你就会发现凡是从事这一行的,人人都是烈女,位位都有气节,潘金莲除外,她是勾引,相当于业余爱好,不是专业人才。所以,首先你要去掉小文不洁的念头。要去掉这个念头,有个方法,就是经常想想你儿子喝奶的画面。你不觉得这个画面很美很圣洁吗?婴儿喝奶的时候,不会问喂奶人的身份。而婴儿的态度,就是人最根本的态度。

　　虽然医生没能一次性说服汪长尺,但汪长尺还是继续来听他瞎掰。后来,因为费用太高,汪长尺就停了。一天晚上,小文习惯性地挑逗汪长尺。需要特别强调,这只是习惯性挑逗,而非缓和关系行为。也许半梦半醒中,小文以为自己还在上班。没想到,汪长尺竟然行了。别说小文猝不及防,就连汪长尺的脑袋里也"轰"地一炸。炸过之后,就是彩旗招展锣鼓喧天鞭炮齐鸣。他说现在你可以改行了吧?

小文咬住嘴唇,一声不吭。汪长尺发狠,越来越发狠,持久地发狠,他想你不答应,我就不下来。小文终于扛不住,松开牙齿哼哼。她越哼越大声越哼越嘹亮,说我改,我改行还不行吗?

小文在屋里待了三个晚上,就坐不住了。她掰着指头跟汪长尺算账,说一天晚上损失多少多少。汪长尺就讲她说话像排气那样不算数。她说当务之急是赚钱,而不是讲什么面子。人生有几个阶段,要一个阶段一个阶段地来,不能一下就跳到最高阶段,讲面子很重要,但它无论如何也不应该排在有钱的前面。这工作靠的就是一张皮,年轻时不抓紧,晃眼就黄。等我挣够了钱,再改行不迟。

"要有多少才算挣够?"汪长尺问。

"够大志上学,够我们在城里买一间房子。"

汪长尺心算了一下,要挣那么多钱,小文至少要卖一辈子。现在,他总算明白了,摆在他们面前的困难,不是他能不能上她的问题,而是有没有钱的问题。这么简单的问题,他竟然需要一个半文盲来启蒙。

49

汪长尺辞掉泥水工,缴了一千块学费,到油漆培训班学习。每天下课,他都挎着一书包"叮叮当当"的东西回来。等小文上夜班了,大志睡觉了,他就掏出瓶瓶罐罐和大小不一的木块,摆在屋子里刷油漆。开始他只能在木块上刷出不同的颜色,后来他能在木块上刷出不同的纹路。他把屋角的木箱重新油了一遍,那箱子就不是原来的箱子,仿佛是件老古董,立马显得高大上。他把门板和窗框都油了,屋子里到处都是油漆的味道。房东闻到了油漆,跑到二楼来一看,抽抽鼻子,点点头,请汪长尺把一楼到五楼的所有门板和门窗都油一遍。二十多扇大门,二十多个窗框,二十多个卫生间隔门,汪长尺油了不到十天,却赚到了做泥水工时一个月的工钱。他把钱递给小文,说我们就要发财了,你能不能改行? 小文接过钱来数了数,说这也叫发财呀?

"不要只盯着数量,能不能注意一下赚钱的速度?"

"速度? 你有我赚得快吗?"

"也不能只关心速度,还得闻闻味道。"

小文闻了闻钱:"不都是油漆的味道吗?"

"再闻闻你的。"

"你到底想说什么?"

"没闻过吗? 你挣的钱有精子的味道。"

小文把汪长尺按在床上,扭住他的一只耳朵。汪长尺"哟哟"地叫着。小文咬牙切齿:"你还多嘴不?"

"不敢了不敢了。"

"发誓。"

"要是再敢嘲笑你的职业,我就头顶长疮,脚底流脓。"

"发狠一点。"小文用力一扭。

汪长尺一声惨叫:"要是再敢嘲笑你,我就被枪打死……"

小文这才松开手。汪长尺摸着被扭痛的耳朵,说大志,你妈太彪悍了。大志双手一扬,一落,萌萌一笑,好像听懂了似的。隔三岔五,汪长尺和小文就会有一场打闹,皆由汪长尺的冷嘲热讽引发。开始,小文是真生气,所以出手较重。汪长尺的耳朵、鼻子或屁股常有瘀青。但慢慢地,打闹变成了娱乐。谈论小文的职业,竟成了他们交流的热门话题,好比夫妻之间谈论屁,开始还有不适感,但放多了谈多了便成自然。如果汪长尺好久不谈论了,小文会主动谈论。她谈论客人的身份,谈论客人的狼狈,还谈论客人的各种嗜好。她一边谈,汪长尺一边讽刺,就像逗哏与捧哏,一个愿打一个愿挨。讽刺得越狠,她越受用,仿佛感冒时喝了一碗热辣姜汤,通过冒汗把病毒从体内逼出。而汪长尺的讽刺也仅仅是讽刺,他竟然不像过去那样生气了。他不生气,小文不但不高兴,反而失落。

汪长尺到仿古家具厂做油漆工,一上班就得戴口罩,因为油漆太呛,有时半天都不想喷一句话。他静静地蹲在家具中间,小心地刷着。那些榫卯结构,常常让他想起自家的屋梁,想起毛木匠凡木匠。看到美艳的木纹,他会想起自家的楼板,想起村前屋后的树林、坳口的大枫树、"毕毕剥剥"燃烧着木柴的火塘……有时,他会把家具当成乡亲,每件都有名字,有叫汪槐的,也有叫刘双菊、建平的,还有叫小文、大志的。不说话真是太好了,他可以想得很远,想到没有边,也可以想从前没认真想过的。闭上嘴巴,大脑发达。他发现自己变聪明了。

聪明之一：辞职，到马路边去摆摊，自己为自己打工。虽然摆摊不是天天有活，但撞上狗屎运，一单就能赚到千儿八百；聪明之二：不穿太好的衣服，但绝对干净。头发不乱，面带笑容，十根手指不沾一滴油漆，看上去既像打工仔，又不脏乱差；聪明之三：复印自己的身份证，贴在漆过的样板上，主动让自己透明，打消顾主的提防。因此，每当顾主一来，十有八九会从人堆里挑中他。有的油漆工干坐几天没人挑，而他干坐的时间不会超过一天。他油过门楼、椅子、柜台、床、衣柜、书柜、沙发、书桌、饭桌、鞋柜等等，进过会议室、办公室、食堂、营业厅、李家、赵家、黄家、张家、朱家、韦家、周家、胡家……挣的钱越来越厚。

某天深夜，他像受了刺激，坐在床边看着熟睡中的大志发呆。大志已经会叫爸了。别的孩子开口先叫妈，但大志最先叫的却是爸。为此，小文常常抱着大志发牢骚，说我怀你，奶你，疼你，你不领情，却懂得讨好你爹，小不点一个，比大人还势利，一看就晓得将来不会孝顺妈。汪长尺解释，说大志之所以先叫爸，是因为胎教时他给他唱过几十首歌。小文不认可，说大志尽管是自己生的，但毕竟是汪家的种，大凡汪家的种都会歧视她。汪长尺无语，小文心塞，直到大志懂得喊妈妈，直到每天喊妈妈的次数超过喊爸爸，小文的胸下才算通畅。现在，大志不仅会喊爸妈，还会说爷爷、奶奶、帽子、口盅。他每发出新声，汪长尺就莫名地紧张。别的爹妈盼孩子快快长大，而汪长尺却盼大志长慢点。

"嘎哒"一响，门被推开，小文回来了，说你为什么不睡？汪长尺说反正睡不着，不如看看大志。大志这会睡得正香，脸上肉嘟嘟的，皮肤白里透红，神态可爱之极。小文想亲大志，汪长尺把她推开，说先洗澡先洗澡。小文洗完澡，汪长尺叫她把存折拿出来合计合计，看看一共有多少？小文拿出存折心算，说出一个总数。尽管她识字不多，但算钱从来不错。汪长尺问这么多钱够大志读书了吗？

"只够他读到高中的学费，他没城市户口，每进一扇校门就得缴一笔赞助费。"小文说。

"一般赞助费是多少？"

"有关系的一两万，没关系的十万八万。兴泽的小孩进幼儿园，听说赞助了五万。赞助少了，连门都不让进。"

"这么贵的门票，你说我们农村人买得起吗？"

"所以我才拼命挣钱。"

"就算挣了十万八万，费了九牛二虎之力，把大志送进去，但你能保证他成才吗？"

"进去不一定成才，但不进去肯定成不了才。"

"万一不成才，他就得过我这样的生活。"

"那就看他的命了。"

"其实，我们可以变被动为主动。"

"怎么变？"

"把他送给有钱人，即使成不了才，也能荣华富贵。"

"放你妈的狗屁。大志是我的仔，谁也别想拿走。"

小文抱起大志，紧紧地抱住，生怕被人一把夺去。汪长尺说我一边刷油漆一边想，想了足足半年，才有勇气说出来。能说出这句话的,一定不是人,而是畜生。可是,我刷了那么多油漆,看了那么多有钱人的房子和家具。我羡慕呀,我生气呀,同样是命,为什么差别那么大呢?是我不够努力吗?或者我脑壳比别人笨?不是,原因只有一个,就是我出生在农村。从我妈受孕的那一刻起,我就输定了。我爹雄心勃勃地想改变,我也咬牙切齿地想改变,结果,你都看见了。我们能改变吗?也许会有一点量的变化,比如,多挣几块钱,但绝对做不到质变。牛就是牛,马就是马,即使把它们牵到北京上海,也不可能变成凤凰。小文不停地摇头,说你癫了,一定是癫了,当初你为了劝我不打胎,竟然冒死从工地的脚手架上摔下去。现在困难都熬熟了,你却要……小文再也说不下去了。

　　汪长尺说当初我不知道现实这么狠,斗了几个回合,才明白它是关羽我是华雄。那时我以为命运靠拼,现在我认为命运靠想,想就是动脑子,就是思考,就是从体力变成脑力。要说舍不得,我比谁都舍不得大志。我恨不得把他含在嘴里,恨不得帮他去摘星星,但你有这个想法,还得有这个实力。账你算过了,我们的实力远远不够,要是再算上生老病死、讨媳妇、买房子,那我们的实力还能叫实力吗?如果大志笨一点丑一点,一辈子跟着我刷油漆,我也就认了,偏偏他机灵,长得好看,让他刷油漆简直就是暴殄天物。也许现在你觉得我残酷,但将来大志过上了好生活,你才佩服我的良苦用心。现在残酷,那是残酷我们自己,将来残酷,那是残酷大志。你掂量掂量,趁大志还没有记忆,赶紧做个决断。

小文把大志哭醒了,两个人一起哭,一个声音低沉悲伤,一个声音清脆响亮。汪长尺听着听着,鼻子一阵阵酸。

50

从此,小文不再上夜班,白天黑夜不离大志左右。有时,汪长尺伸手想抱大志,她竟下意识地躲闪,警惕地注视。汪长尺说我是他爹,不是人贩子。那是个缺胳膊断腿的主意,这几天我一直在扇自己耳光。小文将信将疑,把大志递给他。他的鼻子凑到大志的脸上深深一吸,心肝肺顿时融化。他说其实,富人有富人的烦恼,穷人有穷人的快乐,不一定非得过他们那样的生活不可。小文说你差点把大志当垃圾扔了。汪长尺说那不叫扔,叫定点投放。

"你打算把他定点到哪里?"小文问。

汪长尺不语,眼珠子呆定,好像酒精中毒,又像是在回忆。小文说当初嫁你,以为你善良,现在才晓得你心烂。汪长尺的眼球一动不动,仿佛突然瞎了。小文说想让大志过好生活,当爹的为什么不努力?哪个富人不是穷人变的?你太投机倒把了。汪长尺不驳,任凭小文讽刺,反正他也没少讽刺过小文,现在也该让她挖苦挖苦自己了。小文说我看你连嫖客都不如。这句话像一根棍子,终于撬开了汪长尺的嘴巴。他说首先,我承认自己不如嫖客。嫖客是什么人?有钱人。像我这种无钱户,每分每厘都想攒着,哪舍得

247

嫖呀？其次必须声明,我的心没烂。我给大志找的那户人家,爷爷是个当官的,奶奶是个老警察,母亲是大学副教授,父亲是老板,家里有权有钱,大志要落到他们家,那才叫享福。

"这么好的家庭,他们自己不晓得生呀？"

"副教授怀不上。"

"你是怎么知道的？"

汪长尺不答。小文也没再问。她开始上夜班了。每天晚上回到楼下,她都放慢脚步,想象推开门之后大志不见了,他已经落到有钱人家里去了。但每次推开门,大志都还在,他躺在汪长尺的身边,呼吸均匀,即使睡着了也还咬着自己的小指头。以前小文回来,第一件事是洗澡。现在她回来,第一件事却是看大志。有时看呆了,半小时都一动不动。她给大志买了许多新衣服,一天换一件。她把汪长尺过去捡回来的旧玩具统统丢了,重新给大志买新的。她还给大志买最好的奶粉,最好的婴儿车,让大志过得像个富二代。每天给大志洗澡的时候,她看得特别仔细。大志后脖子上的黑痣,肚脐眼的形状,头上的发旋,小手指小脚丫,她都一一默记,好像记住了就没人敢偷。

"他们家真有你说的那么好吗？"小文忍不住问。

"谁家？"汪长尺一时没反应过来。

"什么时候你带我去他们家看看。"

"开什么玩笑,你以为是走亲戚吗？"汪长尺总算反应过来了。

"既然觉得他们家好,为什么不趁我上夜班的时候,把大志悄悄送过去?"

"你同意了?"

"为什么非得要我同意?"小文忽然咆哮。

"那……那我现在就送。"汪长尺抱起大志。

小文一把夺过来:"你不能让我眼睁睁地看着他走。"

汪长尺不停地拍脑袋,站也不是,坐也不是。他说我不是没动过悄悄把他送走的念头,但我抱着他走到门边,腿就硬了,再也走不动了。我一次比一次走得远,最远都走到了西江桥,结果他一哭,我的心就软了,又抱着他走回来了。

"你还想不想让他过好生活?"

"想,但是我下不了手。"

"那就让他跟你刷一辈子油漆吧,就让他一辈子恨我。"

"也许,他能考上大学。"

"你爹当年也是这么想的,结果你没考上。"

"哎……"汪长尺叹了一口长气。

又过了一星期,小文半夜下班回来,远远看见一个人影站在楼下。她的腿突然就硬了,胸口一阵剧痛,痛得她不得不原地蹲下。人影走过来,果然是汪长尺。他把她搂进怀里,说本来我想到洗脚城去接你,但我的身子一下就抽空了,再也走不动了。小文狠狠地扇了他一巴掌,说汪长尺,我会恨你一辈子。

第六章 拼 爹

51

　　三个月前,汪长尺拿到了一单孤儿院的生意,就是给旧床架重新刷一遍漆。院方说经费是别人赞助的,赞助者不仅要求监督这笔经费的使用,还要亲自决定油漆的颜色。汪长尺如约来到孤儿院,一进门就看见两个女的坐在葡萄架下,一个是院长赵定芳,另一个是赞助者方知之。她们有说有笑,看上去亲密无间。天气闷热,葡萄藤上的叶片在阳光照射下一面亮一面暗,亮的那面闪闪发光,像一块块悬空的碎玻璃。架下挂着葡萄,还没有成熟。水泥地面的热气反射上来,她们的额头冒着细小的汗珠。一份合同摆在水泥桌上。汪长尺想区区三十多张小床架,犯得着这么正式吗?弄得跟日本受降似的。但方知之一脸严肃,她要汪长尺逐字逐句地看。在汪长尺看的时候,她两次提醒:"你看得懂吗?"毕竟参加过两次高考,他当然看得懂。合同写得很详细,细到用什么牌子的油漆,细到必须把床架搬到院子里来刷,细到必须用蓝色,不,是天蓝色……李定芳说合同都是方老师起草的,之所以把床架搬出来,那是为了避免甲醛、重金属和甲苯类化合物对孩子们造成伤害,之所以刷天蓝色,那是因为她想让孩子们联想天空、海洋、鱼类,甚至幸福。汪长尺忽然感到羞愧,他想自己在租屋刷木箱门窗时,从来没想到过油漆对大志的伤害,反而觉得它的味道好闻。羞愧之余,他有一丝感动,说那我再降一点价钱吧。方知之说 No,价钱不是问题。

汪长尺和刘建平把床架搬到院子里,整齐地排列着,哪怕有一点不整齐,汪长尺都要纠正,仿佛是扯着线摆的,仿佛要摆给那个认真的人看看,他们有多认真。刘建平负责打磨,汪长尺负责刷漆,他们都戴着草帽和口罩。烈日炎炎,粉尘飞扬,油漆的气味在空中飘荡。刘建平率先把口罩摘了,他习惯一边干活一边说话。要知道,他帮别人索赔或者医闹时,靠的就是一张嘴,这张嘴无论如何也不愿意让口罩长期闷住。它要感叹时势,表达愤怒,还要抱怨社会不公、怀才不遇,最后发出疑问:"难道我们就这样过一辈子?"

"不这样,又能怎样?"汪长尺也把口罩摘了。

刘建平不服,觉得自己至少应该是个律师,即使再潦倒,也不至于沦为油漆工,严格讲,现在他连油漆工都不是,顶多是个帮油漆工打下手的。所以,他认为自己应该有一杆枪,像那个谁谁谁拉一支队伍上山。发现此路不通,他又认为自己应该做佐罗,除暴安良,专杀坏人,而且还要在坏人的身上留下一个大大的"Z"。他的角色变来变去,要么英雄要么领袖,说到激动处,扔下砂纸就走,同时扔下一句:"老子他妈的不干了。"有时,他走了几步就返回,有时他走了半天也不回来。汪长尺慢慢消化他的言论,觉得他想做的角色,无一例外都是自己想做的,只不过他说出来了自己没敢说出来。但汪长尺跟他也有区别,那就是他可以甩手"不干了",而自己却要留下来,一刷子都不能少。

赵定芳有空的时候,会给汪长尺送一瓶水,外加一句:"师傅辛苦了。"汪长尺工间休息,看见赵定芳一人坐在葡萄架下办公,就没话找话,说那个赞助油漆的长得好漂亮。没想到赵定芳嘴一撇,说光漂亮不行,还得有本事怀孩子。汪长尺发觉口误,赶紧咬住舌尖,想她那么漂亮,那么有气质,估计还那么有钱,却偏偏不让她有孩子,老天爷真是太会开玩笑了。在跟赵定芳断断续续的对话中,汪长尺得知赞助者在大学教英语,因婚前打过两次胎,输卵管堵塞,吃过中外许多名药,看了不少治疗不孕症医院,但均未把输卵管打通,于是想到孤儿院来收养一个孩子。

隔三岔五就有人到孤儿院来收养孩子,连外国人都来。他们像挑货物那样,东瞄瞄,西看看,发现中意的就办手续抱走。汪长尺刷床架期间,有五对外国夫妇领养了五个孤儿。他们办手续时,汪长尺就站在门边看热闹,偶尔听懂几个英语单词。他发现赵定芳有三个重要的本子,一本记录孤儿的情况,一本记录收养者的联系方式,还有一本较薄,专门记录收养者的预定。趁赵定芳忙乱,汪长尺偷偷翻开那本薄的,看见方知之的名下写着"男婴,健康,B型血",还有一个电话号码。就在看见"B型血"的一刹那,汪长尺的身体仿佛被抽空了,眼前一黑,差点摔倒,连虚汗都冒了出来。为确保万无一失,晚上他回到住处后,从箱底翻出汪大志出生时的资料,眼睛盯住血型那栏,手突然就抖,抖得就像患了帕金森氏综合征。

余下的就是对方知之家庭的摸底了。这是一道难题,太明显会引起方知之注意,太隐蔽什么信息也得不到。他去方知之工作的西江大学外国语学院打了一转,谁都不认识他,他也不认识谁,别人看见他远远就躲,好像他是来搞推销或偷盗的。他也曾悄悄跟踪方知之,但跟着跟着就跟丢了。一度,他想破罐子破摔,直接把大志投放到孤儿院,可他害怕万一中间出什么差错,大志就传不到方知之手里。虽然他还没有摸清方知之的家庭,但从她的身份、着装和谈吐来判断,她的家庭差不到哪儿去,更何况她还有钱做慈善。现在的难题是如何找到方知之的住址?电话号码当然可以利用,但不到万不得已千万不能用。因此,他在心里暗暗打了一个赌,如果赢,那就是天意。

终于,他把床架刷完了。床架整齐地排在院子里,就等太阳把它们晒干,风把它们吹干。油漆没用完,要在平时汪长尺就节约下来,做另一家的生意。但这次他不想节约,便把孤儿院卧室的天花板全部刷成了天蓝色。他怕油漆干得慢,所以刷得特别匀特别薄,还叫赵定芳调了几台电风扇对着天花板直吹。结果,床架干的时候,天花板也干了。方知之到孤儿院来验收,知道汪长尺免费刷了天花板,就觉得他厚道,要请他到家里去油沙发。汪长尺心里惊叫:"天哪,难道我真的赢了?"他在心里暗暗打的那个赌,就是赌方知之请或不请他到家里去刷油漆。

汪长尺去的不是方知之家,而是她的父母家。她的父亲是个专门管建筑的官,叫方南方,喜欢红木家具。他喜欢红木的原色,从不允许刷漆,但久而久之,红木开裂的开裂,烫伤的烫伤。有人给他出个主意,说只要在红木的表面刷一层清漆,这样既能享受红木的原色,又能让红木不裂不伤。方南方很早就采纳了这个意见,却一直没时间实施,现在方知之向他推荐汪长尺,他就点头同意了。汪长尺来到方家,陆珊珊请假全程监工。陆珊珊是方知之的母亲,文职警察,过两年就退休。汪长尺刷到哪,她就跟到哪,表面收拾杂物,其实暗中监视,生怕汪长尺碰伤家具或偷什么东西。汪长尺一边刷一边观察,屋子四室两厅,大件家具全是红木,墙上挂着字画,架上摆着古董,储藏室堆满了酒。他一看墙壁,陆珊珊就说字画是假的。他一看古董,陆珊珊说古董也是假的。他扭头瞥了一眼储藏室,陆珊珊说酒就更假了。汪长尺一声不吭地刷着,陆珊珊却滔滔不绝,说家里如何如何困难,老方如何如何把所剩的工资全部拿来买了红木,现在手上一点现金都没有。虽然她装穷叫苦,但汪长尺知道这是一个富裕的家庭,大志要是能够进入,那就是他前世修来的福分。

汪长尺刷完衣柜刷梳妆台,刷完梳妆台刷书桌,刷完书桌刷书柜。书柜里摆着许多照片,照片里竟然有林家柏。他搂着方知之在埃菲尔铁塔,在威尼斯,在富士山,在自由女神前……也有一家四口的合影,他站在他们身后,一脸的谄媚。真没想到方知之的丈夫是他,汪长尺一下就蒙了。他想我总不能把大志送给自己的仇人吧?

52

这是他想得最多的一天,因为不停地想,脑子里像长了老茧,时针仿佛刷了油漆,走得好慢。晚上,他在租屋里自个喝了半瓶白酒,把林家柏跟他的交集过了无数遍。第一遍:我替他坐过牢。他欠过我工钱。他叫人用刀捅我,我差点失血而死。他谋害黄葵,嫁祸于我,让警察到谷里抓人,害得全村人人自危,集体失眠。我在他的工地摔成阳痿,他竟然不赔我精神损失费,拦车他不赔,打官司他不赔,爬脚手架他也不赔,还跟我玩消失,什么东西?什么货色?毫不夸张地讲,是他毁了我的心情,坏了我的人生。

第二遍:我是替他坐过牢,但他付过我费用。当时工头何贵人间蒸发,欠了我三个月工钱。我躺在县城的那个工棚里饿得肚皮巴背、头昏眼花,缺吃就像缺氧,几乎就要翻垃圾桶了。要不是有他这单牢坐,我挣不到那一千多块,也不可能汇钱给我爹还债。因为欠债,我家的猪油、母鸡、柜子,甚至我爹的棺材都被人搬走了。换一个角度,能不能说是他救了我们一家？不错,县城那个工地是他公司承建的,何贵欠钱准如他欠。但被欠的不只我一个,许多人,包括刘建平等等都没拿到工资。所以,这一欠显然不是专门针对我汪长尺。那是县政工程,据说是因为县里欠了他,他才欠我们,至今那幢楼都还烂尾。当时,他也曾委托黄葵补给我九张大票,但条件是要我从他眼前消失。几百个民工他都没给补钱的机会,独独把机会给了我,难道这一举动就没半点善意？天下是谁的天下？地盘是谁的地盘？凭什么他叫我消失我就消失？也许,这只是他需要的一个台阶,是他补钱之后说的气话。可我年轻气盛,偏要把尊严排第一,没给他机会。不知道是哪根筋突然抽搐？我连牢都帮他坐了,连裤子都当着黄葵的面脱了,哪还有资格讲什么尊严。要是在今天,我不会为争一口气,为那一丁点残留的尊严放弃自己的薪水。钱有多好,贫穷了才知道；人有多傻,吃亏了才晓得。现在我终于明白成熟的代价有多高。至于捅伤我,不用争,那就是黄葵布置手下干的。黄葵干的,能不能算在他林家柏的头上？这是一个问题,就像哈姆莱特的"生存或死亡"？也许是黄葵意气用事,也许连黄葵都被蒙蔽了,而是黄葵的小兄弟们擅自行动。这一单可以算在林家柏的头上,也可以不算在他的头上,就看需要。后来,黄葵不是跟他闹掰了吗？说明他们并非铁板一块,也非生死同盟,而是各取所需。天下乌鸦一般黑,但黑里还有暗黑、深黑、浅黑,不一定非得把黑全当敌人,其中一部分是可以利用的,也是可以团结的。况且,黄葵也不是什么好鸟,动不动就掏菜刀,一句谈不拢就砍手指。他不死在他手里也会死在别人手里,只不过死法不同,或死于车祸,或死于爆头,或死于跳楼。再说,黄葵是不是他谋害的?还有待证实,据刘建平讲到现在警方都无铁证。我犯不着为一个谣言去仇恨林家柏吧?也似乎不应该替黄葵去生林家柏的气。说白了,他们都是一路货色,为谁都是为虎作伥。另外,警察去谷里抓我也不是没一点道理,毕竟我跟黄葵曾经结仇,毕竟我有作案动机,谁能保证一个小小县城的警员,其水平可以等同于福尔摩斯或黑猫警长?他们有压力,也想立功,当他们立功心切时,第一个就该想到我。傻瓜才不会想到我。哪怕找个替死鬼,我也是不二的选择。说真的,我是警察我也会这么想,至于我摔成阳痿这事,细细想来他也有他的道理。他在我住院的第一时间垫支了医药费住院费,在我们没有达成赔偿协议之前,就让安都佬先送来两万块钱。因为有了这笔巨款,我才有资格劝小文别打胎,才保住了大志。天哪,大志竟然是他保住的,怪不得我总想把大志送给他们,原来冥冥中自有天意。你就顺了吧,汪长尺。有的人在工地受伤,连基本赔偿都拿不到。精神赔偿是什么?那都是外国人叫嚣的玩意,拿过来不一定实用。况且,你的阳痿也是假痿,现在不是坚挺了吗?要是他知道你坚挺了,还可以反告你敲诈。连小文都怀疑你是假摔,你为什么不能自我怀疑一下?当然,你不会承认,但心理医生说每个人都有潜意识,你敢发誓你这一摔就没有潜意识?也许人家没那么坏,而是我把他想坏了。

第三遍:汪长尺,你就像隔夜的米饭,馊了。你把坏人想了两遍,就想成了好人,什么节奏?哪怕你想三回才改变,我的心里都舒坦一点。没想到,两遍你就投降了,比拉稀还快。你还是原来的你吗?凭什么我要做原来的我?难道教训还不够深刻吗?那也不能跌破底线,你的脸呢?你的脊梁骨呢?连孩子你都不要了,这辈子你还有什么盼头?正是想有一点点盼头,我才把他送给别人。要是把他留在手上,绝望就得从现在开始。那也不能送给仇人。他是仇人吗?当然,至少还没有第二个像他这样令你憎恨的……

一天下午,汪长尺在方家低头刷漆,林家柏突然开门而入。他们对视了一眼,林家柏竟然没把他认出来。汪长尺想也许是因为我戴着口罩,也许他压根儿就没把我记住。我肉搏他的轿车,我在他的工地试图跳脚手架索赔,闹出那么大的动静,他都没把我记住,真是白忙一场,想想都觉得渺小。林家柏扭头朝卧室喊妈,我带了两只土鸡。陆珊珊说放厨房里吧。这时,汪长尺才发现林家柏的手里提着两只拔过毛的土鸡,因为刚才太紧张,他的视力都模糊了。林家柏问是煲汤还是炒?陆珊珊说炒。林家柏走进厨房,把其中一只鸡砍了,用姜酒盐腌上,另一只则放进冰箱里速冻。汪长尺想真是一个好女婿,会是一个好爸爸吗?直到林家柏关门离去,他都还在想这个问题。他想阿弥陀佛,要是我能轻易得到他家的住址,我就把大志送给他们,要是得不到,或者不是轻易得到,那老天就是要把大志留给我自己。

这次他没赌赢,刷完家具,领了工钱,他就没理由再待下去了。走时,他的整个身体都飘浮,脑子里全是挫败感,甚至责怪苍天中途而废,帮人不帮到底,杀鸡没一刀断气。但是,他的心还没全死,一线隐约的希望正揣在他的衣兜。那是一张照片,是林家柏和方知之坐在阳台上的合影。阳台蛮宽,上面摆着圆形小桌,桌上放着两杯茶或咖啡。方知之坐在林家柏的腿上,林家柏坐在椅子上。他的两手紧紧搂住方,压得方的双乳都移位了。他们一个穿沙滩裤,一个穿睡衣,都笑眯眯地看着镜头。由于相机的位置比他们高,阳台下的树和远处铺着塑胶跑道的田径场都挤进了画面。从树干的粗细和树枝与阳台的距离,大致可以判断这个阳台离地约五层或六层楼高。

第二天,汪长尺在西江大学校园找到了这个田径场。举目一望,他发现了紧挨着田径场的几幢低层建筑。根据照片拍摄角度,基本能够断定林家柏和方知之家的阳台位置。这幢楼在校园外面,一边阳台对着田径场,另一边阳台面临西江。傍晚,汪长尺在附近蹲守,果然看见方知之下班回来,从楼道里走上去,一直走到五楼才停住。掏钥匙的声音,开门声和关门声先后传来,汪长尺也是醉了。他远远地看着五层的阳台,心里还在犹豫徘徊,因为他打赌时说的是轻易获得地址,而现在这个地址是经过技巧得来的,算不算违背天意?不算,他想,用一张照片就获得了一个地址,这不叫轻易什么才叫轻易?所谓的不轻易,应该是像前次跟踪方知之那样,跟着跟着就丢了,跟着跟着又丢了,甚至历尽艰辛,有可能被对方发现,有可能被对方报警,有可能在跟踪时被车撞伤,或者跟了十天半月仍然无果。汪长尺越想越觉得这就是天意。于是他又打赌,说阿弥陀佛,除非送出来的时候大志不哭。

53

"我可以对天发誓,大志真的没哭。"汪长尺说。

但小文不信,举起菜刀,逼汪长尺带路。当时大志睡着了,我把大志从床上抱起来,汪长尺一边说一边复原动作,就这样抱起来,走到门边。我想如果大志哭我就返回,如果大志不哭我就一直往前走。我在门口停了足足五分钟,大志一声不吭,好像默认。于是,我抱着他出门,就这样抱着下了楼梯,来到拐角。这里比较暗,路灯不知被哪个手贱的砸了,注意,这里有个台阶,你小心点,别崴着脚,别让菜刀伤了自己。恕我直言,你还是把菜刀收起来为好,否则大家都心紧。其实,你手里有没有菜刀,我都会带你去找大志。我带你去找大志,是因为我也想他了,而不是因为你手里有刀。有刀,大不了你割我一下,大不了你取我的命,可我连大志都不要了,还要命做什么?好好好,我不多嘴闲扯,我们继续往前走。慢,让我想想。我好像在这里站了五分钟,对,就在这个位置,因为怕杂货店里的老徐看见,所以我站在暗处。风"嚯嚯"地吹,马路上汽车轰鸣,但大志还是没哭。以前,只要我走到马路边,不管他睡得多沉都会醒来,甚至会大哭。但那天晚上他静悄悄的,呼吸均匀,像懂得我的心思。既然他没哭,我就继续往前,来到站台边。你看看,这里是二十二路、三十二路、十九路、七路车的站台,当时我想不管来的是哪一路,就上第一辆。正想着,车来了,我都没心思看是几路,便抱着大志钻了进去。

"到底是几路?"小文问。汪长尺发现菜刀已不在小文手里,便拍拍脑袋,说记不得了。小文把手伸进挎包,仿佛要重新提刀。汪长尺赶紧"哦"了一声,说七路,我想起来啦,是七路。

他们扭头看着,过了一辆三十二路,又过了一辆十九路,终于七路到了。他们钻进去,和那晚上的情况近似,因为夜深,车上还有空位。汪长尺说,我坐在第五排,对,就这个位置。刚刚坐稳,我的脑海就跳出一个"五"。我想这就是天意,老天在暗示我到第五站下车。小文看着窗外,汪长尺也看着窗外,他们一个看左一个看右。路灯一一闪过,沿途的店面灯光通明。忽然,左边的窗外出现了大志若隐若现的头像,他悬浮着,车走他走,车停他停。汪长尺把目光移开,但目光指向哪里,大志就出现在哪里。他不忍直视,闭上眼睛。闭呀,想呀……小文忽然踹了他一脚,说第五站到了。他们从车上下来,旁边就是西江公园大门。汪长尺说当时公园里还有热恋和夜练的人断断续续地出来,门口也有人不时经过,所以,我就把大志放在了公园门口,就放在这个位置。放下后,我陪大志坐了好久。我说大志,别怪爸爸狠心,爸爸这么做也是万不得已。你要是跟着我,一辈子受穷不算,还会得"勾脖子病",就是在人前抬不起头,常年脖子低垂,活得没有尊严,拿不到城市户口,进不了好学校,生不起病,住不起院,找不到满意的工作,混不好还退货,退货就是发回农村的意思,甚至腿瘸、阳痿、犯罪、短命。你若跟了别人,就像电视广告上说的一切皆有可能。你可能有享不尽的荣华富贵,可能会儿孙满堂长命百岁,也可能当上大官或者继承遗产,住别墅,开豪车,娶漂亮的老婆。最最重要的是,你会有体面的父母,没人敢欺负你,不再低三下四地求人,可以把头抬直了。虽然这只是可能,但有可能总比没可能强。敢把你从这里抱走的人,一定是有能力的人,至少能保证你这辈子不愁吃穿。若是你想过好日子,就别吱声;若是你舍不得爸妈,那就哭。只要你哭,哪怕是哼哼,我立马把你抱回去。可是,我等了一分钟、两分钟、十分钟,大志都没表态,好像听懂了我的话,假装酣睡,脸上甚至浮现笑容。这个忘恩负义的,竟然一声不吭,连个暗示都不给。你为什么不哭呀?大志……

"凭你的良心,你不会把大志放在这种地方。"小文说。

"那放在什么地方?"

"我只管要大志,不管你把他放在哪里。"

"要不回来了,他已经幸福了。"

"他在哪里幸福?"

"在别人家里。"

"别人家在哪?"

"在楼中楼,有落地玻璃,有真皮沙发,有红木家具,有席梦思,有大彩电,光卫生间都有三个。自从大志被他们领养以后,每天都有两个人侍候。他们家有豪车,有高楼。但他们没后代,财产将来都是大志的。大志投错了一次胎,这次总算是落对了地方。"

"带我去。"

"那就前功尽弃了。我要是大志,绝对不会回来。"

"你带还是不带?"

汪长尺摇头。小文扬起菜刀。汪长尺把手放到栅栏上,说你砍吧,哪怕你砍断我的手掌,我也不想毁了大志的幸福。小文的手微微战抖。汪长尺说如果你感到害怕,那就闭上眼睛再砍。小文闭上眼睛。汪长尺忽然觉得这个画面似曾相识,仿佛当年黄葵为了给他练胆,把手掌放在桌上鼓励他砍的情形。他说你砍吧,砍了你的心里会好受一些。小文的眼睛闭了又闭,真的砍了,但她没砍准,菜刀击中栅栏,"当啷"一声掉在水泥地板上。整个过程,汪长尺放在栅栏上的手一动不动。这就是他和黄葵的区别,一只手在菜刀落下时闪了,一只手仿佛成心要找痛。小文吓得全身哆嗦。汪长尺把她揽进怀里,紧紧地抱住。小文哭了。她说只要你把大志找回来,我就不再去上夜班,我会给他幸福。

"给不了,即使每天工作二十四小时,八十岁退休,我们也给不了他现在拥有的一切。"汪长尺一边说一边抚摸小文的背部。小文战栗着,抽泣着:"大志,你在哪里?听到喊声你就回来,听不到喊声你也要回来。大志,妈想你想得肠子都断了……"

小文的情绪时好时坏,好的时候她照常买菜煮饭上夜班,坏的时候她就逼汪长尺带她去找大志。每次出发,汪长尺都从床上抱起大志那一刻开始,一边走一边回忆给小文听。到了楼下的公交车站台,汪长尺便陷入迷茫,不知道该坐哪一路?小文一逼再逼,他们分别坐了十九路和二十二路,都是在第五站下车。十九路的第五站是个大型商场,二十二路的第五站是个科研单位。小文在这两个地方大哭,一边哭一边说大志的好,说他那么小就懂得打拍子,听到他爸上楼的脚步声就扭头看着大门,直到看见他爸推门而入,就露出满脸的笑容……汪长尺听得喉咙越来越紧,听得眼泪汪汪。他再也听不下去了,说走吧,我们去把大志接回来。小文抹着眼泪,跟着汪长尺。汪长尺一边走一边想,这会毁了大志,这会害了大志……于是,他带着小文随便上了一辆公交,坐到终点站才下来。小文问大志在哪里?汪长尺说我真的不记得了。

一天傍晚,汪长尺推开门,看见小文在床上叠衣服,旁边放着一口崭新的行李箱。饭没煮,菜没炒,屋子里顿时凄凉起来。汪长尺问你要去哪里?

"离开。"小文把衣服放进箱子。

"总得有个地方吧?"汪长尺把箱子合上,坐在上面。

"我说过,你找不到大志,我们就离婚。"

"我离了还有力气挣钱。你离了,将来靠谁?"

"天下那么多男人,就你有力气吗?"

"是有很多男人,但他们对你不一定有我这么好。"

"你把我的心肝宝贝都送人了,还好?"

"如果你实在想要孩子,那我们再生一个,也叫大志。"

"我只要原装的。"

无论汪长尺怎么劝,小文都不让步。汪长尺直接想到了最坏的结果,但是,他于心不忍。他想小文没文化,即便有男人娶她,也不敢保证不欺负她。现在她虽然能靠洗脚挣钱,但这脚不能洗一辈子,一旦人老色衰,或者染上什么病,谁来照顾她?想着想着,汪长尺就心痛,就想起小文当初在县城医院陪护他的日子,想起她没要一分彩礼就进了汪家的大门,想起她跟他进城后所受的苦累。他想她嫁给我,就是希望我帮她认生字,带她进城,要是我们分开了,谁帮她认字呀?她连"园""圆"、"坐""座"都不分,将来在城里怎么混?汪长尺心里原本勉强硬着的部分,现在正一点点融化,就像冰块遇热。他扛不住了,说走吧,我们去把大志接回来。

这次,小文提着行李箱。她说要是再找不到大志,我就不回来了。汪长尺想她这是破釜沉舟呀。到了楼下站台,没等汪长尺做出决定,她就直接上了三十二路。汪长尺问为什么是三十二路?她说你带我坐过七路、十九路、二十二路,就没带我坐过三十二路,你一定是坐着这一路把大志送走的。汪长尺想要是她有文化,那还了得,简直就是推理大师。公交车一路向西,他们一个看左,一个看右。两边的楼房不见了,只剩下空旷的夜空。过了西江大桥,楼房又回到窗外。忽然,小文踹了汪长尺一脚,说下去吧。汪长尺说这才第四站呢。小文说第五站。汪长尺说第四站。小文说第五站。汪长尺争不过,跟着她下了车。她问大志在哪里?

"在下一站附近。"汪长尺说。

"你为什么要告诉我?"

"怕你离开。"

她忽然就哭了,说其实我的心里很乱,我一边想大志,又一边劝自己把他忘掉,就像一边写字一边擦。我想把他找回来,又想让他留在有钱人家里。我想要他跟我们一起喝稀饭,又想让他过更好的生活。我的心都扯成了两半,你说我到底该听哪一半的?汪长尺说我们听老天的吧。小文说怎么听?汪长尺摸出一枚五分硬币,说落下时上面是国徽,我们就回,如果是五分,那就去接他。小文看着硬币发了一会呆,然后轻轻地点了点头。汪长尺把硬币高高地抛起。小文闭上眼睛。硬币落下,"叮叮叮"地晃了一会,再也不晃了。世界突然安静,安静得连汽车的声音都消失。汪长尺说你可以睁开眼睛了。小文不敢睁,说你告诉我上面是什么?

"国徽。"汪长尺说。

"真是国徽吗?"小文似乎不信。

"这是天意,你必须看一眼,否则将来你还会哭着找他。"

小文睁眼看着硬币,长长地叹了一声:"天哪!"

54

　　但是,小文还是离开了他。那是一周之后,汪长尺回到住处,没看见人,也没看见行李箱,只看见桌上压着一张字条:"姓汪的,你每次跟我做,都戴着套套,你不爱我,你嫌我脏,所以我走了。姓贺的。"字写得大,横不平,竖不直,歪歪扭扭,就像整容把瓜子脸整成了菱形。这是小文第一次写这么长的句子。汪长尺久久地看着字条,说我戴套套,是不想再要孩子。我们养不起呀,傻瓜。

　　他到洗脚城打听小文的下落。张惠说她一定是跟有钱人跑了。他摇头,说她一定是被人骗了。汪长尺到派出所报贺小文失踪。警察说一有消息我们就跟你联系。租屋里一下少了两个人,顿时显得空旷。餐桌宽了,床铺宽了,房间的面积忽然宽了三分之二。每晚,汪长尺黑着灯听楼道里的脚步声,希望小文突然回来。他的听力越来越发达,可以沿着楼道往下听,一直听到马路边行人的私语,甚至还可以沿着马路再往前听,一直听到西江对岸大志的"咿呀"。他的听力延伸到街道、广场、汽车站、火车站、医院、学校……但听了三个多月,仍然没听到小文的声响。她像一粒小小的石子扔进了大海,连一声"扑通"都没有。过去,他在这座城市还有一个陪他说心里话的,现在陪他说心里话的没了,唯一的安慰,就是来看大志。他常常坐在江边的亭子里,呆呆地看着五楼林家的阳台。有时他一边看一边自言自语,像是在跟大志、小文或者汪槐和刘双菊拉家常;有时他默默地瞭望,直到林家的灯全部熄灭,才起身离去。无论他在哪个方位刷油漆,无论离林家有多远,晚上一下班,他就买一份盒饭提在手里,迫不及待地坐上公交,赶到江边的亭子里,一边吃一边看,一秒钟都舍不得浪费。只要目光落在大志居住的那一层楼,他就像忽然接上了信号,再疲倦也立刻精神抖擞,再烦躁也会平静下来。慢慢地,他把那个阳台当成大志,把那幢楼当成大志,把眼前的树木都当成了大志。

其间,他收到一封汪槐的来信:

长尺:

到底发生了什么?我和你妈最近睡不着,心慌慌,冒虚汗,感觉要出什么事。有空把你们三人最近穿的衣服各寄一件回来,我帮你们问一问。大志好吗?会走了吧?请寄几张他的照片。我们都想他了。

爸

汪长尺决定回一趟老家。他坐上了长途汽车。回到坳口时,他没像从前那样飞奔,相反,却有一股力量把他拽住,每一步都想挂倒挡。时间是下午,还有两小时天才黑。他不想让人看见,便钻进了旁边的树林。他想一个人混到白天不敢回家,真是失败中的失败。他坐在林子里,树木青草腐叶和鲜花的味道混杂着扑来,蚊子在耳畔"嗡嗡"缠绕。山形还是熟悉的山形,但村庄却好像比从前更破败更冷清。

特别是自己家,竟然还是原来模样,歪斜着,仿佛一阵风就能掀翻。夜虫的鸣唱像潮水那样漫起,天色一抖,突然暗了。乳白的炊烟被夜色融化,牛群回村,路上传来晚归者的说话。借着天边余光,他从杂木林钻到茶林,又从茶林钻到自家的后门。门虚掩着,"咿呀"一声被他推开。汪槐问谁?汪长尺没答,直接到了堂屋。他们正在吃晚饭,看见汪长尺他们都停止了咀嚼。汪槐说你怎么回来了?大志呢?小文呢?他们为什么没回?刘双菊说你先洗把脸,我马上给你煮饭。汪长尺放下行李,看着两根剥皮的杉木从地面直冲屋顶,撑住歪斜的大梁。汪槐的目光跟着他的目光爬上去。他们的目光在梁上交会。汪槐说没关系,还能顶一两年。

"我不是给过你两万块钱起房子吗?"汪长尺说。

"小文生孩子的时候,又还给你们了。"

"我还以为那钱是你沿路讨来的。"

"讨来的,只够一路吃一路住。"

汪长尺打开行李箱,掏出一沓钱来,说这是我刷油漆挣的,够起一幢房子了吗?汪槐说够是够了,但我不忍心拿你的。你们要租房,要养大志,还得留钱给大志读书。"不,不用了……"汪长尺差点说大志不用我们养了,但他马上咬住嘴唇,说我还可以挣。汪槐叹了一声,说农村这个家靠你,城里那个家也靠你,两头都重,这担子你怎么挑得起?汪长尺说慢慢就轻了。

深夜,汪槐摆上香纸、刀头肉、酒、大米、雄鸡和钹等等,在轮椅上开始做法。一年前他拜光胜为师,正式成为魔公。入行前,他曾经犹豫,但横比竖比,想要身残志不残,想要为家庭分担一点负担,那做魔公几乎是他唯一的选择。他的文化水平比光胜高,做魔公的水平也比光胜强。现在,村里村外凡有人问鬼,大都请他,反而不太请光胜了。一旦有人相请,他们会派人来把他抬过去,好酒好饭好茶好烟侍候。碰到幽默的看客,他们会说汪师傅想得真周到,连板凳自己都带来了。这话的意思就是汪槐"做法"时不用准备板凳,因为他只能坐在轮椅里。他庆幸这个世界上还有不需要站立的职业,否则他就没活路了。做完法,他能收一点现金,还能把那只用来开路的雄鸡带走。他被人尊敬的程度先是赶超光胜,后是赶超邻村小学的庞老师。每每被人用滑竿抬着迎送,他就觉得自己是阴界的"驻阳大使",就会想起一句古话:"穷则变,变则通,通则久。"

　　汪槐嘴里念念有词,全身摇晃,像骑着马直奔阴界。他出汗了,衣服湿了,大约半小时,身体渐渐稳定。汪长尺把大志的衣服递给他。他用手指在衣服上画了一阵符,又对着衣服念了一阵口诀,忽然睁开眼,说大福大贵,一辈子不愁吃穿。汪长尺想看来大志是送对人了。汪槐闭眼,又进入阴界。汪长尺把小文的衣服递给他。他画一阵念一阵,说小文不见了。汪长尺说能找到她吗?汪槐闭着眼睛找,手搭了一会凉棚,似乎看见了什么,就用手指捅。汪长尺问你捅什么?汪槐说我看见一扇纸糊的窗户,却怎么也捅不破。汪长尺问是不是小文就躲在窗户里面?汪槐点点头。

汪长尺说你用力捅,拜托一定把窗户捅开。汪槐捅了十几分钟,累到瘫软,说我已经尽力了,放弃吧,孩子。汪长尺说你再试试。汪槐说这是天意,不能硬来。汪长尺递了一杯水。汪槐接过来喝了一口,对着周围喷了几口,继续赶路。他的脸上全是汗,上衣都湿透了。汪长尺把自己的衣服递给他。他画一阵念一阵,脸上出现了疑惑,于是又画又念,还是疑惑,再画再念,脸上云开日出,说好好好,一切都好,家庭幸福,长命百岁。

当刘双菊和汪长尺都睡下之后,汪槐一个人却在喝闷酒。到了天亮,刘双菊起床时他还在喝。刘双菊问他有什么心事?汪槐叫她把自己推进去。他们进了卧室,汪槐叫她把门关上。刘双菊关上门。汪槐说你能保密吗?刘双菊点点头。汪槐说昨晚看长尺的衣服时,我看见了一片血,凶呀,好像是家破人亡。刘双菊的脸瞬间惨白,说你是不是看错了?

"我看了三遍。"汪槐竖起三根手指。

"那怎么办?"刘双菊有些惊慌。

"别让他离家,把他留在村里。"

"他不进城,谁照顾大志、小文?你这个是借鬼哄人,有那么准吗?"

"不管准不准,你都不许跟长尺说,否则会害了他。"

"在别人家你说准过吗?"

"有的准,有的不准。"

"那就是迷信。"

"但愿……"

其实,这个晚上汪长尺一直在发抖。他躺在床上,满脑子都是小文的身影。她挑水、煮饭、喂猪、洗衣服、扫地、睡觉……凡是在这个家庭里发生过的,与她有关的,都像电影画面一一重现。午饭时,汪槐说奇怪啦,昨晚我为什么推不开那扇窗门?汪长尺说也许你的功力不够。刘双菊补枪:"你这把戏,骗骗别人就算了,难道还想出口转内销呀?"汪槐说我的衣服都湿透了,骗人用得着那么卖力吗?于是,各怀心思,都不说话。饭后,汪长尺从树林里悄悄出村,去了一趟小文家。小文的爹妈和哥嫂好像知道了什么,都没给他好脸色,连水都没让他喝一口。小文爹说你别来这里烦我,再烦,我就跟你要人。汪长尺只得灰溜溜地折返。回到家,堂屋已坐满乡亲。王东的手指断了两根,说是到深圳打工时被机器切的。刘白条又赌输了,要跟汪长尺借钱。张鲜花因为超生,不仅挨了罚款,老公还结扎了。代军说张五患了一种怪病。二叔说什么狗屁怪病?就是梅毒。汪长尺想张惠靠卖身挣钱,挣到钱后寄给张五,张五又拿钱去嫖,这不就是一个循环吗?正说着,张五来了,人们给他让座,但让的动作都很夸张,好像都不愿跟他坐在一起,生怕被他传染了。张五问张惠好吗?汪长尺说好。张五又问大志、小文好吧?汪长尺说都好。说"都好"的时候,他的心里涌起一阵苦涩。

汪槐和刘双菊每天都在挽留汪长尺,好像他这一走就再也不回了。当然,他们挽留还因为汪长尺坐卧不安,一起床就嚷着要回城。汪槐说大志有小文照顾,你急什么急?汪长尺也不知道自己为什么急。大志送人了,小文蒸发了,自己急着回城干什么?在城里他想家乡,在家乡他想城市。他像一个钟摆,摆来摆去,却不知道该停在哪边。汪槐说实在要走,你就带上一张凳子。汪长尺和刘双菊都没听明白。汪槐说只要坐在自家的板凳上,不管走到哪里都像在家里,无论遇到什么危险祖宗都会保佑。刘双菊听明白了,汪长尺没听明白。刘双菊在小板凳上系上绳子,汪长尺走的时候,就把板凳挂在汪长尺的肩膀上。汪长尺把板凳放下,刘双菊又挂上。取下,挂上,重复几次,汪长尺就把板凳扔得远远的。刘双菊忽然就哭了。她知道汪槐是想拿这张板凳,去解他问鬼时看见的那一片血,但汪长尺却蒙在鼓里。刘双菊不能明说,只能抽泣。汪槐说长尺,带上一张板凳,相当于带上我们,有亲人陪伴,打架都多一点力气。

汪长尺一边走一边回味汪槐的这句名言。他想起当年曾扛着一张椅子离家。那张椅子曾陪他们在教育局的操场上静坐,曾陪他在县中补习。汪长尺忽然有点想念,到了县城,便去看班主任。那张椅子班主任还保留着。汪长尺扛着它上了去省城的长途汽车。

55

那天晚上,汪长尺想把大志直接送到林家门口,但他坐到第二站时就开始犹豫了。他怕直接投放会引起方知之的警惕,所以,他在"直接"与"不直接"之间摇摆。车又过了一站,他想不能再犹豫了,再犹豫大志就哭了。于是,他一咬牙,在第四站下车,换乘途经孤儿院的二十一路。

方知之接到赵定芳的电话后,第一时间赶到。她被眼前这个萌哒哒的孩子瞬间迷住了。他眉清目秀,身体各项指标健康,血型B,听觉敏感,发音清晰,营养良好,衣着干净,不像是极贫人家里遗弃的。最让她血脉偾张的是在她即将离开时,他竟然攥住她的无名指叫妈妈。她一下就跪了。但她还得走一走程序,叫林家柏、陆珊珊和方南方一起来判断判断。他们一周之内来了两次,都喜欢这个孩子,于是就办了领养手续。方知之给他取名林方生。接他那天,林家柏亲自开车,方知之亲自怀抱,一路上,林方生睁着大眼睛,没哭。

虽然林方生已过了哺乳期,但方知之却坚持要哺乳。为此,她请了三个月的产假,吃了诸多催奶食物,服了中药,打了国外的催奶针,最终艰难地催出了奶水。林方生贪婪地吸,方知之敞开供应,双方似乎都需要在这种供需关系中,确定各自的地位。慢慢地,林方生的体香发生了改变。他们在他身上嗅到了方家的气息,从喜欢抱他到喜欢闻他亲他。他完全融入了这个家庭,而他们也常常忘记他是捡来的。

他们给他买意大利服装、英国玩具,让他喝美国牛奶,吃法国面包和瑞士巧克力。三岁时,方知之就给他听英语单词,四岁时,给他请钢琴教师。在方知之的调教下,五岁他就分清了前鼻音和后鼻音,六岁懂得弹巴赫的《小步舞曲》。七岁,他进了本市最著名的小学。八岁,林家柏带他到田径场上踢足球。他聪明好学,成绩一直排在前头,奖状拿到手软。初一那年,他外公方南方退休了,林家柏再也没有顾忌。他隔三岔五出差,即使不出差也是天天应酬,回家都在凌晨一两点。方知之除了上班,就是照顾林方生,很少过问林家柏的工作,甚至都不知道他已经有了外遇。而最先发现这个秘密的,竟是在楼对面守望了十三年的汪长尺。

十三年来,汪长尺一有空就待在这幢楼房附近。有时,他会徘徊在田径场周围,看着大志跟方知之散步或跟林家柏踢球。有时他会到楼下的小卖部买货,跟来买零食的大志偶遇。曾经,他忍不住摸了摸大志的头,吓得大志一激灵,扭头便跑,跑之前没忘踹他一脚。大志都跑上五楼了,他的手掌仍然悬空,好像是在享受与回味,也好像是害怕了,害怕一收手就会把大志的脑袋捏碎。每次看见大志,他都血冲脑,激动得近乎虚脱。他想喊一声他的原名,想上前抱抱他,但始终有个声音在回响:"你会前功尽弃的,你会毁了他的。"这个声音像小文的,也像汪槐的,更像自己的。他知道只有自己克制,才能换取大志幸福,仿佛捧着一碗汤走钢丝,分毫不能闪失。他把汪槐和刘双菊带给大志的米和油吃了。每次吃,他都满怀歉意,好像犯了贪污罪。他能把米和油送给方知之吗?显然不能,就连给大志过生日都不可能。每年大志生日,他都会买一份礼品,拿到亭子里来,对着林家的阳台晃一晃,仿佛晃一晃大志就收到了,也只有这么晃一晃,他那憋伤的心才得以舒缓。

但是,骗自己容易,骗汪槐和刘双菊就难上加难。他们要看大志的近照,汪长尺就得买相机,在幼儿园周围蹲守,用长镜头把大志拉过来。他们要他一家三口回去过年,他年年都得找借口。他说大志还嫩,回去又得喂跳蚤,弄不好还住院。他说大志要练钢琴。他说大志到了入学的关键时刻,需要留在城里给校领导拜年……他们要看大志的信,他就模仿小孩的笔迹,向爷爷奶奶问好。他们要看大志的试卷,他就模仿老师出题,先用黑笔做,再用红笔打分,然后寄给汪槐,成绩都在九十五分以上。看着大志的试卷,汪槐熄灭的希望像浇了汽油,"哗"地又燃了。

某年春节前夕,刘双菊背着半扇猪肉,推着汪槐来到楼下,抬头喊长尺。汪长尺听到喊声,没敢开门。刘双菊就先把猪肉背到二楼门口,然后再下去背汪槐,背完汪槐,她又下楼扛轮椅。汪长尺听着门外的声响,急得都想从窗口跳逃。他知道这扇门是最后的屏障,一旦打开,汪槐和刘双菊的所有希望就会破灭。但是,这扇门不得不开,只是早开或晚开的问题。他们在外面一边等一边说着闲话。他看看室内沾满灰尘的锅灶、凌乱地堆放着的衣物、散落在地板上的蚊香片,才发现自己早把房间忘了,好多年都没仔细打量了。窗帘的下摆长了细小的霉斑,为什么以前视而不见?墙角躺着两只蟑螂,什么时候风干的?有一行蚂蚁穿梭在右边的墙壁上。阳光从厨房的窗口闯入,照着地板上横七竖八的拖鞋。日光灯的两端沾满了细小的死虫,天花板裂了几道小缝……他在用打量拖延时间,或者分散注意力。可刘双菊急了,她把脑袋贴到窗玻璃上,试图看清室内。汪槐举手敲了敲门,仿佛知道屋里有人。汪长尺想反正就一个破灭,迟破不如早破,现在我唯一能做的,就是尽量不让他们晕倒。

汪长尺打开门,把汪槐和刘双菊迎进来。他们扫视房间,疑问一点一点地爬上面颊。汪槐说到底发生了什么?

"我们离了。"汪长尺说。

"大志呢?"

汪长尺不吭声。

"是不是小文把大志带走了?"

汪长尺仍然不吭声。

"什么时候离的?"

"我回家的那一年。"

"他们住在哪里?"

"没有线索。"

"你不是还寄大志的信和试卷给我吗?"

"试卷是我做的,信也是我写的。"说着,汪长尺把一沓试卷从席子底下抽出来。汪槐抓过去看着,双手微颤,脸色铁青:"那大志的照片你是从哪里得到的?"汪长尺沉默。汪槐把试卷摔到地板上:"你不会说照片也是假的吧?"

"我把大志送人了。"

"送给谁了?"

"有钱人。"

"叭"的一声,汪槐扬手扇了汪长尺一巴掌。室内静默了几分钟。汪长尺摸着被扇的左脸,说如果我们不能给他好的生活,为什么不可以把他送出去?他坐的是豪车,住的是大房子,上最好的学校,这些你能给他吗?我都想明白了,爱分两种,有狭义的和广义的。狭义的就是把他留在身边,一辈子要么像你,要么像我,或者像刘建平、兴泽或者张惠。广义的是让他幸福,让他成才,一辈子心里不长疙瘩。

"可他得叫别人作爹呀。"汪槐痛心疾首。

"幸福是有密码的,像开保险柜,只不过有的人念'芝麻',有的人叫'爹'。"

"把他弄回来,否则我跟你断绝关系。"

"就像一蔸芭蕉,眼看就要挂果了,何必又去砍它。大志现在的生活,不也是你一直憧憬的吗?街道上摆了那么多花,我们都没施过肥浇过水,但我们看着不也一样欣喜吗?"

"你……你这是狡辩。告诉我他在哪里?"

"我不会告诉你。"

汪槐再次扬起巴掌,但这次巴掌没有落下。千分之一秒,汪槐发现汪长尺已经不是一个小孩了。他的脸上没有惊慌,甚至有一股刚毅。虽然还没到四十岁,但他的发际线已经后退,黑发里竟然有了几丝白发,脑门上竟然有了抬头纹。他长得着急呀,汪槐看着想着,一丝悲凉涌上心头。但悲凉归悲凉,原谅归原谅。他把巴掌拍到自己脸上,说刘双菊,我们走。如果他不把大志给我要回来,我死都不会见他。刘双菊没动。汪槐说你怎么不走呀?这么忤逆的行为,难道你还会原谅他?你不走,我走。说着,他打开门,把轮椅滚到走廊上,滚到楼梯边,三分之一的轮胎已经悬空了,忽然刹住。刘双菊说你走呀,你以为走向前面就是金光大道呀,走来走去,不过是在转圈圈,还能转出什么花样来?我转得膝盖都痛了,走不动了。

56

连续几个深夜,都是一辆红色轿车把林家柏送到楼下。轿车稍作停留便离去,林家柏原地目送,直到轿车消失才转身上楼。汪长尺发现每次红色轿车到达,都没有马上打开车门,而是停留五到十分钟之后,车门才开,林家柏才出来。汪长尺很想知道谁开的车?那几分钟车里的人在干什么?但是他不敢靠近。一天晚上,他拎着半瓶白酒躲在路旁,一边喝一边等。果然,红色轿车来了,它一停,他便摇摇晃晃地走过去,发现车里没反应,就趴在前窗往里看。他看见林家柏和一个女的正在接吻。他们被前窗的人头吓住了,分开后都怒视他。他借着酒劲拍打车窗。但轿车突然启动,"呼"地冲出去,把他挂倒。

"这是他们家的事,轮不到我管。"汪长尺时不时地给自己拉一下警报。但是,警报响得越多他就越惦记,就像看见别人跌倒了自己不搀扶,走出去好远还回头张望。他想林家柏现在是大志的爸,不,是林方生的爸,他这么做不是伤害了大志和方知之吗？我本以为帮大志找了一个模范家庭，没想到当爸的出轨了。当爸的出轨就会波及当妈的，当妈的受波及自然会波及大志。这似乎不是一个简单事件，而是一轮冲击波。他着急，却束手无策。他想管，又怕连累大志。结果，他把赵家柜子的颜色全刷错。验货那天，赵家很恼火，扣掉了他的全部工钱，拒绝补偿他垫支的材料费，还指着他的鼻子骂："乡巴佬，骗子，睁眼瞎，断子绝孙的，混蛋，垃圾，人渣，野种，狗屎，猪脑……"一连串污辱性字眼，像油漆那样全泼在他的身上。他不服气，把图样放到柜子边一对比，发觉颜色突然变了。没想到人一着急，连视觉都会受影响。下楼时，他以为赵家会叫住他，会补给他材料费，或者哪怕给一点点饭钱。但是没有，半个月白干不算，还倒贴了二十多张大票子，他气得都想拍砖。

几天后，林家柏收到了一封神秘信件，内容如下：你有漂亮的老婆、可爱的儿子，多少人羡慕你，可你却偏要浪费，背着妻儿在外面鬼混，太下流了。好心奉劝你别再乱来，否则会有人收拾你。落款"行者武松"。林家柏想这是谁干的？谁他妈敢这么教训我？除了岳父方南方，没人敢用这种口气跟我讲话，就连老爸林刚都不敢。他把知道他秘密的朋友在脑海过了一遍，坚信没有谁会管这种闲事。那么，会不会是方知之在监视我？他仔细地辨认字迹，发现没有一个字写得像她的，即使故意变形，也不至于变得这么陌生。他把信藏好，若无其事地回家。方知之的态度平稳，林方生的情绪正常。但他自己反而失神发呆，不是忘记关门就是忘记关空调,哪怕喝水,都挂喉咙。这么多年,因为生意上需要方南方关照,所以,他一直在适应方知之。她想去旅游他就陪着,她去购物他就帮她拎包,她一发脾气他就避让,她说收养孩子,他就毫不犹豫地举起双手赞成,就像秘书对待领导那样唯唯诺诺。有时他会问自己,我真有这么好吗?没有。其实我没有那么好,只不过装X装久了,也就慢慢习惯了。现在,方南方都没权了,我可以不用装X了,但为什么还犹犹豫豫?

原因就是那个兔崽子。他太他妈的乖了。只要我一张开双臂,他就会迎头扑上来,一口一声"爸",就像吃黄瓜,脆生生的。我出差了,他就天天给我打电话,劝我别喝酒。有时我喝醉了回到楼下,只要对着楼上喊方生,楼道里马上会响起他的脚步声,哪怕是半夜,他的脚步声也不会迟到,好像他一直竖起耳朵在等,不管我什么时候呼叫,他都会有反应。他"咚咚"地跑下来,把我扶上去,喂我喝糖水,用热毛巾给我擦脸。每次醒来,我第一眼看见的就是他。他不是在看着我,就是睡在我身边,像警觉的狗,像温驯的猫。趁我酒醉,他会悄悄地问我有没有外遇?会不会抛下他们母子?我说放心,我会对你们母子负责的。他说负责并不代表你没有外遇。我说绝对没有。他咧嘴一笑,跑进卧室跟他妈汇报,说喝了这么多酒老爸都没招,看来他真的没外遇,你就让他睡到卧室里来吧。但是,方知之不同意,只要我喝醉了,她就不让我进卧室。有时我就想,既然不让进卧室,我干吗还要回来?不就是怕林方生担心吗?我知道,只要我不回来,他一定睡不踏实。

他五岁那年,我踢足球跟人碰撞,头部受伤住院。他跟他妈到医院来看我。看见我头上缠着纱布,他问爸,你会不会死呀?我头一歪,假装死了。他眼泪"哗哗",对着我的嘴做人工呼吸。他的嘴小,呼吸时也没多少力气,但他憋得脸红脖子粗,把所有的气力都用到了嘴巴上。那一刻,我真的不想活过来了。他的眼泪顺着他的脸庞滑到我的嘴里,竟然是甜的。看见我不醒,他就拍打我的脸蛋,说爸,你为什么要死?你死的时候为什么不跟我妈商量?你死了,我就没爸爸了。从那以后,他一直害怕我死。好几次,他半夜起来拍我卧室的门,说爸,你还活着吗?每次开门,我都看见他的脸上全是眼泪,没一个地方是干的,以至于我不得不怀疑他是眼泪的儿子,是传说中的泪人。他哭着走进来,说爸,我又梦见你死了,你怎么死得那么惨呀?哭着哭着,他就赖在床上不走了,非要睡在我和方知之的中间,即便睡着了,他还时不时地抽搐。上个星期,他又哭醒过一次,只不过这次拍门时他手里抱着枕头。方知之说方生呀方生,你都读初一了,都长得比妈还长了,怎么好意思跟我们睡在一起?你天天梦见你爸死,为什么就没梦见妈死,难道你不怕失去妈妈吗?他说你以为我愿意梦见爸爸死呀?梦一回我虚弱一回,几天都打不起精神。

"但林方生再乖,他也不是我亲生的。"林家柏说这话时,他和方知之分别躺在阳台上的两张躺椅里。方知之好像没听见,目光笔直地落在田径场上。那里,林方生正在和一帮同学踢球。虽然他们穿着相似的球衣,但她一眼就能在人群中找到她的儿子。现在,他正带着球奔跑,晃过一个大个子,又晃过一个矮个子,眼看着就到了对方门前,一抬脚,球从草地飞起,划了一道弧线,直奔球门左上角。所有人都静止了,只有守门员迎着球高高跃起,用手一托,把球扑出门外。如果不是正在谈论一个严肃的话题,林家柏早就起身为林方生呐喊了。但此时此刻,他像按住一个浮瓢那样按住自己的冲动,安静地躺在椅子里,好像那个踢球的人跟他无关。方知之想其实,我的命运就像那个球,明明看着要进去,却被一只手意外地托了出来,那不是手,而是上帝的旨意。林家柏觉得自己扔了一颗石头,却没听到声响,便扭头看着方知之。方知之看着球场。两个人小心地呼吸,仿佛空气里有毒。

"你知道,我一直想要一个亲生的孩子。"林家柏又扔了一颗石头。

"那就离呗。"终于有了回响。

"不离也可以,能不能找个人代孕?"

方知之冷笑:"离了干净,我可不想让方生再有一个妈。"

"谢谢你的理解。"

"凭什么我要理解?我怀不上孩子,难道不是你的责任吗?当时,我说要戴套,可你偏偏不听,结果,你让我打了两次胎。"

"所以,这么多年来我一直陪着你。"

"是陪我爸吧。"

"那也是你的亲爸。你有亲爸,可我却没有亲生的儿子。"

"这事你首先得跟方生商量,否则我没法跟他解释。说离婚吧,他的成绩肯定会下降,甚至他的心里一辈子都会蒙上阴影。说你意外死亡吧,那他也要看见尸体才肯罢休。你知道,他很敏感。"

"行吧,我去跟他谈。"

"如果你伤害他,如果你暴露他是收养的,那我将直接跟你宣战。"

"我会把对他的伤害降到最低。"

"林家柏,你太残忍了。"

57

最近,林家柏只要一回家,首先就进林方生的卧室。他以检查作业和试卷为名,其目的是想找机会跟他谈谈离婚的事。但是,每次看着他眨巴眨巴的眼睛,他的心立刻就软,嘴巴仿佛打了麻药,怎么也张不开。林方生察觉到了反常,但他没往坏处想,而是以为老爸突然对自己有了更高的期望。所以,他着急,每天晚上没等林家柏抬屁股,便开始写作业。林家柏坐在对面静静地看着林方生。他长得帅极了,大眼睛,高鼻梁,抿嘴时脸颊上有两个小小的酒窝。公正地讲他比我长得帅,越长越像方知之。不是亲生的为什么长得也像？生理学的解释是孩子崇拜谁就长得像谁，难怪……碰到烧脑的题目，他时而拧紧眉头，时而咬紧牙帮，神情专注，好像面前坐着的不是我，而是一个透明人。他的被窝叠得整整齐齐，连枕巾也铺得平平整整。他身后的墙上挂着历年的奖状，奖状都镶着木框，是方知之拿去镶的。墙壁不花不污，地板上连一片纸屑都没有。足球搁在门角的纸篓上，球面被他洗得干干净净。他不留长发，勤洗澡，勤换衣服，勤剪指甲，从不迟到早退，从不请事假，成绩门门优秀。这么乖的孩子，想找他的缺点都得费点脑筋。他有缺点吗？当然有。最大的缺点就是爱哭，动不动就流眼泪。他敏感，胆小怕事，哪怕锅盖掉到地板上，也会莫名其妙地紧张。

一天晚上，林方生做完一门功课，抬起头，说老爸你怎么还没走呀？你让我把全部作业写完了再进来好不好？林家柏还能说什么呢？他喉头一紧，一个字也吐不出来，刚才还在蹦跶的想脱口而出的声音，像唾液那样被他咽回去。他轻轻地走了，正如他轻轻地来。"咔哒"一响，门锁上了，是他自己出门时顺手锁上的。他又失去了一次暴露虚伪的机会。一度，他想放弃，觉得亲生的孩子未必就能超过收养的孩子，一家三口这么过下去蛮好。但是，每次回到县城，他都不敢拍父母的门，一个千万富翁竟然像负债大户那样站在门外，双腿瑟瑟发抖。因为他知道，只要进了这扇门，自己的尊严立刻从天上掉到地下。然而，他还得硬着头皮一次次进去。母亲说我要抱亲孙子。父亲说林家不能断后。姑姑说你连孩子都不生,挣那么多钱来给谁继承?

终于,他还是下了决心,说儿子,爸给你看份合同。林方生的眼睛顿时瞪大了。摆在桌上的是一份双语合同,英语加汉语。甲方是阿尔及利亚的某部门,乙方是林家柏的公司。林家柏说我们公司在北非拿到了一条公路,这几天我就要带人出去。林方生问去多久?林家柏说快的话两年,慢的话三年五载。

"三年?我读高中了你才回来?"林方生说。

"几百公里的路,要穿过沙漠,没几年时间修不了。"

"妈妈知道吗?"

"她没意见。"

"家门口的路都没修好,为什么要跑到那么远的地方去修?"

"去赚美金呀,有了美金将来就能送你出国留学啦。"

"我不出国留学,你可以不去吗?"

"那也得去,我每个月都得给职工们发钱呢。"

林方生沉默了,不停地用手搓眼睛,搓着搓着,手指湿了。林家柏说爸爸签了大合同,你应该高兴才对。林方生勉强挤出一个笑容,但瞬间即逝。他说爸,我真的想为你高兴,但不知道为什么高兴不起来。林家柏的鼻子一酸,赶紧伸手帮他抹泪,一边抹一边说儿子,迟早你得长大,男子汉别动不动掉眼泪,特别是爸爸出门那天,你千万别哭,一哭爸爸就走不动,那就没人去修路了,再说爸爸要去那么远的地方,出门时听到哭声也不吉利。记住了,不管遇到什么困难,你都要咬牙挺住。爸爸把这个家暂时交给你,你要勇敢,要坚强。林方生点点头,说既然你出门的时候不能哭,那我现在哭可以吗?说完,他的双肩一抽,整张脸都是泪水。

林家柏出门那天,来了三个陌生人,他们分别扛着三口大箱子走出去,每口箱子都在门框上剐了一下,仿佛不愿离开。林方生眼巴巴地看着,没掉一滴泪。林家柏出门时抱了抱他,竖起大拇指,像是给他点了一个赞。林方生要跟林家柏下楼,林家柏把他推回来,说这就算正式告别了。门被林家柏轻轻关上,他的脚步声越来越模糊。林方生跑到阳台上,看见他们把行李放进一辆黑色的越野车。三个人先后钻进车里,只剩下林家柏还站在副驾位的车门边,抬头看着,对林方生又竖起了大拇指。林方生对着他摇手,说爸爸,再见,再见。林家柏摇摇手,钻进车,"嘭"地关上车门,"呼"的一声离去。林方生一直对着车子摇手,直到它消失了才回过头来,发现方知之在客厅里流泪,立即抽了几张纸巾放在她的眼角,轻轻地擦。他说妈,爸讲了出门时不能哭,哭了不吉利。没想到,方知之竟然放声大哭。她不是哭林家柏离开,而是哭林方生还蒙在鼓里。林方生吓得赶紧捂住她的嘴巴。

林方生吃晚饭时发现菜比平时咸了。他没想到老爸出一趟差,会影响到老妈的厨艺。但以前老爸也经常出差,为什么那时的菜不咸?难道是因为这次出的差时间久任务重路途远吗?菜一天咸过一天,最后咸到难以下咽。林方生说妈,你是不是不愿意老爸去非洲?方知之说没有呀,他不一直都这样飞来飞去吗,我都习惯了,麻木了。林方生说那你煮菜的时候是不是放了两次盐?再这么吃下去,我都快变成咸鱼了。"是吗?"方知之夹起菜来吃了几口,说没咸呀,你什么嘴巴?林方生想糟糕,她的味觉错乱了,一定是发生了什么大事。他慢慢回忆,才觉察其中的诡异。比如,老爸出差时老妈为什么没有送行?她为什么会哭?她是一个争强好胜的人,从来没在我面前哭过。再比如,她的脸部为什么那么僵硬?以前她说话时脸上的每块肌肉都颤动,而现在她说话时动的只是嘴皮,有时甚至连嘴皮都不动,只听见声音像根棍子直直地戳出来,没有抑扬顿挫。虽然每天她都在检查我的作业,但已经不像从前那么严厉了,即便做题时有涂改,她也不叫我重抄。那么,到底发生了什么?

半夜,林方生悄悄地爬起来,潜入林家柏的书房。他打开灯,关上门,东看看,西瞄瞄,似乎想从这个房间里找到答案。但是,书桌无异常,抽屉无异常,柜子还是那么整洁,窗帘仍然一丝不苟。他把摆在书柜里的照片全看了一遍,甚至连镜框的后背也看了,并没有发现什么不对劲。照片上,一家三口那么亲密。也许是我想多了,他转身准备出门,忽然发现纸篓里有一小撮纸屑。他把纸屑倒到书桌上拼凑,拼着拼着,拼出了一封信,是"行者武松"写给林家柏的,大意是劝林家柏不要在外面搞外遇,否则会有人收拾他。林方生的头皮一紧,脑海里一片空白。空了不知多久,忽然传来敲门声。他赶紧把纸屑扫进衣兜,然后再起身开门。方知之说你在干什么?他说我想老爸了,进来看看照片。方知之盯住他看了一会,又看了看书房,想他是不是发现了什么?但书房里似乎也没什么可发现的。难道真想他爸了?孝顺呀。她说赶紧睡吧,要不然会影响明早上学。

"这么晚了,你为什么没睡?"

"我已经睡了,是你的声音把我吵醒的。"

林方生知道这是一句谎言,因为他看见她的眼里布满血丝,根本不像一个睡眠充足的人,而且我也没弄出任何声响。但是,他不想戳穿。他关了灯,走出书房,说晚安,妈妈。方知之说晚安,儿子。两人回了各自的房间,都轻轻地关上房门,生怕吓着对方。回到房里,林方生看了一会天花板,没有半点睡意。他算了算非洲跟中国的时差,知道非洲现在是白天,便从床上爬起来,轻轻地打开门,来到客厅的电话旁,拨林家柏的手机。拨了几次都是语音提示,说该号码并不存在。他想为什么号码并不存在?过去我随时随地拨他的手机都能接通,哪怕是凌晨三四点。过去,他一出差,总会打电话回来,为什么这次出去这么久连个电话都没有?他再次潜入书房,拉开书柜右下角的柜门。里面是个小型号保险柜,属林家柏专用。他想只要保险柜还锁着,那老爸就一定会回来。他吸了一口长气,又吐了一口长气,祈求老天保佑,然后再把手放到保险柜的开关上。手把开关焐热了,他才轻轻一扭,以为扭不开,却不想"咔哒"一声,开了,里面空空如也。他想他再也不会回来了,他把我们母子俩给甩了。

58

　　林方生到公司去找林家柏,何贵说董事长去非洲了。林方生问外公外婆,他们说告诉你多少遍了,你怎么还问?他打电话问爷爷奶奶,爷爷奶奶说你爸出国做生意去了。他问方知之爸爸为什么不打电话回来?方知之说因为他在沙漠里修路,那里没信号。

　　一天下午,林方生逃课,又去林家柏的公司。上楼前,他看见林家柏常坐的那辆轿车停在院子里。三楼林家柏的办公室房门紧闭。林方生站在门前等了一会,便举手拍门。他一边拍一边喊爸爸……他的喊声惊动了何贵。何贵跑过来,说里面没人。林方生说我听见了,爸爸在里面。何贵说不在。林方生不信,用额头撞门,撞得一下比一下响,眼看就要撞出血了。何贵只好找来钥匙,把门打开。林方生走进去,看见地板和桌面全是灰尘,跟他亲爸汪长尺当年讨债走进来时情景相似,好像这间办公室是专门用来装灰尘的。何贵说你要不要打开柜子找找?林方生不认为这是幽默,他真的把柜门一一打开,连抽屉也不放过。当他拉抽屉的时候,何贵说你爸有那么小吗?林方生说那我爸的车为什么在院子里?何贵说他出国以后,这辆车就拿来公用了。

　　林方生推着自行车出了公司大门,左拐,走了约一百米,把车停靠在一棵树下,坐上自行车的后座,悬着的双脚一晃一晃。他不知道他的一举一动,都被马路对面的汪长尺看在眼里。汪长尺想当年我就站在他现在坐着的地方,就像他现在这样望眼欲穿。十几年了,路树都长高长粗了,但父子俩等待林家柏的情形却惊人的相似。不知前世汪家欠了他林家柏什么,现世汪家两代人都遭受他的折磨。到了下班时间,马路上车流人流暴增。忽然,那辆黑色轿车从公司大门驶出。汪长尺和林方生几乎同时看见开车的人就是林家柏。林方生对着车子叫了一声爸爸,轿车没停,也许是林家柏没有看见林方生。林方生骑车追去。他一边追一边喊爸爸,但轿车不减反快。林方生追到下个路口,被一辆红色轿车撞倒了。轿车的前轮把自行车后轮压得弯曲变形,林方生仰面摔在马路上,整个人昏迷不醒。人们围观。汪长尺挤进来,叫了一声大志,扑上去,试了试他的脉搏和鼻息,就把他从地上抱起来,抱上了一辆出租车。自从他把大志送出去之后,就再也没机会抱他,现在老天竟然用一场车祸来满足他多年的渴望。

　　到了第二医院,汪长尺抱着他从急诊室到 CT 室,再到病房,紧张得全身都湿透了。医生说脑震荡,皮外伤,没有生命危险。汪长尺才长长地松了一口气,瘫坐在大志的床前。他怀疑这不是真的,是自己的白日梦。于是,他翻开大志的衣领,看见他右后脖子上有一颗黑痣。但是他不放心,又看了看大志的发旋,肚脐眼的形状,还看了看他的脚指头,他才百分之百地确定这就是大志的成人版,他没被人调包。汪长尺说大志,我们回家吧,如果你愿意,那就动动眼皮。大志的眼皮一动不动。汪长尺说哪怕动动手指也行。

大志的手指也一动不动。汪长尺说要不你动动脚指头。大志的脚指头也没动。汪长尺说我知道你动不了才故意这么说的,你要是真动那才叫傻,我那个家哪有你现在这个家好,儿子,这都是你前世修来的福呀。汪长尺正说着,方知之冲进来,一头扑到床上,哭着喊方生,方生……双手把他从头到脚摸了一遍,生怕他缺骨头少肉。汪长尺悄悄地走出病房。医生和护士围着方知之解释。大约半小时,他们才像止血那样止住她的哭声。

医生和护士走了。汪长尺坐在门外的走廊上伸着脖子往里看。他看见方知之的头和大志的头紧紧依偎在一起,就像母狗与小狗依偎在一起。她白皙修长的手指轻轻地抚摸着大志的头部,从额头到脖子到耳朵。她一边抚摸一边跟大志说话。她的声音像和风细雨,像手掌轻轻地拍打着昏迷的大志,仿佛小时候陪他进入梦乡。她不是生母胜似生母。这一刻,她漂亮的脸蛋更加漂亮,她的丹凤眼,她的高鼻梁,她的母爱,把汪长尺感动得都想哭。半个小时,一个小时,她一直保持着这个姿势,直到方南方和陆珊珊到来。

夜幕降临。汪长尺坐在走廊的条凳上,一眨不眨地盯着那扇绿色门板。方南方和陆珊珊提着饭盒离去,病房里只剩下方知之一人陪护。汪长尺靠在条凳上睡一会醒一会,趁医生查房时往房间里瞄上一眼。夜深人静,方知之才想起门外那颗好奇的脑袋。她拿着一个信封走出来,说是你把方生送到医院来的吧?汪长尺点点头。方知之说了一声"谢谢",把信封递给他。

"你什么意思?"汪长尺问。

"一点小意思。"

汪长尺把信封推回来:"我正好路过,怕耽误抢救,就把他送过来了,没想到是你的孩子。"

方知之一惊:"你是……"

"方老师不认识我了?帮你们家刷过油漆。"

"哦,汪师傅,真是太巧了。这钱,你拿着。"

"我坐在这里不是等你打赏,而是想等你儿子醒了才走,既然救了他,我就想知道结果。"

"没事,医生说明天能醒。"

"孩子的爸爸怎么没来?"

"他爸出差了。这钱你拿上,否则我心里不踏实。"

"这钱我要是拿了,天理不容。"

两人推来推去,信封掉到地板上。方知之说钱你不要,你到底想要什么?汪长尺说我什么都不要。方知之说什么都不要那你就别守在这,你像个特工似的守在门口,让我怎么安心?你是不是嫌钱太少了?汪长尺捡起信封,说钱我收了,这下你心里踏实了吧?方知之抚摸着自己的胸口,叹了一声,仿佛一块悬着的巨石落地。汪长尺说孩子醒了告诉我一声,他好了就算我修阴功积德了。方知之点点头。汪长尺转身走去。方知之觉得这个背影好熟悉。

林方生醒后的第二天,汪长尺捧着一束鲜花来到病房。方知之说孩子,这位就是把你送到医院的汪叔叔,还不赶快说谢谢。林方生打量着汪长尺,说你怎么知道是他把我送来的?方知之说汪叔叔告诉我的。林方生说你不是一直说千万别相信陌生人吗,他说是他送的你就信了?现在骗子可多了,你是不是给他钱了?方知之说你这孩子怎么这样说话,不是他送的是谁送的?林方生说好像是一位警察叔叔,是他开着警车把我送来的。方知之扭头看着汪长尺,问真是这样吗?汪长尺说孩子讲怎样就怎样,这钱本来我也没打算要。说着,他把前晚拿走的信封掏出来放到床上。方知之说方生,你可别撒谎。林方生说我没撒谎,我记起来了,是这位叔叔把我撞倒的,怪不得他来看我,原来是做贼心虚。方知之又扭头看着汪长尺,问这到底是怎么回事?汪长尺说你说呢?方知之说怪不得你不敢收钱,怪不得你说如果收了钱天理难容,原来你是肇事者。姓汪的,我要告你赔偿。汪长尺的脑袋炸了,他想刚才诬陷我的是大志吗?他好像已经不是我的儿子。多少年啦,我一直盼望着他变成他们,现在他终于脱胎换骨,基因变异,从汪大志变成了林方生。他变成了他们,只有彻底地变成了他们,他才不会吃亏,才不会输给任何人。他的心肠越硬,我就越高兴,爸,我们成功了,我们终于在城里种下了一棵大树。汪长尺忽地笑起来,笑得方知之和林方生都面面相觑。

59

汪长尺把林家柏堵在健身馆的厕所里。林家柏惊得后半截的尿都憋了回去。他匆匆提上裤链,问你是谁?

"知道你儿子住院吗?"汪长尺说。

"我已经打电话给他们了。"

"为什么不去看看?"

"你有什么资格来管我?"

"出于同情,替母子俩求你。"

"是他们叫你来的吗?"

"自愿的。"

"那你把墨镜口罩帽子摘了,否则我不会信你。"

"我摘了,你会回去吗?会重新跟他们生活在一起吗?"

"你先摘,我再回答。"

汪长尺真的把帽子、口罩和墨镜摘了。林家柏说原来是你,那封信也是你写的吧?

"是的,我想要你们一家永不分开。"

"知道你这么有爱,刚才我就把尿撒完。"说着,他从洗手台拿了一个塑料杯,转过身去补撒。当他再次转过身来时,手里捏着半杯黄灿灿的尿液。他说如果你把这杯干了,那我就按你的意思办。汪长尺夺过塑料杯,生怕他反悔,一口干了。一股臊臭的气味直冲脑顶,再加上心理不适,他连连发出几声干哕。林家柏说呕出来不算。汪长尺缩紧喉咙用力一咽,这下他好像连牙齿都咽了下去。林家柏说只有亲生父亲,才会这么爱儿子吧。汪长尺点点头。林家柏一拍洗手台,说你他妈就是一个寄生虫,你有本事生,却没本事养,去死吧,你这个人渣。看看你这副模样,人不人,鬼不鬼,哪里配做林方生的父亲。如果你爱他,当初就不应该把他送出来。你还有脸来警告我,好像你有多么高尚。要是你真高尚,就给我蒸发,让这个秘密彻底消失,免得将来林方生知道了,做一辈子的噩梦。

"如果你愿意回到他们母子身边,如果你保证大志一辈子幸福,那我可以消失。"

"怎么消失?"

"怎么消失都可以。"

林家柏不得不对眼前这个面部棱角分明、皮肤黝黑、手指粗糙弯曲的人刮目相看。准确地说,他有点感动了,也有点担心。他知道只要汪长尺身上还保留着对林方生不顾一切的爱,那他什么傻事都会做得出来。他还会跟踪我,还会跟踪方知之和林方生,甚至某天他一抽筋,就会把林方生强行拿走。林方生要是走了,那方知之也活不成了。方知之活不成,那我这辈子就被架在火上了。当初是我死乞白赖地追求她,是我让她未婚先孕,人工流产,输卵管堵塞。她怀不上孩子、做不成母亲都有我的功劳。要不是林方生这根精神支柱,她怎么会同意离婚?一个没有孩子的女人离婚,无异于自杀。而且,林方生在这么好的家庭环境里长大,他怎么能接受眼前这个父亲?窗户纸要是捅破,落差就像天上人间,林方生不疯也魔……

"尿我喝了,你也该兑现你的诺言了。"汪长尺说。

林家柏忽然回过神来,说老弟,你把我感动了,今天我必须好好请你。鉴于以往跟林家柏打交道的经验,汪长尺用杯子接了自己的半杯尿举在手里。那尿又黄又臊,和林家柏的一对比立刻心生自卑。这是两个世界的尿液,一个清亮透明,一个混浊发黄;一个来自昂贵的环保的食物和天然饮用水,一个来自地沟油加激素加含氮量偏高。汪长尺把杯子往前一伸,说如果你说话不算数,那就把它喝下去。林家柏的脸一避,说放心,我和你一样爱他们。

"你没有回答我的问题。"

"我向你保证,我会回到他们身边。"

"什么时候回去?"

"后天可以吗?我得假装从非洲赶回来。"

"如果后天我在医院看不到你,那我就会让你消失。"汪长尺把手里的塑料杯砸在地板上,尿液溅上了林家柏的裤脚。林家柏说有这么严重吗?汪长尺说你不知道他痛苦的时候,我有多痛苦。他像你养熟的猫狗,已经把你当成了亲爹。自从你搬走后,他再也没快乐过。过去放学,他总是和一帮同学勾肩搭背,有说有笑地走出校门。他们挥完手,喊完再见,才各自骑车回家。但最近一段时间,他却一个人低着头走出来,不跟任何人打招呼,即使别的同学喊再见,他也没反应,就连骑上了自行车,他的头也仍然低着。是你让他头低了,背驼了,再这么下去他就变成罗锅了。他瘦了,成绩下降了,教室墙壁上公布的名次,他都快排到了末行。过去一放学他直接回家,现在他时不时拐到西江大桥上去发呆。每次他站在那个地方,我的屁眼就缩得比绿豆

297

还小,牙齿都情不自禁地打战,生怕他想不开跳下去。即便他回到家里,他也不像过去那样关在房间,而是长时间地站在阳台上看着马路,好像马路上会出现奇迹。知道什么是他的奇迹吗?那就是看见你回去。

林家柏的心里涌起羡慕嫉妒恨,仿佛是生理反应,这种情绪涌起的时候,胃酸也跟着涌上来。原来我一直没珍惜父亲这个角色,原来真父亲是这样的。他恨不得刚才那番话是他说出来的。他说现在他是我的儿子,你操什么心?

"既然把他当儿子,就不要抛弃他。"

"我只是暂时离开。"

"那你就赶快从非洲回来。"

"我已经登上回国的飞机了,"林家柏停了一下,"刚才你说什么来着?好像是说如果我回到他们母子身边,如果我能保证他一辈子幸福,你就愿意消失。"

"我可以回老家,躲得远远的。"

"但你想他的时候,随时可以进城。"

"只要你对他好,我再也不会出现。"

"你不出现,又怎么知道我对他好或是不好?"

汪长尺沉默了。林家柏说除非你永远消失,否则我不会回去跟他们一起生活。我不想让一个人看着我帮他养儿子,高兴的时候他偷笑,不高兴的时候就出来指手画脚,甚至还有可能把我一脚踢开。

"如果我消失了,谁来监督大志的幸福?你完全可以骗我。"汪长尺说。

"用钱保证。什么承诺什么感情,统统都不可靠。"

"怎么用钱保证?"

"在你消失之前,我给林方生存上一千万元。他要是有了这一千万,这辈子能不幸福吗?"

"不光是钱,他还需要知识,还需要上大学。"

"傻瓜,像我们这种家庭,即便他是白痴也能上大学。我不帮他,他外公也会帮他。"

"那你想让我怎么消失?"

"站在西江大桥栏杆上,咣的一下。"

"可我还有父母需要赡养。"

"我再给你父母存二十万,够他们下半辈子吃用了。"

汪长尺专注的眼神顿时迷离,就像瞳孔散了似的提前死亡,整个人的精神被一枪击毙。他的脑海浮现故乡的山川,浮现父母、小文、二叔和亲人朋友,甚至浮现当年被母亲偷偷卖掉的黄狗……林家柏说为了你亲生儿子的幸福,你舍不舍得,愿不愿意?

"非得这样吗?"

"不这样谁都不敢保证大志幸福。一个孩子两个爸爸,谁都可能一不小心对他造成严重伤害。我们两个必须消失一个。我消失他会痛苦,而且还拿不到钱。你消失,他不知道,没有痛感,还能拿到一千万。这么简单的问题,你就是用脚指头也想得明白。"

汪长尺的嘴唇微微战抖,就连全身都战抖了。他说我、我可不可以选择消失的地点?林家柏说不可以,我必须亲

299

眼看着你消失。汪长尺说你让我考虑考虑。林家柏说后天,我在医院门口等你。说完,他摔门走了。汪长尺久久地站在厕所里,竟然没闻到臭。

第七章 投 胎

60

汪长尺提前十分钟到达指定地点,这辈子他从来没迟到过,因此他不想在最后一次背上"迟到"的名声。他穿着干净整洁的衣服,理了头发,刮了胡须,本想买双崭新的皮鞋穿上,但想想五百块钱够他爹在农村装一扇玻璃窗,便咽了一口唾液,捏了捏手指,放弃。现在他穿着一双洗得发白的解放鞋,站在西江大桥正中的边栏旁。这个位置离水面的距离最高,估计摔下去时也会最响。人活一辈子,或默默地消失,或响响地离开,二者必选其一。天空出奇的蓝,云朵空前的洁白,上苍似乎故意给他一个好天气,抑或是送他最后一点念想。水面铺满阳光,由于风的原因,波光的强弱不停地改变,一会这儿刺眼,一会那儿刺眼。汽车的轰鸣没过去那么讨厌,似乎还有一点悦耳,就连车屁股喷出的尾气,也仿佛散发出清香。看着两岸依次排过去的楼房,他想林家柏一定隐藏在某扇窗口之后，举着望远镜，正在监督我对我的执行。

七十二小时前，林家柏用一个黑色塑料袋，提着二十万元现金来到汪长尺的租屋。他把钱丢在那张摇晃了多年的饭桌上，饭桌一抖，竟然塌了，好像是承受不起或紧张过度。受其影响，汪长尺感觉楼板震了一下，甚至伴随几波余震。林家柏想找一张凳子坐下，但每张凳子都不怀好意，似乎会刺痛他的屁股。他只好站着，把电脑打开，播放一段视频。视频里林家柏、大志和方知之三人挤在一起，笑眯眯地看着镜头。大志笑得最开心，两个酒窝都笑深了。他的手里举着一本打开的存折。镜头慢慢往前推，存折越来越大，大到屁股那么大时，画面定住。汪长尺数了一下，大志的存款有八位数，"一"的后面有七个"〇"。林家柏说你看清楚了吗？汪长尺点点头，想爹、妈，我把自己给卖了，卖了个好价钱。我这条命也许是我们村，不，我们乡，不，我们县卖得最贵的，你们的儿子有出息了。

当天下午，汪长尺到银行把二十万元转进了汪槐的账户。本来他想回一趟家，林家柏也同意给他时间，允许他回去跟父母拥抱告别。但他怕见了父母之后，临时改变主意失信于人。他怕夜长梦多，怕自己逃跑破坏大志的幸福，更怕自己一时糊涂，对林家柏先下手为强。每次想到最后一点，他就全身冒冷汗，就恨时间磨磨叽叽，来得不够痛快。

四十八小时前，他敲响了刘建平住处的房门。他已经十多年没打扰刘建平了，刘建平也搬了新的住处。但是这次,他不得不厚着脸皮找上门来。开门的是贺小文,他的前妻。这事他早知道了,所以情绪稳定,表情正常。但小文却惊得下巴都快脱臼,她万万没想到,汪长尺会找上门来。十多年前,也就是小文消失后十多天,汪长尺去找过一次刘建平。他在楼下看见刘建平的窗口亮着灯,但到了楼上敲门时灯却黑了,以至于他怀疑是他的敲门声吓破了屋里的电灯。他觉得刘建平没有拒见他的理由,那么是不是自己上楼前看错了?于是,他下楼重新往上看,刘建平的窗户黑乎乎的,像刷了一层深色的油漆。当时他的心里正在下雪,情绪低落到了极点。大志送人了,小文出走了,他想找刘建平出去喝几杯,倒倒满腔的苦水,没想到刘建平竟然不在家。这么大一个城市,除了刘建平,没有第二个人愿意听他倾诉。他站了一会,就蹲在路边等,想刘建平也许很快就会回来。但他等了一个小时,刘建平也没现身。他站起来想走,忽然听到楼上传来推窗的声音,好像一声挽留。他飞快地闪到墙根下,看见刘建平从窗口伸出头来,瞄了一会楼下,没看见什么,便把头缩了回去。窗户刷地亮了。他想这个卵仔明明在屋里为什么不开门?他有点生气,冲上去"叭叭叭"地拍门。刘建平拉开一道门缝,竖起手指"嘘"了一声,说老子正在谈恋爱,差不多就得手了,你能不能回避几天?汪长尺笼着手悻悻地走了,过几天再来找刘建平,房东说他搬了。刘建平从此蒸发。一年后,汪长尺到某工地刷门框,发现刘建平带着十几号人拉横幅举纸牌,脸红脖子粗地替人讨薪。汪长尺压压帽檐,戴上口罩,在他们散伙后骑着刚买的摩托车跟踪,终于找到了他的新址。当初,刘建平不辞而搬,汪长尺的心里就七上八下,这次一跟踪,怀疑变为现实,果然贺小文跟他生活在一起,难怪汪槐"做法"时说眼见小文在窗里,却怎么也推不开窗门,原来他和小文的距离只是一层纸的距离。然而,犹豫之后,他还是选择了闷声离开。因为他的家庭已经撕裂了,他不想再去撕裂另一个家庭。

小文把汪长尺让进屋来。刘建平泡了一杯茶。三人坐在客厅里比赛呼吸,谁都不愿先开口。主卧次卧的门关着,客厅里摆着一台冰箱,卫生间里摆着洗衣机,厨房里摆着名牌酱油。汪长尺想他们的生活过得不差。他说孩子呢?刘建平对着次卧叫青云、直上,你们都出来。门"砰"地打开,两个白白净净的小孩飞快地跑出,男的靠着妈妈,女的靠着爸爸,怯生生地看着汪长尺。刘建平说叫汪叔叔。两个孩子异口同声地:"汪叔叔好。"他们的牙齿洁白而整齐,他们的脸蛋红扑扑的,他们的表情萌萌的。汪长尺说建平,你能让孩子们叫我一声爸爸吗?我想听孩子叫爸爸想得喉咙都干了。刘建平看着小文,小文看着孩子们。孩子们嘟起小嘴,一脸的乌云。汪长尺掏出一本存折放到桌上,说这是我十几年来刷油漆挣的,留给孩子们读书吧。刘建平说那你不用钱了?

"我发财了。"汪长尺说。

"发什么财?"刘建平问。

"你别问,反正我汪长尺从此以后再也不会为钱发愁了。"

　　刘建平朝孩子们使了使眼色,说快叫爸爸。两个孩子扭了扭身子,把脸背过去。小文推了推他们。他们摇摇头。刘建平说谁要给我这么多钱,我都叫他爸。你们要是不肯叫,我就把钱退给汪叔叔了。两个孩子转过身来,大声地叫:"汪爸爸……"汪长尺"哎"了一声,人整个融化,仿佛瞬间粉碎在空气里。他闭上眼睛,两行泪悄悄滑出眼角。

　　"大志呢,他过得好不好?"小文问。

　　"我来,就是想告诉你大志成功了,他不用我们操心了。你好好带青云、直上,把他们培养成才。"汪长尺说。

　　"我做梦都在想他,我对不起他,我恨你。"小文抹着眼眶。

　　"你恨我是因为你不知道他有多幸福,现在你不缺孩子。我们缺的不是孩子……"

　　二十四小时前,汪长尺在住处写了两封信,然后就到学校去看大志。学校正在上课,门卫不让他进,他便坐在校门对面的米粉店里等。店老板说你又不消费,坐在这里干什么?汪长尺掏钱买了一碗米粉,一边吃一边扭头看着校门。米粉很快吃完了,但离放学还有两个小时。汪长尺呆呆地看着校园里的树,看着操场上正在上体育课的学生们。不知过了多久,店老板用手指头敲了敲桌面,说你都吃完这么久了,干吗还不抬脚走人?汪长尺羞得满脸通红,赶紧掏出钱来,说再给我来一碗。服务员又端来一碗米粉。有了上一碗吃得太快的经验教训,这次他故意细嚼慢咽,目的就是想拖时间,蹭个座位。但是,即便一根一根地吃,一碗米粉也磨不出多少时间。半个小时不到,他又把粉吃完了。他想我已经吃了他两碗粉,他不会再赶我走了吧?却不想,离放学还有三十分钟的时候,店老板又过来说你怎么还不走呀?汪长尺扫了一眼粉店,里面大把位置空着,但店老板就是不让他白坐。于是,他再买一碗米粉。慢慢把这碗粉吃完,放学的铃声就响了。学生们三三两两地走出校门。终于,他看见大志和两个女同学有说有笑地走出来。他们相互拍拍肩膀,在校门口散开。大志警惕地瞄了瞄四周,仿佛有预感,最后把目光落在对面的米粉店。汪长尺觉得他们的目光对上了,就像大志出生时迫不及待地睁开眼睛跟他对上那样。他全身一麻,再也按捺不住,叫了一声"大志",想站起来冲出去。可是,他连续吃了三碗米粉,他已经撑得站不起来了。大志把目光移开,转身右行两百多米,钻进一辆红色轿车。轿车是方知之开来的,自从大志出院以后,她每天都亲自开车接送,生怕他再滑倒。轿车走了,像鱼一样摆尾而去。汪长尺想我从来没吃得这么饱过,这辈子饱过无数次,但吃得最饱的就两次,一次是跟小文到县城照相看三级片兼到公安局道歉,当时两人一共吃了一条鱼、一盘扣肉、一碟花生、一碟拍黄瓜、一瓶白酒和四碗米饭。但即便是那一次,我也没饱到站不起来。

现在是正午十二点,汪长尺和林家柏约定的时间到了。"当"的一声,不知从哪里传来一声巨响,好像是从教堂那边传来的,也像是从身体内部传来的,仿佛行刑时的枪声。

汪长尺回头看了一眼,爬上栏杆。

61

　　第二天,汪长尺的尸体才被打捞起来。警察剪开他的内裤,发现裤兜里装着一个小小的塑料袋,袋里装着一张纸片,纸片上写着刘建平的电话号码。警察找到刘建平,让他去辨认尸体。小文一捶胸口,说天哪,原来他是来跟我们告别的。刘建平和小文跟着警察来到停尸间,发现汪长尺已经变成了大号,他的皮肤胀得都快裂开了。但是不论他变成大号或是特大号,小文和刘建平都还认得他。他们告诉警察:他的名字叫汪长尺。认完尸,两个警察又带着刘建平和小文来到汪长尺住处。房门锁着。警察要去叫房东。小文掏出一把当年她带走的钥匙。警察接过钥匙一插一扭,门竟然开了。十多年了,汪长尺都没换锁头,他的门一直给小文留着。小文打量,房间还是那个房间,只不过这次收拾得比任何一次都整齐,连地板都拖得干干净净。屋中央放着汪长尺从家乡带出来的那把椅子,椅子上放着一个骨灰盒,盒下压着两封信,一封写着"汪槐父亲收",一封写着"刘建平收"。警察叫刘建平把信打开。刘建平的双手发抖,撕了好几次才把信封撕开。信上写着:

　　建平哥:

　　　　请你务必把我送回家乡,请你务必告诉我爹妈,我是在工地上摔死的。告诉他们,那二十万元钱是工伤赔偿。烧我的时候,请你把这张椅子一起烧了。我怕死后一直站着,我想坐下,我累了。拜托,来生再谢。

长尺

刘建平率先哭了起来,小文紧随其后。警察把写给汪槐的那封信拆开,里面有一张二十万元的转账存根。警察问他哪来这么多钱?他们都摇头,说不知道。这二十万元把他们的哭声吓停了。警察怀疑汪长尺非偷即抢。刘建平和小文对天发誓,说他不是那样的人。警察压根儿不信,立案调查。他们重点调查二十万元的来历。查了半年,他们没查出什么线索,也没接到巨款失窃遭抢的报案,便同意火化汪长尺。刘建平代表家属签字。工人把冷冻了半年之久的汪长尺推进火炉。刘建平把那张椅子放到汪长尺身边。炉门关上,"嚯"的一响,炉子里火光熊熊。刘建平说长尺,椅子我给你烧了,你就安心地坐下,歇一歇吧,阿门。

刘建平、小文、青云和直上四人,陪着汪长尺的骨灰返回家乡。进村的时间是中午,冷风呼啸,大地一片肃杀,远处的山巅隐约见雪。他们刚出现在坳口,村里的狗就叫成一片。听到狗们狂叫,每家每户都推开一扇窗口,看看是不是自己的亲人回来了。小文拉着儿子青云,刘建平一手抱着女儿直上一手提着骨灰盒。他们越走越觉得腿沉,越走越觉得鞋底不利索,好像被泥巴粘住了。汪长尺家的两层新楼前,汪槐和刘双菊正在遥望,他们一个站着,一个坐在轮椅里。刘双菊的头发大多数白了,脸上的皱纹比十年前多了百分之七十。汪槐更黑了,更瘦了,他的腿肌严重萎缩,缩到只剩下两根骨头。他们不认识刘建平,连贺小文他们也不认识了。他们以为这四个人和他们没有关系,只是出于好奇而遥望。没想到,他们越走越近,最后竟然走到了他们面前。青云和直上率先扑到汪槐和刘双菊的怀里,大声地叫着"爷爷、奶奶"。直到这时,刘双菊才把小文认出来,她抱着小文失声痛哭。

汪槐看着骨灰盒,想哭却没有眼泪。这个一生都想改变汪家命运的人,身体已被岁月耗干,再也没有多余的液体来表达感情,就连从信封里抽汪长尺写给他的绝笔信,都没有多余的力气来发抖。他慢慢地慢慢地展开信纸,看见上面写着:

爹、妈:

  汪家的命运已彻底改变,我的任务完成了。我们几代人都做不到的事,大志做到了。他过的是神仙日子,你们不用为他担心。用不完的钱,给青云、直上。如果建平、小文没意见,你们就把青云、直上当孙子。孩儿不孝,请你们打屁股。

长尺跪拜

汪槐的头一歪,晕倒在轮椅里。第二天,他才渐渐恢复气力。深夜,刘双菊在堂屋的方桌摆上大米、活雄鸡、刀头肉、酒、香纸和钹。汪槐坐在香火前为汪长尺做法。他双腿微抖,嘴里念着咒语,一边念一边往天上地下撒米、倒酒。半个小时,汗珠挂满他的额头。忽然,他大声地问:"长尺要投胎,往哪里?"跪在桌前的青云和直上大声地回答:"往城里。"

"往哪里?"

"往城里。"

如此一问一答十几遍,汪长尺的灵魂仍然一动不动地趴在骨灰盒上。汪槐又撒了许多米,倒了许多酒,撕了一片雄鸡的鸡冠和几根鸡毛扔在地上。这些都没有打通鬼神的关卡,也没有打动汪长尺。汪槐说长尺,我知道你舍不得爹妈,我知道你不忍心抛下我们。你听了一辈子爹妈的话,你就再听一次吧。上辈子你投错了胎,投到了我们家里。我们家穷,没让你过上一天好日子。下辈子你一定要选个好人家,一定要投到城里去。我们有青云和直上,你就放心地去吧。说完,他又念了几遍咒语。他问:"长尺要投胎,往哪里?"

"往城里。"青云和直上响亮地回答。

"往哪里?"汪槐问得更大声。

"往城里。"刘双菊、二叔、刘建平、小文和叔娘等全都跟着喊。

"往哪里?"汪槐又问。

"往城里。"众人大声而响亮地回答。

"往哪里?"汪槐的嗓音都喊哑了。

"往城里。"门外忽然传来一片喊声。那是村民们的声音。全村人一起帮着喊"往城里"。汪长尺的灵魂蠢蠢欲动。汪槐用力一敲桌上的钹,"当"的一声。汪长尺的灵魂忽地飞了起来,越过屋顶,盘旋。汪槐又"当"地一敲。汪长尺的灵魂朝着大枫树飞去,停在大枫树的枝头恋恋不舍地回望。汪槐再"当"地一敲,就像当年催汪长尺去补习,就像当年催他去城里打工。钹的声音追到大枫树的枝头,汪长尺的灵魂再次起飞。它飞过森林、河流、公路、铁路、楼房……一直飞到省城,飞到人民路,飞进人民医院产房。

产房里"哇"的一声,憋得筋疲力尽的吴欣终于产下一个男婴。听说是个"男孩",站在门外焦急等待的林家柏顿时兴奋得手舞足蹈。

62

数年后,林方生从警察大学毕业,进入刑侦支队第一大队工作。龚队长知道他有点背景,没马上给他派具体任务,而是先让他熟悉本队情况。林方生立功心切,加上看了太多的侦探小说,一有空便钻到档案室去翻那些积案。每翻一份就像读一本书,里面有曲折的故事,有巨大的想象空间,当然也可能有立功的机会。但他看了十几份档案,最难忘的还是第一眼。或许这就是天意。

他第一次去档案室,是想查那桩曾经轰动一时的情杀案,但途经第二个档案柜时,他的肩膀好像被人拍了一巴掌,吓得赶紧闪避。回头一看,没人,地板上落了一份卷宗,是他刚才闪避时碰落的。他捡起卷宗一翻,首先就看到一张肿胀的尸体照。虽然死者已严重变形,但他觉得这个人似曾相识,却怎么也想不起在哪见过。于是,他靠在柜子上仔细地翻阅。这是九年前的案件,林方生一看就知道有漏洞。负责此案的赵某只想寻找死者的犯罪证据,而没有怀疑自杀也许是他杀。几天后,林方生把这份卷宗递给龚队长。龚队长瞟了一眼,便把卷宗扔回来,说你是不是闲得没事干?这么小的案件你也感兴趣。林方生说毕竟也是一条人命。龚队长说你往河里扔过石头吗?林方生说扔过。龚队长说你得先盯住那些水花飞溅、响声大的石头,而不是盯住这种闷声不响没起水花的。林方生点点头,但他不想放弃,他想拿这个积案来试试自己的能力。

林方生开始调查"汪长尺案"。他发现汪长尺没死,还活着,是某单位的副局长。林方生想也许是名字巧合,可一查,这个活着的汪长尺出生地、身份证号码、籍贯、所上中学均与死去的汪长尺吻合。于是,林方生到办公室拜访了汪副局长。显然,汪副局长不是照片上的死者。经过几次交谈,汪副局长"扑通"一声,跪求林方生放他一马。林方生想谁说这个案件闷声不响,现在不是水花四溅了吗?经查,汪副局长原名牙大山,高考那年没上线,由他父亲运作,改用同班同学汪长尺的名字,并截留了汪长尺的录取通知书,冒名顶替上了大学。大学毕业后,牙大山又经他父亲运作,留在省城某单位,一步一个脚印,终于做到副局长一职。现在,牙大山工作顺利,家庭幸福,身体健康,妻子漂亮,儿子就读研究生。要不是因为林方生介入,牙大山还在心安理得地享受着他偷来的生活。林方生想一个人就这样把另一个人给毁了,真是伤天害理罪该万死。他发誓一定要把牙大山绳之以法。

他决定去一趟汪长尺的老家,也许在那里会找到一些破案的线索。汪长尺的老家已经修了公路,小车可以直达。因为路面还没硬化,小车所过之处,腾起一片尘土。林方生为了不引起更多的注意,他开私家车,穿便装,戴了一副墨镜。他看见坐在轮椅里的汪槐骨瘦如柴,站在门框里的刘双菊弯腰驼背白发苍苍。他们看着林方生,就像看着任何一个干部,脸上没有惊讶,也没有好奇,以为他是来搞计划生育的。忽然,林方生一惊,发现汪长尺家堂屋的镜框里,竟然压着数张他小时候的照片。开始,他以为那不过是某个和自己长得相似的孩子,但揉了揉眼睛后再看,千真万确是他。他指着镜框里的照片问你们为什么会有他的照片?汪槐的眼睛一亮,身子立刻坐直,整个人顿时精神焕发。他说这是我的孙子,叫汪大志,他还没出生就跟着爹妈进城了,因为爹妈不能给他好生活,就把他送给了有钱人家。林方生端详着照片,身体突然发冷,牙齿打架,双腿战抖,仿佛置身于极寒的天气。

回城后,林方生悄悄地调查自己,越调查越感到恐惧。一天深夜,他来到西江大桥。桥上无人,江面闪烁着路灯的倒影。他站在汪长尺当年跳下去的地方,久久地站着,一直站到双腿发麻。然后,他从包里掏出一份卷宗,又掏出一沓照片,往江里用力一扔。卷宗和照片像树叶那样飘零,林方生的秘密从此被埋,只要他不自我出卖,谁都不会知道他的原产地。

　　某天早晨,汪槐在凝视墙壁上的镜框时,忽然惊叫:"双菊,大志的照片怎么不见了?"刘双菊从厨房里出来,抬头看了一会,发现别的照片都在,唯独大志的全部消失。难道是眼睛花了?刘双菊戴上老花眼镜,还是没看见大志。汪槐拿过刘双菊的眼镜戴上,确证镜框里没有大志。大志不辞而别,他们再也看不到孙子了,想念的时候,只能靠回忆。但是,他们的记忆越来越模糊,回忆也越来越不可靠。有时,他们一边看着镜子里的自己,一边回忆大志。因为他们依稀记得,大志的眼睛长得像爷爷的,鼻子长得像奶奶的,嘴巴长得像父亲的。

写于 2013 年 5 月至 2015 年 5 月